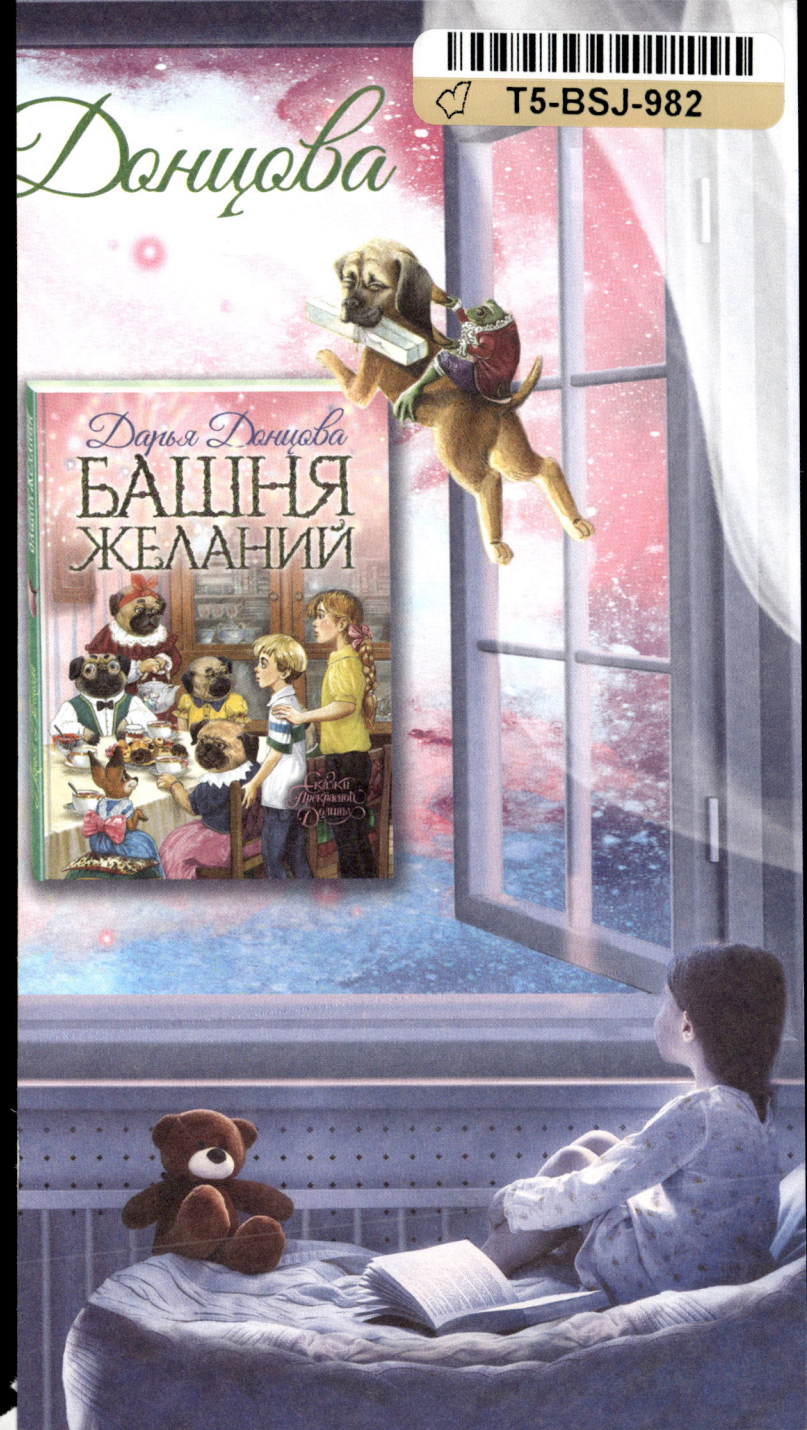

Читайте романы примадонны иронического детектива
Дарьи Донцовой

Сериал «Любительница частного сыска Даша Васильева»:

- Крутые наследнички
- За всеми зайцами
- Дама с коготками
- Дантисты тоже плачут
- Эта горькая сладкая месть
- Жена моего мужа
- Несекретные материалы
- Контрольный поцелуй
- Бассейн с крокодилами
- Спят усталые игрушки
- Вынос дела
- Хобби гадкого утенка
- Домик тетушки лжи
- Привидение в кроссовках
- Улыбка 45-го калибра
- Бенефис мартовской кошки
- Полет над гнездом Индюшки
- Уха из золотой рыбки
- Жаба с кошельком
- Гарпия с пропеллером
- Доллары царя Гороха
- Камин для Снегурочки
- Экстрим на сером волке
- Стилист для снежного человека
- Компот из запретного плода
- Небо в рублях
- Досье на Крошку Че
- Ромео с большой дороги
- Лягушка Баскервилей
- Личное дело Женщины-кошки
- Метро до Африки
- Фейсконтроль на главную роль
- Третий глаз—алмаз
- Легенда о трех мартышках
- Темное прошлое Конька—Горбунка
- Клетчатая зебра
- Белый конь на принце
- Любовница египетской мумии
- Лебединое озеро Ихтиандра
- Тормоза для блудного мужа
- Мыльная сказка Шахерезады
- Гений страшной красоты
- Шесть соток для Робинзона
- Пальцы китайским веером
- Медовое путешествие вдвоем
- Приват—танец мисс Марпл
- Самовар с шампанским
- Аполлон на миллион
- Сон дядюшки Фрейда
- Штамп на сердце женщины—вамп
- Свидание под мантией
- Другая жизнь оборотня
- Ночной клуб на Лысой горе
- Родословная до седьмого полена

Сериал «Евлампия Романова. Следствие ведет дилетант»:

- Маникюр для покойника
- Покер с акулой
- Сволочь ненаглядная
- Гадюка в сиропе
- Обед у людоеда
- Созвездие жадных псов
- Канкан на поминках
- Прогноз гадостей на завтра
- Хождение под мухой
- Фиговый листочек от кутюр
- Камасутра для Микки—Мауса
- Квазимодо на шпильках
- Но—шпа на троих
- Синий мопс счастья
- Принцесса на Кириешках
- Лампа разыскивает Алладина
- Любовь—морковь и третий лишний
- Безумная кепка Мономаха
- Фигура легкого эпатажа
- Бутик ежовых рукавиц
- Золушка в шоколаде
- Нежный супруг олигарха
- Фанера Милосская
- Фэн—шуй без тормозов
- Шопинг в воздушном замке
- Брачный контракт кентавра
- Император деревни Гадюкино
- Бабочка в гипсе
- Ночная жизнь моей свекрови
- Королева без башни
- В постели с Кинг—Конгом
- Черный список деда Мазая
- Костюм Адама для Евы
- Добрый доктор Айбандит
- Огнетушитель Прометея
- Белочка во сне и наяву
- Матрешка в перьях
- Маскарад любовных утех
- Шуры—муры с призраком
- Корпоратив королевской династии
- Имидж напрокат
- Гороскоп птицы Феникс
- Пряник с черной икрой

Сериал «Виола Тараканова. В мире преступных страстей»:

- Черт из табакерки
- Три мешка хитростей
- Чудовище без красавицы
- Урожай ядовитых ягодок
- Чудеса в кастрюльке
- Скелет из пробирки
- Микстура от косоглазия
- Филе из Золотого Петушка
- Главбух и полцарства в придачу
- Концерт для Колобка с оркестром
- Фокус—покус от Василисы Ужасной
- Любимые забавы папы Карло
- Муха в самолете
- Кекс в большом городе
- Билет на ковер—вертолет
- Монстры из хорошей семьи
- Каникулы в Простофилино
- Зимнее лето весны
- Хеппи—энд для Дездемоны
- Стриптиз Жар—птицы
- Муму с аквалангом
- Горячая любовь снеговика
- Человек—невидимка в стразах
- Летучий самозванец
- Фея с золотыми зубами
- Приданое лохматой обезьяны
- Страстная ночь в зоопарке
- Замок храпящей красавицы
- Дьявол носит лапти
- Путеводитель по Лукоморью
- Фанатка голого короля
- Ночной кошмар Железного Любовника
- Кнопка управления мужем
- Завещание рождественской утки
- Ужас на крыльях ночи
- Магия госпожи Метелицы
- Три желания женщины—мечты
- Вставная челюсть Щелкунчика
- В когтях у сказки
- Инкогнито с Бродвея
- Закон молодильного яблочка

Сериал «Джентльмен сыска Иван Подушкин»:

- Букет прекрасных дам
- Бриллиант мутной воды
- Инстинкт Бабы—Яги
- 13 несчастий Геракла
- Али—Баба и сорок разбойниц
- Надувная женщина для Казановы
- Тушканчик в бигудях
- Рыбка по имени Зайка
- Две невесты на одно место
- Сафари на черепашку
- Яблоко Монте—Кристо
- Пикник на острове сокровищ
- Мачо чужой мечты
- Верхом на «Титанике»
- Ангел на метле
- Продюсер козьей морды
- Смех и грех Ивана—царевича
- Тайная связь его величества
- Судьба найдет на сеновале
- Авоська с Алмазным фондом
- Коронный номер мистера Х
- Астральное тело холостяка
- Кто в чемодане живет?

Сериал «Татьяна Сергеева. Детектив на диете»:

- Старуха Кристи – отдыхает!
- Диета для трех поросят
- Инь, янь и всякая дрянь
- Микроб без комплексов
- Идеальное тело Пятачка
- Дед Снегур и Морозочка
- Золотое правило Трехпудовочки
- Агент 013
- Рваные валенки мадам Помпадур
- Дедушка на выданье
- Шекспир курит в сторонке
- Версаль под хохлому
- Всем сестрам по мозгам
- Фуа—гра из топора
- Толстушка под прикрытием
- Сбылась мечта бегемота
- Бабки царя Соломона
- Любовное зелье колдуна—болтуна
- Бермудский треугольник черной вдовы
- Вулкан страстей наивной незабудки
- Страсти—мордасти рогоносца
- Львиная доля серой мышки
- Оберег от испанской страсти

Сериал «Любимица фортуны Степанида Козлова»:

- Развесистая клюква Голливуда
- Живая вода мертвой царевны
- Женихи воскресают по пятницам
- Клеопатра с парашютом
- Дворец со съехавшей крышей
- Княжна с тараканами
- Укротитель Медузы горгоны
- Хищный аленький цветочек
- Лунатик исчезает в полночь
- Мачеха в хрустальных галошах
- Бизнес—план трех богатырей
- Голое платье звезды

Дарья Донцова

Гимназия неблагородных девиц

роман

Москва
2018

УДК 821.161.1-312.4
ББК 84(2Рос=Рус)6-44
    Д67

Под редакцией *О. Рубис*

Иллюстрация на обложке *В. Остапенко*

Оформление серии *В. Щербакова*

Донцова, Дарья Аркадьевна.
Д67   Гимназия неблагородных девиц / Дарья Донцова. — Москва : Издательство «Э», 2018. — 320 с. — (Иронический детектив).

ISBN 978-5-04-090792-2

Существует ли на самом деле таинственный и редкий зверек лухосо, которого заказал для своего личного зоопарка олигарх Игорь Зуйков? Исполнить его мечту взялись доставщики экзотических животных Вера Галкина и Николай Воробьев. И вот лухосо найден на берегах Амазонки и доставлен олигарху. Однако во время сложного и опасного путешествия Николай подхватил какую-то неведомую врачам заразу и скоропостижно скончался. Но его мать утверждает, будто ее невестка Вера уже дважды предпринимала неудачные попытки убить Колю. После допроса в полиции Вера исчезла, ее мобильный молчит, дома ее нет. Виола Тараканова и ее муж Степан Дмитриев взялись разобраться в этой непростой истории, даже не представляя, что это дело будет самым запутанным и загадочным в их практике...

УДК 821.161.1-312.4
ББК 84(2Рос=Рус)6-44

ISBN 978-5-04-090792-2

© Донцова Д. А., 2018
© Оформление. ООО «Издательство «Э», 2018

Глава 1

Если у вас с подругой есть по книге и вы ими обменялись, то вы каждая опять имеете по одной книге, а если у вас с подругой есть по тайне и вы ими обменялись, то у вас более нет тайн. И подруги тоже нет.

— Лапуль! Это страшный секрет, — громко говорила в телефон девушка в ярко-розовой шубке, — поклянись, что никому не расскажешь! Честное слово? Ну, тогда слушай! Вчера Сережка...

Блондинка замолчала, потом, не снижая голоса, сказала:

— Масюнь, тут все уши развесили, рты разинули, никакого воспитания ваще нет у людей. Ща перезвоню из машины. А ты точно никому не расскажешь? Муж меня убьет, если узнает! Ха-ха!

Продолжая смеяться, девушка в розовой шубке убежала.

— Во народ! — возмутилась продавщица. — Сама на весь зал орет, не хочешь, а услышишь. И потом людей в любопытстве обвиняет.

— Может, девушка глуховата, — предположила я, — тот, у кого проблема со слухом, обычно повышает голос.

— Туповата она, — еще больше рассердилась продавец, — не с ушами, а с мозгом у нее беда. И вот что я скажу: если у вас с подругой есть по книге и вы ими обменялись, то у вас у каждой будет по-прежнему по одной книге, а если у вас с подругой есть по тайне и вы ими обменялись, то у вас более нет тайн. И подруги тоже нет. Не надо никому сообщать то, что от мужа скрыть хочешь.

— Некоторые люди умеют держать рот на замке, — возразила я.

— Мне такие не попадались, — хмыкнула продавщица, — не спорю, бывают молчуны, они в ФСБ шпионами служат. Вы чего хотите? Ой! Вот он, фашист, подкрался! Совсем забыла про идиотское правило! — И она заулыбалась. — Добрый день, я менеджер Светлана. Готова вам помочь.

Я повернула голову и заметила неподалеку от прилавка парня лет двадцати пяти в костюме и белой рубашке с галстуком. В руках он держал телефон.

— Слушаю вас внимательно, — пропела Светлана, — наш товар наилучшего качества. Произведен в Германии. Обратите внимание...

Продавщица схватила кастрюлю с полки и перевернула ее.

— Вот написано. Мейд ин Германи. Если Китай, то увидите: Хина! Или Чина! Кто как читает. Не секрет, что большую часть всех товаров китайцы клепают. Они аккуратные, совестливые, хорошо работают. Если кастрюля на заводе сделана, берите смело. Да беда, что обычно поставщики жабы жадные, купят товар в подвале, его там кое-как сколотили и выдают за классную вещь. Но у нас всё без обмана. Чем могу помочь?

Я смутилась.

— Недавно я вышла замуж, готовить не умею. Не нравится мне подолгу у плиты стоять. Мы с мужем в кафе едим, но...

— Ой! Нехорошо, — перебила меня продавщица, — сейчас мужик молчит, потому что свадьба не так давно была. А потом скандал закатит...

Светлана легла грудью на прилавок и зашептала:

— Слушай, чего скажу. У нас в магазине все бабы незамужние. Глянь на них! Чего только не делают! Причесанные, намазанные, на каблуках рассекают, кофточки с вырезами, лифчики хитрые понакупили, груди как арбузы, в фитнес носятся, попу качают. И что? А не фига. Познакомятся с парнем, месячишко-другой с ним погуляют, и... удрал женишок. Почему? Понял он: внешне хороша невеста, но в доме грязь, жрать нечего, денег немерено на одежонку тратит. И зачем ему такая фря? А я двадцать пять лет живу с мужем. Знаешь, как таблетки для счастливой семейной жизни называются?

— Как? — заинтересовалась я.

— Котлеты, — объяснила Светлана, — домашние. С любовью приготовленные. Не из магазинного фарша! От хорошей хозяйки мужик не удерет. Правило первое: корми его на убой. После сытого ужина ляжет на диван и задремлет. Нужна ему любовница? Да нет. На полный желудок кувыркаться неохота и лень. Если мужик сыт, он не потаскун. Я посещала психологические курсы. Нам там объяснили: у людей две главные функции — пожрать и... ну... того самого. То самое не плохо, но, когда парень голодный, его на то самое не тянет. А когда он по макушку котлетами набит, ему то самое ваше без надобности. Лежит удавом. И ты спокойна, не потянет дорогого-любимого на подвиги. Второе. Во всем с ним соглашайся, ничего без совета с мужем не делай. «Дорогой, куда нам летом поехать отдыхать?» Пусть сам выбирает. Если дерьмо отель, то он виноват будет. А ты его утешай: «Ничего, родной, в следующий раз нам больше повезет». Деньгами пусть муж распоряжается, когда они посереди месяца все гавкнутся, он на тебя не наорет. Третье. Ты маленькая, слабая, ранимая, прямо стеклянная ваза. А он сильный, здоровый, типа конь. А что конь делает? Пашет. Вот пусть и старается. Четвертое. Готовь сама, квартиру убирай, стирай. Не трудно это, сейчас полно техники. Всегда мужику сочувствуй, не ругай его, даже если глупостей навалял, хвали за любое дело. Пятое. Все свекрови людоедки. Но ты со своей не сварься. Она тебе гадость в лицо, ты ей в ответ: «Спасибо, мама, вы правы». Будешь так поступать, через десять лет муж перед тобой на задних лапках плясать начнет. Не заметит, что у тебя с возрастом попа шире багажника его автомобиля стала, а грудь в уши пуделя превратилась. Но эти правила работают только с нормальными парнями. Алкоголики, наркоманы, вруны — вот они хорошего отношения не ценят. Ну зачем тебе такие? Неужто хочешь перевоспитать кого? Беги от уродов, они не исправятся. Так чего тебе продать? Слава богу, ушла беда!

Я повертела головой по сторонам.

— Вы про молодого человека в костюме?

Светлана надулась.

— Это наш новый управляющий. Фашист. Следит, кто как работает. Троих уже выгнал. Листки нам раздал, как с покупателями разговаривать. Что покупать будете? Какой техники у вас нет?

Я вздохнула:

— У меня есть тостер. И кофемашина. Еще электрочайник. Больше ничего, но раз уж в паспорте печать появилась, хочу научиться готовить. Что мне купить для облегчения приготовления еды?

Светлана сняла с полки большую коробку.

— Возьмите мегасуперкомбайн. Двадцать девять в одном. Заменит массу приборов: мясорубку, миксер, блендер, спагеттиделалку, овощерезку...

— Наверное, сложно с ним управляться, — засомневалась я, — не очень разбираюсь во всяких электрических штуках.

— Ерунда, — отмахнулась Светлана, — инструкция написана просто, ее даже коза прочитает. Живая с рогами.

— Сколько стоит? — поинтересовалась я.

Продавщица показала на ценник.

Я шарахнулась в сторону.

— С ума сойти. Или у агрегата крылья есть и им еще как личным самолетом пользоваться можно?

— Не успела про скидки сообщить, — зачастила торговка, взяв калькулятор, — десять процентов от магазина, пятнадцать от фирмы. Плюс снижение сегодня именно на данный вид продаж, и лично я еще срежу, поскольку очень уж вы женщина приятная. Итого! Во! Глядите.

Я увидела в окошечко цифру и обрадовалась:

— Совсем другое дело.

— Пока в кассу ходите, я проверю комплектность, рабочее состояние, гарантию заполню, — пообещала Светлана.

Став счастливой обладательницей чудо-прибора, я села в машину, доехала до дома, поднялась на свой этаж, всунула ключ в замок...

— Вы Виола? — раздался за спиной тихий голос.

Я вздрогнула, чуть не уронила коробку с комбайном и обернулась. За моей спиной стояла женщина лет сорока пяти.

— По паспорту я уже пенсионеркой считаюсь, — сказала она. — Хотите выглядеть, как я?

— Вам и пятидесяти не дашь. Спасибо за предложение, но я не собираюсь никакие операции делать, — честно ответила я, испытывая немалое удивление.

Нынче клиники пластической хирургии перестали запихивать в почтовые ящики рекламу? Теперь по этажам бродят их агенты?

— Не ложилась под нож хирурга и вам не советую, — отрезала незнакомка, — мне известно несколько хорошо проведенных подтяжек, но их делали в Америке и заплатили ну очень большие деньги. Все те, кто по дешевке омолаживался в России, похожи или на целлулоидных кукол, или на лягушек. Монстры хирургии красоты. Лица, как каток, никаких эмоций. Я пользуюсь другими методами. Результат перед вами.

— Вашему внешнему виду можно позавидовать, — вежливо ответила я. — Извините, мне надо домой.

Но рекламный агент не отставала:

— Главное, вовремя начать консервацию. Клиника «Опёс» сделает из вас прямо бабочку.

— Очень благодарна, но я не пойду в ветеринарную лечебницу, — отбивалась я от настырной дамочки.

— Мы работаем с людьми. Кто сказал, что мы Айболиты? — удивилась прилипала.

— Название такое, — пояснила я, — «О пёс». По-собачьи звучит.

— «Опёс» работает на натуральной косметике, которая сделана из тибетских трав. Они растут в дельте реки Опёс, там находится завод, — пояснила настырная дама.

— У меня хилые знания по географии, — призналась я, — прошу простить, у меня много дел. В услугах клиники пластической хирургии...

— Упаси бог! У нас нет скальпелей, — тут же возразила тетка.

— В услугах косметологов я тоже не нуждаюсь. В пятнадцатой квартире живет Вика Гранина, она большая любительница всяких манипуляций с лицом, обратитесь к ней, — посоветовала я.

— Вы приняли меня за агента, который тащит в «Опёс» на веревке клиентов? — прищурилась женщина. — Перед вами владелица заведения. Римма Олеговна Галкина. А вы Виола Ленинидовна Тараканова, под псевдонимом Арина Виолова пишете детективы.

— Верно, — осторожно согласилась я.

— Ваш отец, Лененид Иванович, известный актер, недавно у нас убирал брыли бульдога, — не унималась дама.

Я удивилась:

— Он завел собаку?

— Не знаю, — ответила Римма.

— Вы только что сказали: «убирал у нас брыли бульдога», — напомнила я, — значит, все-таки вы оказываете ветеринарные услуги.

Галкина сделала шаг вперед и ткнула пальцем в мое лицо.

— Брыли бульдога. У вас они тоже намечаются, это отвисание щек. Пора и вам заняться собой. Десять сеансов лазера, и от проблемы следа не останется. Лененид Иванович превратился в мальчика.

— Но он никогда не был девочкой, — пробормотала я.

— Выглядит теперь моложе вас, — объяснила Римма. — Приходите в «Опёс», и любимая мама не узнает дочь.

Я оперлась спиной о дверь. Моя мать точно не опознает меня. Она давно умерла и в последний раз видела дочурку, когда той исполнилось несколько месяцев.

— Ну? Хотите стать ангелочком? — наседала Галкина.

Я хотела ответить, что пока не собираюсь умирать, и навряд ли мне, учитывая то, что я даже не знаю, где находится ближайший храм, предстоит после смерти обзавестись крыльями, но вслух спросила:

— Кто вам дал мой адрес?

— Ленинид Иванович, — ожидаемо ответила Галкина, — он в курсе моей проблемы случайно оказался, стал свидетелем разговора по телефону и подсказал: «Знаю, кто вам определенно поможет. Зять мой владеет агентством, которое всякие проблемы улаживает. Он человек резкий, еще пошлет вас. Обратитесь к моей единственной доченьке, которую я сам, без помощи нянек воспитал. Небось слышали про писательницу Арину Виолову? Это она. Скажете, что вас я послал. Вилка мужа попросит вашим делом заняться». Я, конечно, взяла ваши контакты. Мы обсудили вопрос, за пятьдесят процентов скидки я получила номер вашего сотового, и еще за пятьдесят — адрес.

Здорово! Папенька лишился щек собаки бесплатно.

— Мобильный вы не берете, — жаловалась Галкина, — поэтому я приехала к вам домой.

Я молча слушала хозяйку клиники. Сообщив, что я его обожаемое чадушко, папаша забыл уточнить, что дочь порвала с ним отношения, сменила мобильный, чтобы он не звонил. Нового контакта у бывшего уголовника нет, и получить его он не может, Степан зарегистрировал мой номер на фамилию одного из своих сотрудников. За большую скидку Ленинид поделился телефоном, который давно отключен. Однако адрес-то у нас с мужем прежний. Мы хотим сменить местожительство, но пока подбираем варианты.

Римма достала из сумки платок, на меня пахнуло незнакомыми духами. Запах мне не понравился. Я люблю нежные цветочные ароматы, а сейчас повеяло чем-то похожим на специи, то ли на корицу, то ли на гвоздику. Галкина приложила платок к глазам, вытерла щеки, но по ним снова побежали слезы.

— Простите, — прошептала она, — я совершила бестактность. Вы, наверное, посчитали меня нахалкой. Напала на вас! Но у меня очень большая беда. Верочку, мою единственную девочку, свекровь подозревает в убийстве мужа. Только господин Дмитриев мне может помочь.

Мне стало жаль Галкину, и я открыла дверь.

— Входите.

Глава 2

— Вам придется повторить все, что рассказали моей жене, — попросил Степан, усаживаясь за стол.

— Да, понимаю, — сказала Римма. — Можно начинать?

— Конечно, — улыбнулся Дмитриев, — я весь внимание.

Галкина прижала ладони к груди и заговорила. Я уже один раз выслушала ее историю и позвонила мужу, поэтому не вышла из комнаты. Отлично помню, как несколько лет назад, когда мы еще были с отцом в нормальных отношениях, Ленинид вдруг принялся меня поучать:

— Если ты окажешься на допросе в полиции, знай, что у большинства следователей особая манера вести беседу. Услышит, что ты вчера ходила в кино, и промолчит. А потом, когда вы перейдете к другой теме, возьмет и спросит: «Что у вас во время сеанса случилось?» Вот же странный человек! Он же недавно слышал про фильм! Или забыл, что ему сообщили? Нет, полицейский не страдает склерозом, он не глуп, хорошо знает: при многократном повторении одной и той же истории легко заметить нестыковки. Мало кто из людей заучивает показания наизусть, обычно человек просто говорит, добавляя для убедительности детали. А вот этого как раз делать нельзя. Почему? «Я сидела в кино, в зале стояли красные кресла». Через полчаса, когда тебя попросят повторить рассказ, ты скажешь просто: «Сидела в зале». «Какого цвета там стулья?» — спросит следователь. «Синие», — ответишь ты, забыв, что в начале беседы говорила, что красные. Вот и нестыковка. У полицейского возникнут сомнения: а ходила ли ты вообще на сеанс? Если решила врать, то лги, не вдаваясь в подробности. «Пошла в кино?» — «Да». — «Что смотрела?» — «Комедию. Название забыла». — «Какие кресла были в зале?» — «Так я не на них, а на экран смотрела». Не позволяй поймать себя на мелочах, ты про них мигом забудешь, ври по-крупному, монументальную ложь запомнишь.

Я не собиралась использовать наставления Ленинида, очень надеюсь, что никогда не окажусь по ту сторону закона. Но слова папаши о том, что, повторяя свой рассказ несколько раз, лгун непременно запутается в деталях, я запомнила и потом неоднократно убеждалась в правоте Ленинида, не раз мотавшего срок.

Галкина же почти дословно повторяла сейчас то, что я слышала от нее ранее.

Римма Олеговна хирург. В начале бурных девяностых она открыла клинику аппаратной косметологии. Есть люди, которые панически боятся наркоза, скальпеля, опасаются, что врач «перетянет» лицо и пациентку потом даже родные дети не узнают. Галкина сделала ставку на эту категорию и не прогадала. Пациентов в «Опёс» привлекает обещание сделать их прекрасными с помощью лазеров, уколов, татуажа. Никаких швов! То, что аппарат может причинить ожог, от которого останется рубец, что из-за неправильного введения геля в щеки клиент будет похож на хомяка, а брови, «набитые» криворуким специалистом, превратят симпатичную даму в бабу-ягу, естественно, пациентам не рассказывают. У «Опёс» широкая клиентура, некоторые звезды подправляют там свои личики. Они ничего не платят, зато потом нахваливают клинику в соцсетях и в интервью. Римма твердой рукой рулит бизнесом, прилично зарабатывает. Ее единственная дочь Верочка, мамина отрада, окончила школу с золотой медалью, она решила стать врачом, училась в мединституте, получила диплом, но потом ее потянуло в ветеринарию. Дочка пришла к Римме с идеей открыть медцентр, в котором будут лечить животных. Римма одобрила ее желание, стала спонсором проекта, и скоро в Москве появилось заведение «Четыре лапы и хвост».

Некоторое время назад Коля, муж Веры, полетел в Африку, нанял там местных проводников, бродил с ними по таким местам, куда не ступала не только нога туристов, но даже местных жителей. Экспедицию Николай организовал не из желания получить острые ощущения. Зять Риммы тоже ветеринар, кандидат наук. Он изучает обезьян, ищет никому не известный вид.

Галкина на секунду замолчала.

— Коленька разумный человек, поэтому сделал все необходимые прививки. Он и раньше ездил в разные страны, отлично знал, какие уколы нужно делать. Желтая лихорадка, оспа, холера — все эти прививки у него уже имелись, специфическая вакцинация для Индии, Китая, Вьетнама тоже была сделана.

— Ваш зять много летает, — заметил Степан.

— О, да, — согласилась Римма, — очень талантливый человек был. Так жалко его! Разрешите, я договорю? Николаша вернулся и вскоре слег. Чем он заболел, определить в России не смогли. Лечили его антибиотиками, антивирусными препаратами, испробовали все самые мощные, но Николай таял на глазах. Веруся отчаянный человек, она, увидев, что супруг совсем плох, схватила его анализы и рванула в Африку. Понимаете, есть недуги, о которых врачи Европы-Америки даже не слышали, и в Китае их не знают. А в Африке они как у нас простуда. Хорошо известны, легко убираются с помощью местных средств. Вера помчалась к африканским врачам, те лишь руками развели, но дочь не остановилась. Она наняла проводников, те отвели ее в то племя, где жил Коля, и местный знахарь сказал: «Недуг Пха-Пха!» Он вручил ей лекарство со словами: «Зелье лечит то, что не лечится. Любая болячка уйдет. Навсегда». Вера дала мужу снадобье, и, не поверите, через час Николенька с постели встал. Иначе как чудом это и не назовешь.

— Правда удивительно, — согласился Степан.

Римма продолжила рассказ, я старалась не пропустить ни одного слова.

Зять Галкиной поправился, из всех неприятностей у него остался только легкий кашель, а градусник стабильно показывал тридцать пять и один. Людей, как правило, волнует только высокая температура, на низкую никто внимания не обращает. Ничто не предвещало беды, но через некоторое время после того, как Николай встал на ноги, он умер. У него случился инфаркт.

Римма и Верочка были в шоке, как в тумане они договорились о кремации, купили роскошный гроб, нашли ресторан для поминок. Но полиция не отдала тело Николая. Когда Римма в полном недоумении воскликнула:

— По какой причине мы не можем похоронить несчастного?

Ей ответили, что останки Воробьева находятся на экспертизе.

— Вы с ума сошли? — взвилась Галкина. — Кто разрешил глумиться над покойным? Николаша скончался в больнице на руках врачей. Доктора считают, что африканская болезнь подточила сердечно-сосудистую систему зятя, вот у него и случился инфаркт.

Следователь пояснил:

— Есть заявление от Воробьевой Галины. Она утверждает, что Вера Галкина уже делала несколько попыток отравить мужа, но все они заканчивались неудачей. Ранее Вера накормила супруга грибами, и тот отравился, слава богу, не смертельно. Потом она угостила Николая салатом, в котором содержалось кунжутное масло, на него у мужа была резкая аллергия, бедняга съел закуску и через десять минут начал задыхаться. Хорошо, что когда Николаю стало плохо, он смог дойти до соседа, врача по профессии, тот сделал ему укол и вызвал «Скорую». Доктор держал дома специальные лекарства. Николай оправился от аллергического шока, а потом его свалил таинственный африканский недуг.

Глава 3

Римма Олеговна была потрясена поведением свекрови дочери. Галя Воробьева и Римма Галкина давние подруги, познакомились во время вступительных экзаменов в медвуз, посмеялись, что у обеих птичьи фамилии, и с тех пор не расставались. Обе они москвички, единственные дочери академиков. Материальное положение их родителей было одинаковым, каждая семья пользовалась большим набором советских благ: квартира, машина, дача, домработница, летний отдых в Болгарии. Папа Гали работал гинекологом, отец Риммы — кожник-венеролог. У обоих была обширная подпольная частная практика. Существовали и отличия: мать Гали служила актрисой в московском театре, а родительница Риммы играла на скрипке, давала концерты. Вы же понимаете, что между девочками не было ни тени зависти. Обе абитуриентки удачно преодолели барьер вступительных экзаменов, учились на отлично, получили красные дипломы. Галя стала рентгенологом. Римма пыталась начать карьеру хирурга, некоторое время ассистировала у стола, потом ушла в медицину красоты. Вера и Николаша росли вместе, всегда друг за друга горой стояли, потом у них вспыхнула любовь.

Подруги радовались, никто чужой не войдет в их семьи. Римма, узнав, кого выбрала дочь, заплакала от счастья. Галя обожала невестку. И бац! Свекровь написала заявление, обвинила Веру в убийстве. Здесь уместно упомянуть, что не все в биографиях Галкиной и Воробьевой добуквенно совпадало. От Гали давно ушел муж, она утешилась в объятиях Леонида Ворчнова, сотрудника ФСБ, который занимал высокий пост. Римма же после смерти супруга жила одна.

Потеряв сына, Галя угодила в больницу с гипертоническим кризом. Галкина предполагала, что Леонид позвонил своему близкому приятелю Вите Глебову, однокурснику по юрфаку, большой шишке из МВД, и сказал: «У моей Галки сына невестка убила. Я ей велел заяву накатать — пусть твои разбираются».

— Не понимаю, почему Галка так поступила, — жаловалась Римма, — мы с ней никогда не ссорились. Понимаю, смерть сына огромное горе. Но ведь это и наша беда. Верочка лишилась любимого мужа, я зятя, которого с пеленок знала.

— Дело возбудили? — поинтересовался Степан.

— Я не разбираюсь в полицейских процедурах, — всхлипнула Римма. — Мне домой позвонил следователь по фамилии Вознесенский, заявил: «Вера Галкина должна явиться в кабинет номер десять завтра утром». Я испугалась, засыпала его вопросами. Он оказался крайне не любезен, ничего не объяснил. Вера отправилась в полицию, через пару часов позвонила мне в истерике. Ее собрались арестовать.

Римма обвела нас с мужем гневным взглядом.

— Вы когда-нибудь слышали про большую глупость?

— Почему следователь решил задержать Веру? — спросил Степан.

— Он сказал, что Вера несколько раз покушалась на жизнь супруга, — закричала Римма, — грибы, кунжутное масло в салате. Две попытки не удались. А вот третья прошла успешно. Но это полный бред. Опята Вера на рынке купила, она полагала, что администрация проверяет товар, не допустит на прилавок откровенную шнягу. Среди даров леса попалось несколько смертельно опасных. И кто виноват? Тот, кто разрешил торговать ложными опятами! Хорошо, что их немного оказалось. Коля отделался промыванием желудка. И с кунжутом ерунда вышла. Веруня не готовила сама салат, она в ресторане его заказала, а там, несмотря на предупреждение об аллергии, напутали, сделали закуску с кунжутным маслом. С болезнью Пха-Пха вообще ужасное обвинение. Кто летал в Африку к целителю? Кто нашел человека, который поставил верный диагноз? Кто лекарство привез? Ответ один: Верочка. И не от диковинного недуга Коля на тот свет ушел, он вылечился. Зятя убил инфаркт. Почему его сердце не выдержало? — Римма развела руками: — Лично я понятия не имею. Между прочим, когда Веруся сказала, что у супруга низкая температура, я велела Николаю немедленно идти на обследование. И что он мне ответил: «Тещенька, нет причин для беспокойства. Я абсолютно здоров, остался только легкий кашель. Но это «хвост после болезни». И как заставить мужчину лечиться, если он не желает этого делать? Дочка тоже его просила анализы сдать, но Николаша только отмахивался. Итог известен.

Верочка мужа обожала, а этот следователь на нее напал, походя и меня задел: «Ваша мать зятя терпеть не могла». Откуда он такую глупость взял?

Галкина откашлялась.

— Не могу сказать, что я олигарх, но имею доход выше среднего. Карман мой не бездонный, однако проблем с деньгами на бытовые расходы нет. На еде я не экономлю. К свадьбе купила Вере квартиру. Спустя год подарила ей новую машину, самый дорогой «Мини Купер». Она его сама выбрала, какой-то спортивный... Я ничего в машинах не смыслю. Николаше я тоже джип приобрела.

— Не мальчик он, должен сам зарабатывать, — не удержался Степан, — не по-мужски это, мать жены потрошить.

— А, — махнула рукой Римма, — не солить же деньги! И мне неудобно показалось: Верочка ездит на красивом дорогом автомобиле. А Николаша на чем? На «Жигулях»? Я патриотка! Считаю Россию лучшей страной, никогда эмигрировать не собиралась, терпеть не могу тех, кто родину хает. Но! Есть то, что плохо! Сыр у нас не сыр, моцарелла не моцарелла, а «Жигули» не машина! Мне элементарно стыдно было, что зять на ведре с гайками катался! Коля мне не чужой, я ему когда-то попу мыла, кашей кормила.

— Вроде у Воробьева мать хорошо обеспечена, — пробормотала я. — Почему вы Коле помогали?

Римма рассмеялась:

— Откуда у нее деньги? Рентгенолог много не получает. Пока Галя с Вадимом жила, она ни в чем отказа не знала. Вадик актер, в куче сериалов снялся. Денег у него много было, нарасхват он, постоянно на экране мелькал, в десятке самых высокооплачиваемых артистов России числился. Когда Николаша был подростком...

Галкина запнулась.

— Ну... не хочется говорить плохо о подруге даже бывшей, даже подло поступившей с Верочкой. Да только правда всем давно известна. Вадик постоянно уезжал на съемки, по три-четыре месяца его не было. Галка жаловалась на тоску, одиночество, отсутствие мужского внимания. Я ей объясняла: «Супруг прикатывает с чемоданом денег, все тебе покупает, мальчика обожает. Квартира прекрасная, машина, дача, бриллианты, платья, шубы. Что еще надо? Да тебе вся страна завидует!» Но Галя все ныла, а потом Вадюша неожиданно приехал из командировки на неделю раньше и, как в глупом кино, застал жену в постели с другим. Не поверите с кем! С водопроводчиком!

— Классика жанра, — хмыкнул Степан, — представляю реакцию законного мужа. Хорошо, что жена жива осталась.

— Нет, вы ошибаетесь, — возразила Римма, — не было ни драк, ни скандала. Более того, парочка не заметила, что их застукали. Сейчас объясню, как я все узнала. Представьте. Стемнело. Время позднее. Звонок по телефону. Мобильных еще не было. Я работаю в челюстно-лицевой хирургии. Конференция в восемь утра, из дома надо выйти в шесть тридцать, в пять будильник заорет. Спать я тогда в девять вечера ложилась. Все знакомые знали, что нас с мужем после двадцати ноль-ноль беспокоить нельзя. И о чем я подумала, когда услышала вопль телефона в полпервого? Больной, которого я утром оперировала, только что умер. Хватаю трубку, а там Вадик.

— Римма, скажи Гале, что алименты на Колю я исправно до восемнадцати лет платить буду. По справке из бухгалтерии, с официального оклада. Завтра ей надо собрать свое и детское шмотье и сваливать по месту прописки в квартиру родителей. Мои апартаменты не делятся, потому как до брака с ней куплены. На сберкнижке у нас денег кот нассал. Пусть себе забирает. Не повезло Галине. Ей от меня ничего не отломится. Дача до знакомства с ней построена, машина моя на отца записана. На развод подам завтра утром. Разговаривать и встречаться с ней не желаю. В ее лживые зенки смотреть не намерен. Все. Конец. Детали у своей подружки узнай. Пусть от меня привет сантехнику передает.

И трубку бросил.

Римма усмехнулась.

— Вот так! Вадик через год женился на молоденькой девушке, живет с ней с тех пор, четверых детей завел. С Колей он отношения поддерживал, покупал ему одежду, давал денег, на море с собой брал. Галке ничего не перепадало.

Только алименты. Но с законного заработка по справке из бухгалтерии, а там смешную цифру писали. Когда Николаше восемнадцать стукнуло, эти капли перестали капать. Подруга быстро обеднела, сколько раз она у меня в долг брала и не возвращала!

Римма махнула рукой.

— Я понимала, что Галя сама виновата, собственными руками свое счастье разрушила, но очень жалела и ее, и Коленьку. Помогала ей и морально, и материально, работу ей нашла с окладом побольше. Всегда старалась Гале больных, которые за консультацию заплатят, подсунуть. И вот вам благодарность! Воробьева возненавидела Верочку, обвинила ее в убийстве Николая. Использовала связи своего любовника Ворчнова, чтобы мою девочку за решетку посадить.

— Зачем она так поступила? — удивилась я.

— Бабы, которые сыновей родили, прямо как волки, — покачала головой Римма, — перефразирую известную поговорку: «Сколько свекровь ни корми, она всегда сноху сожрать хочет».

— Зачем мы вам понадобились? — спросил Степан.

Римма вытерла глаза платком.

— Вера после разговора в полиции домой не вернулась. Где она, что с ней, понятия не имею. Мобильный ее отключен. Дома у себя доченьки нет. Найдите Верочку, пожалуйста. Я не знаю, куда она могла деться. Готова заплатить любые деньги. Любые!

Глава 4

— Чем будешь заниматься? — спросил Степан, когда владелица клиники ушла.

— Книга у меня не пишется, — грустно призналась я, — в голове пусто. Ничего на ум не идет. По договору я должна рукопись через месяц сдать. Но детектив пока весь в чернильнице. И что делать? Давай-ка съезжу в ресторан «Букетто», где Вере дали салат с кунжутным маслом. Поговорю с ними. Возможно, там напутали, зря следователь думает, что Вера хотела супруга отравить. Просто повар на кухне ошибся.

— Кое-кто рвется в бой, потому что ему не работается, — улыбнулся муж.

— В твоем агентстве грипп, — затараторила я, — добрая половина сотрудников свалилась с температурой. Ну почему они прививки не сделали?

— По глупости, — сердито ответил Степан, — я хотел приказ издать, обязать работников в клинику отправиться, да меня наш юрист остановил. Оказывается, я не имею права никого на прививку посылать. Сами должны пойти.

— В прошлом году народ в агентстве массово вакцинировался, почти никто не заболел, только Люся два дня похандрила, и все, — вспомнила я. — Почему они сейчас не привились?

— Потому что в бухгалтерии появилась Анжелика, — возмутился Степа. — Идиотка сотрудников взбаламутила, принялась вещать, что у нее куча подруг после прививки от гриппа умерла, а те, кто выжил, заработали корь, черную оспу, скарлатину, лихорадку Эбола, больные сердце, печень, желудок, облысение, бесплодие и с мужьями развелись.

— Похоже, девушка сама нездорова. С головой у нее проблема, — возмутилась я. — Почему ты не запретил ей чушь нести?

Степан махнул рукой:

— Такой особе рот не заткнешь. И она не девушка, к полтиннику подкатывает. Хочу ее уволить, жду, когда в третий раз на работу опоздает. Два опоздания по часу уже были.

— А тем временем семена, посеянные глупой бабой, проросли и заколосились. Сотрудники не пошли в процедурный кабинет и слегли. Никак тебе без моей помощи не обойтись, — резюмировала я, — мне не трудно в ресторан съездить. Ты прав, книга у меня забуксовала, зато время свободное появилось.

Степан улыбнулся:

— Спасибо. Мне и впрямь сейчас твоя голова не помешает.

— Скорее ноги, — засмеялась я.

Муж посмотрел на часы.

— Давай поступим так. Я велю Кирюше узнать подробности. Почему Веру вызвали в полицию для беседы? Наверное, есть результаты экспертизы тела Николая. Соберем немного материала, и утром ты ринешься в бой.

— Кирилл умелый хакер, он что угодно добудет, — согласилась я, — можно еще поговорить с твоим другом следователем Капраловым.

— Точно! — обрадовался Степа. — Вот почему я говорил, что твоя голова мне в помощь. Намертво про Вадима забыл.

— Это потому, что ты боишься к зубному ехать, — хихикнула я.

Муж незамедлительно возразил:

— Неправда.

— Правда, правда, — продолжала я, — при слове «бормашина» ты трясешься. А сейчас поедешь к Наталье Алексеевне только потому, что передний зуб выпал, неприлично с дыркой ходить. Надеюсь, все же сядешь сегодня в кресло. Хочешь, провожу тебя к доктору? За руку держать буду.

Степа горестно вздохнул и побрел к двери.

— Не надо!

Когда супруг ушел, я поспешила на кухню. Времени у меня много. Врач Наталья Алексеевна невероятно аккуратна и тщательна. Менее двух часов у нее в кабинете никто не сидит. Прибавьте к этому дорогу туда-назад... Даже такая леворукая кухарка, как я, успеет за это время приготовить ужин с помощью только что купленного чудо-комбайна. Но сначала надо определиться с меню.

Я открыла айпад и написала: «Простое вкусное блюдо из курицы для начинающей хозяйки». Глаза побежали по тексту. «Цыпленок по рецепту всемирно известной актрисы Фенькиной». Наверное, я единственная, кто никогда не слышал об этой звезде. Но я редко хожу в кино, а в театр еще реже. Почему? А потому, что когда главная героиня современной пьесы, трагически заломив руки, вопит: «Жизнь окончена, через секунду я умру» и бросается за кулисы, то я ей, как Станиславский, не верю. Мне кажется, что она сейчас сядет кофеек пить.

Не так давно мы с мужем решили развлечься, купили билеты на «Горе от ума». Ни Степа, ни я не ожидали ничего необычного и разинули рты, когда поняли, что действие перенесено в Африку. Скалозуб оказался белым плантатором, Чацкий имел темно-синий цвет кожи, Софью изображала тучная пенсионерка, а Молчалин расхаживал по сцене в одних красных стрингах. Публика бесновалась от восторга, кричала: «Браво! Бис!» Мы с супругом чувствовали себя чужими на этом празднике жизни, эмоциональными тупицами, не способными воспринимать современную постановку классики во всей ее красе. Разглядывая обрюзгшего Молчалина, я никак не могла отделаться от мысли: если уж осмелился носиться по подмосткам в стрингах, то, наверное, следовало предварительно позаниматься спортом. Интересно, как бы господин Грибоедов отнесся к этому зрелищу?

Но лучше мне сейчас не думать об искусстве, а заняться готовкой. Я начала читать рецепт госпожи Фенькиной. «Это элементарное в исполнении блюдо. Вам понадобится: 1 фермерская курица с одинаковыми ногами. Будьте внимательны. Если лапы разные, ничего не выйдет. Возьмите сантиметр, померяйте курячьи бедра».

Я с подозрением глянула на цыпу, которая лежала на столе. У меня нет сантиметра. Ладно, смотрим следующий рецепт. «Курица, как у вашей бабушки». Мне не повезло расти рядом с доброй старушкой, которая с любовью готовила нечто вкусное для внучки. Коронным номером тетки Раисы, которая воспитывала дочь Ленинида, были макароны. Рая варила их в огромной кастрюле, потом тщательно промывала холодной водой и хранила в здоровенной миске. Первые три дня после получения теткой зарплаты мы ели их с кусочком чайной, самой дешевой, но волшебно вкусной колбаски. Потом триста граммов изыска заканчивались. Следующие четверо суток к макарошкам прилагался ломтик дешевого сыра, но и он заканчивался. На столе появлялись сваренные вкрутую рубленые яйца. Шло время, и они исчезали. Тогда Раиса жарила на сковородке много репчатого лука, и с ним макарошки казались даже вкуснее, чем с колбасой. Однако и этот гастрономический фестиваль завершался. Одновременно пустел и кошелек Раисы, впереди маячил костлявый призрак голода. Но на подоконнике у нас в картонных пакетах из-под молока всегда, зимой и летом, рос зеленый лук, поэтому в последние дни перед получкой мы с теткой лопали мелко нарезанные перья с черным хлебом, потому как «спагетти» наконец-то иссякали.

Автору рецепта здорово повезло, у него была бабушка, которая готовила курочку. И как она это делала? «Выйдите во двор, поймайте жирного бройлера, отрубите ему голову...» О нет! Я быстро пролистнула айпад: «Курятина обалденно вкусная. Вам потребуется. Бройлер весом 1 кг 215,03 гр. Трюфели — 425,4 гр. Масло сливочное производства комбината «Буренка Матренка», другое никак нельзя — 18,5768943 грамма. Внимание! От количества ингредиентов целиком и полностью зависит вкус блюда. Но я не сомневаюсь, что у вас, хорошей хозяйки, есть электронные весы повышенной точности». У меня вмиг обострился комплекс неполноценности. Вилка! Ты плохая хозяйка. Ну нет у меня весов! И трюфелей тоже! В наличии конфеты с одноименным названием, но подозреваю, что для приготовления блюда надо использовать грибы, между прочим, отвратительно дорогие, а их нужно почти полкило. Что делать? Комбайн я купила, курица в наличии. Рецепта нет!

Я встряхнулась. Спокойно. Не будем впадать в уныние. Вот новое руководство. «Для девочек семи-девяти лет. Хочешь порадовать маму? Сделай сама на ужин паштет-пюре из курицы». Я заликовала. Вот оно! Сомнительно, что маленькому ребенку рекомендуют готовить нечто сложное. И что у нас там? «Сначала я расскажу тебе, кто такая курица. Она не птица. Много тысячелетий назад...»

Я пролистнула несколько страниц рассказа про происхождение цыпы и наконец добралась до слов: «Тебе понадобится: 1 сырая курица. 2 банки шампиньонов в собственном соку. Если грибов нет, то и не надо». Я засучила рукава. Ура! Все есть в наличии. Начнем, пожалуй.

Глава 5

Я начала внимательно читать рецепт. «Возьми чистую кастрюлю, положи туда вымытую курицу, залей водой, вари до мягкости. Пока она готовится, займись сбором мясорубки. Конечно же у твоей мамы такая штука есть. Проверни мясо, только сначала отдели его от костей».

Я живо ополоснула тушку, поставила ее вариться; необычайно вдохновленная результатом своего труда, обратилась к упаковке с комбайном и стала изучать руководство. На мое счастье, текста в нем было всего ничего. «Поздравляем с приобретением чудо-комбайна, который один заменит множество кухонных приборов. Найдите в приложении название того, что хотите собрать, действуйте по инструкции в картинках». Я чуть не запрыгала от радости и перелистала страницы. О! Мясорубка. Ну, прямо то, что надо! Начнем! «Приготовить — чашу номер два полукруглую с крышкой и тело прибора с вращательной осью. Все части прибора для вашего удобства имеют разный цвет. Розовый шнек, синий нож, зеленая решетка крупноячеистая и красная мелкая, фиолетовый диск, голубой лоток для мяса».

Я порылась в коробке, довольно оперативно обнаружила все необходимое и продолжила увлекательное чтение. «Сбор рубительного компонента происходит без усилий. Протолкните шнек в рабочий отсек до щелчка с вращательной осью. Строго соблюдайте правило: сначала воткнуть вилку электроприбора в сеть...»

Я живо выполнила указание и перевернула страницу. «...категорически запрещается, поскольку возможно самопроизвольное включение мясорубной функции, и вам откусит пальцы. Если же, закричав от боли, вы уроните наш самый лучший комбайн на пол, он отхватит вам ноги, поскольку оснащен наипрекраснейшими самозатачивающимися лезвиями, способными самозаводиться, самоочищаться, самомыться, самосушиться, самополироваться. Если вы все же совершили ошибку, всунули штепсель в розетку, то надо просто дернуть за шнур...» Листок снова закончился. Мигом представив, как кровожадный механизм прокручивает мои руки, потом ноги и в конце концов добирается до головы, я, похолодев от ужаса, схватилась за провод в оплетке, в один момент выдрала его из розетки, перевела дух и решила продолжить чтение.

«... так, естественно, решите вы, но делать это категорически запрещено». Я икнула, но продолжила чтение. «Так как вы легко можете разорвать шнур, и тогда через ваше тело пройдет электроток, он вмиг вызовет паралич сердца, обугливание тела, ожоги всех степеней, пожар в доме, взрыв бытового газа». Я схватила кружку с водой и начала судорожно пить. Почему авторы саги про мясорубку сначала описывают действия, а потом кричат: «Ни в коем случае не делайте это». Может, они немцы? У германских классиков, таких как Анна Зегерс, Бруно Апиц, Томас и Генрих Манны, одно предложение подчас растягивается на две страницы. И когда читатель, устав, как гончая собака, наконец добирается до конца фразы, то видит прекрасное слово «nicht». Оно означает, что ничего из того, что вы ранее прочитали, не случилось. Nicht! Не произошло этого.

Выпив минералки, я успокоилась: руки-ноги у меня целы, обугливания тела, взрыва газа не произошло, пора приступать к сбору чудо-агрегата.

Винт с нарезкой, который, оказывается, именуется шнек, никак не хотел щелкать, я жала на него, жала, потом догадалась вынуть и рассмотреть деталь. У круглого основания с дыркой была надпись: «Розовый цвет ошибочен, считайте его зеленым». Я порылась в коробке и нашла кучу одинаковых деталей. На всех имелись похожие сообщения. Синий оказался красным, красный желтым, желтый фиолетовым, фиолетовый белым, белый оранжевым, оранжевый розовым. Закричав «ура», я схватила винт, похожий по цвету на апельсин, впихнула его куда надо, и вмиг раздался громкий щелчок. Первая удача меня вдохновила. Следующим этапом стал поиск синего ножа, который... думаете, как шнек, был оранжевым? Нет, он оказался черным.

Сбор мясорубки занял около часа. Когда дело дошло до посудины, куда будет вываливаться куриный фарш, я превратилась в потную растрепанную кошку и обрадовалась: наконец-то процесс сборки завершается. Вот только не понятно, зачем от этой миски отходит трубка с дырками? Неужели нельзя сделать просто маленькую кастрюльку? Похоже, режиссер, который велел Молчалину бегать по сцене в стрингах, не так уж много зарабатывает, он вынужден еще создавать весьма причудливые кухонные приборы. Поставив на место странного вида плошку и чувствуя себя Гераклом, который победил Немейского льва, я потыкала вилкой в курицу и поняла: она сварилась. Надо вновь обратиться к рецепту.

Переведя дух, я заварила себе фруктовый чай и вперилась взглядом в айпад. «Ты собрала мясорубку? Молодец. Теперь разбери ее и убери на место. Каждая хорошая девочка обязана уметь обращаться с таким прибором. Пока варилась курочка, мы с тобой немного потренировались. Учение свет, а неучение тьма. Вынимай блендер, именно он понадобится для суфле». Я не поверила своим глазам. Потренировались? Да я чуть с ума не сошла, путаясь в разноцветных деталях, вспотела, проголодалась. А теперь мне советуют воспользоваться миксером? Ну уж второй раз меня не поймают на ту же удочку. Я быстро пролистала текст и поняла, что без разбивания курицы в пюре не обойтись. Делать нечего, пришлось опять переходить к руководству. Нужная страница нашлась не сразу.

«Блендер. Прибор придуман в двадцать пятом году до нашей эры. Создателем очень удобного стакана с вращательно-толкущим ножом...». Я застонала. Я технически безграмотный человек, но мозг-то у меня есть, и он сейчас сомневается, что в древности хозяйки использовали нечто, способное сделать из мяса паштет. Где схема сборки?

Вот же она! Слава богу, на сей раз без указания цвета частей. «Найдите литровый пластиковый стакан, насадите его на штырь в верхней части электродвигателя. Закрепите продуктоприемник с помощью двояко вогнуто-выпуклого шпинделя, который надели на думбель посадочной части труктегля, снабженного роторно-задвижечной шайбой генераторно-конвекционного типа. Вы легко выполните указанные операции, так как они для удобства потребителя повторяют действия, совершаемые при сборе хвостовой части ракеты с ядерной боеголовкой. Вы, конечно же, не один раз их выполняли».

Я рухнула на стул. Похоже, моя жизнь шла какими-то иными тропами, чем у остальных женщин. Я никогда не собирала ничего с хвостом и крыльями. И что теперь делать? Курица сварена, хочется приготовить вкусный ужин. Я перевела дух. Сдаваться не в моих правилах. Надо перевернуть страницу и...

Я осуществила задуманное и пришла в восторг. Вот и рисунок для идиоток вроде госпожи Таракановой. Ничего трудного, никакого летательного аппарата и близко нет. Тихо напевая, я водрузила большой стакан и привернула круглую железку. Дальше все покатило, как по маслу. Процесс снятия с курочки кожи, отделения мяса от костей и запихивания его в пластиковую емкость занял мало времени.

«Теперь включайте блендер», — произнесла я вслух последнюю фразу руководства и ткнула пальцем в кнопку. Послышалось недовольное ворчание, рев, гул... Из чаши вылетел фонтан чего-то серого, следом пластиковый стакан отделился от железки, на которой находился, и стартовал к потолку.

Я закрыла голову руками, кинулась под стол и затаилась. Звуки стихли. Я высунулась из укрытия. На комбайне зажглось окно с яркой надписью: «Аварийная остановка». Я выползла наружу, встала, задрала голову и увидела по обе стороны люстры две кучки чего-то серого, плюс пластиковый стакан, который невесть как держался на потолке.

— Вилка, я дома, — крикнул из прихожей Степан, — со мной Фая. Заваришь нам чайку?

Услышав, что муж привел домой Фаину Кузьмину, я обрела способность быстро думать и молниеносно действовать. Когда супруг с сотрудницей вошли в столовую, коробка с комбайном уже была засунута в шкаф, везде царил порядок.

— Чем так вкусно пахнет? — удивился Степа и поднял крышку кастрюли. — О! Милая! Ты сварила бульон!

Я потупилась:

— Да.

— Отличный ужин в холодный день, — потер руки Степан, — налей нам с Фаей.

— С удовольствием, — сказала я, — только это просто бульон, чистый, без ничего.

— Это прекрасно, — заверил супруг, — а мы пока руки помоем.

Я наполнила две глубокие тарелки, поставила их на разделочный стол, отошла к хлебнице, нарезала батон, потом полезла в холодильник за маслом, отнесла суп в столовую. Гостья и Степа вернулись из ванной, сели, взяли ложки...

— Почему ты сказала, что он пустой? — удивилась Фая. — Это же крем из куриной грудки.

— Очень вкусно! — воскликнул Степа. — Прямо объедение, я люблю протертое первое.

— Я сказала без ничего, имея в виду, что в бульоне нет лука, морковки, картошки, — вывернулась я.

— Зато вкусной курятинки навалом, — заметила Фая.

Я отошла к плите, очутилась вне зоны видимости едоков, задрала голову и увидела, что серых куч возле люстры нет. Значит, они состояли из перемолотой курятины и весьма удачно плюхнулись в тарелки с бульоном, которые я поставила на стол. Ни один кусочек не угодил мимо. Прямо феерическое везение.

— Поделись рецептиком, — попросила Фаина.

— Проще некуда, — начала я, — засунь курицу в кастрюлю, свари ее до готовности.

Ораторский пыл иссяк. Ну не говорить же честно: «Включи блендер, подожди, пока из него не вылетит содержимое и не прилипнет к потолку».

— Дальше, — поторопила меня Фаина.

— Традиционно, — вывернулась я, — превращаешь бройлера в пюре — и на стол.

— А сливки? — спросила Фая.

— Какие? — растерялась я.

— Коровьи, — пояснила Фаина. — Сколько ты их в кастрюлю наливаешь?

— Зачем? — не сообразила я.

— Для вкуса, — засмеялась Фая, — ну хватит меня разыгрывать. Теперь никогда не поверю, если наши опять сплетничать станут, что у Таракановой обе руки левые, поэтому Дмитриев вечно в кафе жрет.

Я опешила. В суп-пюре наливают сливки? Ну и ну! Мне бы это никогда в голову не пришло.

Из прихожей раздалась бодрая мелодия.

— Телефон, — спохватилась Фая, — я оставила его в кармане куртки.

— Это мой, — сказал Степа.

— Нет, — возразила Кузьмина и выбежала в холл.

— Сейчас посмотрю, чей сотовый выступает, — вздохнул Степан и пошел в коридор, — завтра на совещании велю сотрудникам в качестве звонка выбрать разные музыкальные произведения.

Он исчез, я пошла к холодильнику, и тут меня что-то сильно стукнуло по макушке, а через секунду на пол шлепнулся стакан от блендера.

Я подняла его и погладила.

— Спасибо, милый, ты настоящий друг. Не спланировал мне на голову, когда Степа и Фая наслаждались супчиком. Представляешь, я сделала крем-суп!

— С кем ты беседуешь? — полюбопытствовала Фая, входя в столовую.

— Просто напеваю себе под нос, — соврала я.

Кузьмина сделала брови домиком.

— Фиговая я хозяйка! У меня никогда не получится так вкусно, как у тебя. И суп-пюре я только в ресторане ем, обожаю его, но сама не готовлю. Знаешь, в чем причина?

— Теряюсь в догадках, — улыбнулась я.

Фая уселась в кресло.

— Голова у меня совсем отсутствует. Свалю все в блендер, включу его... Опаньки! Курицу по стенам разметало. Почему? А потому, что я забыла стакан крышкой закрыть.

— Крышка! — воскликнула я, до которой наконец дошло, почему около люстры появились два холмика курятины. — Крышка! Ну надо же!

Я успела прикусить язык. Ни за какие богатства мира не признаюсь: я даже понятия не имела, что блендер нужно накрыть крышкой.

Глава 6

— Степан сказал, что ты решила нам помочь, — начала Фаина, когда муж устроился на диване.

Мне не хотелось выглядеть в глазах Кузьминой скучающей особой, которая, устав от безделья, решила поиграть в сыщика. Поэтому я начала беспардонно лгать.

— Вчера сдала рукопись в издательство, я всегда отдыхаю между книгами недельку. Сейчас бездельничаю. Знаю, что у вас народ от гриппа полег, вот и подумала: вдруг я пригожусь.

— Супер, — обрадовалась Фая, — я прямо приуныла, когда Степан мне велел Верой Галкиной заниматься. Это четвертое дело на мою хилую шею! И вдруг ты! Слушай, что я успела выяснить.

— Вся внимание, — сказала я.

Фаина начала доклад.

Внезапная смерть от инфаркта молодого мужчины — это повод для вскрытия и разных исследований. В крови покойного Николая нашли какие-то непонятные вещества. Вид их полицейский токсиколог определить не смог и ненаучно написал в заключении: «Какая-то дрянь, могла ли она угнетать сердечно-сосудистую систему, не знаю». Когда начальство принялось ругать эксперта, тот спокойно ответил:

— То, что я нашел у Воробьева, в традиционный список отравляющих веществ не укладывается. Я расширил поиски. Но и тогда ничего известного не отыскал.

— Значит, Николай умер не от инфаркта? — уточнила я.

— Именно от него, — возразила Фаина, — но сердце дало сбой из-за коктейля в венах. Что за вещества, как они работают, не установлено. Возможно, они входят в состав лекарства, которым Воробьева лечили от африканской болезни. Но снадобья не осталось, изучить его невозможно. Может, Коля еще раньше ел-пил что-то в одной из стран, куда летал, а организм отреагировал не сразу. Он постоянно по миру катался, вел незаконный бизнес.

— Какой? — удивилась я.

Фаина продолжила рассказ.

В мире есть люди, обожающие экзотических животных и змей. Гадов держат в специально оборудованных террариумах, создают им наилучшие условия. В России водятся разные представители пресмыкающихся, но кое-кто мечтает заполучить редкий, очень ядовитый вид. Зачем держать тварь, способную впрыснуть яд, от которого ты укатишь на тот свет в считаные минуты? Ну это вопрос не ко мне. У меня даже хомячка дома нет.

Привезти, к примеру, из Африки в Москву экзота не так просто. Во-первых, есть животные, которых запрещено ловить на их родине. Потребуется много хитростей, чтобы внести зверушку в самолет. Во-вторых, не каждую особь впустят в Россию. «Эмигранту» потребуется соблюсти карантин, при нем должны быть документы. Одна моя знакомая притащила в Москву из Нью-Йорка щенка, которого абсолютно легально приобрела в США в магазине. Лера чуть не поседела, объясняя таможенникам, что песик совершенно здоров, показала все его справки. С огромным трудом ей удалось избавить четырехлапого малыша от многодневного заточения в карантине. Если быть совсем честной, Лерка просто расстегнула кошелек и сейчас говорит псу: «Мартин, ты золотой лабрадор. В прямом смысле этого слова». Собака обычный ретривер, никакой экзотики в ней нет, но протащить псину через все российские контроли оказалось очень дорогой и совсем не простой задачей. А теперь представьте, что вы держите в руках контейнер с ядовитой змеей, да еще в придачу весьма сердитой, потому что сначала ее поймали, а потом везли несколько суток в разных видах транспорта.

И как пограничникам проверить: тот ли это гад, который указан в сопроводительных документах? Сотрудники полиции и таможенники не герпентологи, а у змеюки нет паспорта с фотографией. Чтобы определить вид пресмыкающегося, надо сравнить его со справочником, посчитать полоски, петли на коже «иммигранта». В обязанности пограничников это не входит. Поэтому в таких случаях вызывают квалифицированного специалиста, который работает в каком-нибудь НИИ. Ученый всеми силами сопротивляется вызову в аэропорт... Короче, не советую самостоятельно доставлять в Москву нечто ползающее. Получите огромное количество хлопот, истратите кучу денег, порвете нервы в лоскуты. Если уж вам втемяшилось в голову стать обладателем черной королевской мамбы, то лучше найдите доставщика. Вот он, естественно, за жирные деньги, притащит клиенту любую живность от тигра-альбиноса до пингвина, который умеет декламировать стихи Пушкина. Главное, найти настоящего профессионала, а не мошенника. В интернете много объявлений вроде: «Привезу, что хотите, только заплатите». Но, если вы свяжетесь с неизвестным типом, то скорей всего получите полудохлую птичку, которую транспортировали в закрытом зонтике. А когда она через пару дней скончается, претензии будет некому предъявлять. Настоящих доставщиков раз, два, и обчелся. У них обширные связи не только в российских, но и в иностранных пунктах въезда-выезда, чаще всего это профессиональные биологи или ветеринарные врачи, они дадут вам консультацию по содержанию зверушки, не станут втюхивать больную особь, берегут свою репутацию. Таким специалистом являлся Николай Воробьев.

Николай мог привезти из Венгрии щенка, которого купил некий москвич, или котенка из магазина в Англии. В этих случаях все было честно, открыто, прозрачно. Тот, кто приобрел домашних любимцев, делал покупки легально, ввоз мирных домашних животных в Россию не запрещен. Просто заказчику не хочется самому лететь в Будапешт—Лондон, объясняться с таможенниками, погранконтролем. Но одновременно Коля привозил из Африки, Латинской Америки, Азии и так далее всякую экзотику, которую не разрешено доставлять во многие государства.

— Римма сказала, что зять мечтал найти никому не известное животное, поэтому колесил по всему миру, — заметила я.

Фаина хихикнула:

— Ага. Но теща умолчала, что мужик доставлял нелегально разных тварей на заказ за ого-го какие деньги.

— И как ты это узнала? — заинтересовался Степан.

— Просто, — хмыкнула Кузьмина, — элементарно вбила в поисковик — Николай Вадимович Воробьев, владелецветклиники. Выпала куча упоминаний. Я начала с сайта их с женой лечебницы, мне стало понятно, что это заведение на ладан дышит, специалистов мало, и находится оно на задворках столицы. По телефону какая-то бабка гундосит: «Что вы хотите, запишу на прием через неделю». Я сообразила: не клизмами собакам парочка зарабатывала. Деньжата у них водились, квартиру большую купили, машины у них крутые. Откуда золотой дождь? Копалась, копалась, нашла в фейсбуке запись одной девицы, она жаловалась, что ее муж нанял ветеринара Воробьева для доставки из Африки какой-то обезьяны невероятной редкости. Лухосо порода называется.

— Никогда о такой не слышала, — удивилась я.

Кузьмина прищурилась:

— Назови предков человека, которые тебе известны.

— Гиббон, орангутанг, мартышка, ленивец, — перечислила я. — Всё.

— Если верить справочнику, четвероруких млекопитающих тьма, — продолжала Фаина, — некоторые лишь узкому кругу специалистов известны. Женщина жаловалась, что ее мужа Игоря надул доставщик, привез больную особь.

«Знайте все, что ветеринар Николай Вадимович Воровьев, владелец ветклиники, мерзавец, берет большие деньги и притаскивает полудохлых обезьян». Дальше просто, я поплавала в сети и нашла сайт, где Николай с клиентами общался.

— Так, — протянул Степан, — это интересно.

— Есть еще инфа к размышлению, — заявила Кузьмина. — На Веру не так давно совершили нападение. Она поехала в СПА в районе пяти вечера, предупредила мужа, что вернется не раньше одиннадцати. Когда в полночь жена не появилась, Коля не забеспокоился, решил, что благоверная просто задержалась в круглосуточном салоне, такое уже случалось. В начале второго он все же задергался и позвонил на ресепшен. Ему ответили, что Верочка, их постоянная клиентка, давно покинула заведение. Николай перепугался, обратился в полицию, но ночью никто из служителей закона активности не проявил. Воробьев утром приехал в отделение, бросился в кабинет начальника, устроил там скандал, потребовал, чтобы всех подняли в ружье на поиски, и тут у него ожил мобильный, на экране определился номер жены.

— Ты где? — завопил Коля. — Я искал тебя всю ночь.

— Не знаю, — простонала Вера, — вокруг много деревьев, вдали новостройки. Мне плохо, тошнит, я падаю.

Местонахождение Веры определили благодаря включенной на ее трубке геолокации. Машина, в которой сидело несколько полицейских и Коля, помчалась по адресу. В большом лесопарке на пеньке сидела заплаканная Вера. Одежда ее была в грязи, на лице наливались синяки. Она так и не смогла объяснить, что с ней случилось. Вера хорошо помнила, как расплатилась в салоне, села в свою машину, поехала домой, и... все! Далее черная яма. Никаких воспоминаний. Очнулась Галкина от холода, она лежала под кустами. Бедняга побрела куда глаза глядят, периодически пытаясь соединиться с мужем.

Но телефон Веры находился вне зоны действия сети. Сколько времени она плутала среди елок, никому не ведомо. В конце концов, когда стало светло, она набрела на пенек, села и случайно поймала сигнал. Куда подевалась ее иномарка, Вера не знала, где потерялась сумочка, понятия не имела, хорошо хоть сохранился сотовый, который лежал в кармане курточки. У нее было два мобильных, один исчез вместе с ридикюлем. Откуда кровоподтеки на лице? Где сломала ногти? Ни на один вопрос Вера не могла ответить. Врачи в клинике выявили у нее побои, правда, не очень сильные. А вот на спине у нее нашли след от укола. Гинекологу Вера не разрешила осмотреть себя, кровь на анализ не сдала.

— Вспомните, — попросил полицейский, — сконцентрируйтесь на том, как уходили из салона. Может, в какой-то момент вы почувствовали боль в районе правой лопатки?

— Точно! — оживилась Вера. — Я стояла в кассу, чтобы оплатить счет, передо мной пара человек, сзади тоже несколько клиентов. И вдруг! Неприятное ощущение в спине! Я обернулась и увидела мужчину. У наших людей дурацкая манера наступать тебе на пятки, словно от этого очередь быстрее двигаться будет. Парень был из этой породы. В одной руке он держал кактус. Я ему сказала: «Молодой человек, сделайте шаг назад, вы мне всю спину искололи». Он извинился, объяснил, что его мать собирает такие растения, он ей подарок купил. Я оплатила процедуры, вышла на парковку, открыла машину, села и... Все, занавес.

Полицейский крякнул и рассказал, что в Москве и в Подмосковье действует банда угонщиков. Преступники ждут, когда на парковку крупного торгового центра въедет дорогой новый автомобиль, следят за хозяином тачки, ходят за ним по лавкам, а когда он идет на выход, его «случайно» задевает в толчее милая девушка и колет кактусом. Блондинка извиняется, кланяется. Понятное дело, ее сразу прощают. Потом водитель спускается в паркинг, открывает свой автомобиль и... через семь-восемь часов просыпается в лесу или в каком-то другом безлюдном месте. Понятное дело, ни машины, ни денег, ни часов при нем не оказывалось. Хорошенькая белокурая девушка работала только с мужчинами. Женщин разводил парень-красавец. Бандиты не убивали владельцев тачек, они понимали, что срок за охоту на чужие колеса и годы, которые проведет за решеткой тот, кто лишил человека жизни, — это, как говорят в Одессе, две большие разницы. Травмы, нанесенные автолюбителям, были незначительными, их не били. Все понятно? Правда, в случае с Верой был салон, а не магазин, но это не принципиальное различие. Верочку хорошенько помутузили, но ничего ей не сломали. Ногти она, похоже, повредила, уже бродя по лесопарку, одежда ее была испачкана, но ведь грязь не опасна. Похоже, Верочка падала, когда бродила среди деревьев после приема наркотика, которым явно «угостили» жертву, у нее началось головокружение.

Фаина зевнула.

— Вот только у меня возникла своя версия событий.

— Какая? — полюбопытствовала я.

Глава 7

Кузьмина прищурилась.

— Следи за полетом моей мысли. Николай занимался незаконной доставкой животных. Довольно наглый тип, у него на стартовой странице написано: «Вы владелец зоопарка или просто любитель животных, которых нет ни у кого в России? Оставьте заявку, с вами свяжутся. Любой каприз за ваши деньги. Хотите таракана с Марса? Он ваш. Просто оплатите мой полет на Красную планету». Теперь обозрим тему с другой стороны. Вилка, ты фото Веры видела?

— Пока нет, — призналась я.

Фая открыла айпад.

— Это упущение легко исправить. Любуйся. И как?

— Хорошенькая блондинка, — оценила я фото, — голубоглазая, более двадцати лет не дашь. Очаровательная девушка. Стройная.

— На самом деле ей за тридцать, — уточнила Фаина, — но смотрится юным персиком. А теперь обрати внимание на кадры светской хроники. Игорь Зуйков ну очень богатый дядя, если начну перечислять, чем он владеет, то до утра не закончу, от фабрик-заводов до ателье по пошиву одежды для домашних животных. Три его бывшие женушки обожали попадать под прицелы папарацци. И понятно почему. Если сидеть сутками в своем особняке, то кому показывать эксклюзивные платья и драгоценности? Домработнице? Охране? Хочется похвастаться тем, о чем другие только мечтают. Глянь, кто на снимке?

— Зуйков с Верой! — поразилась я.

Фаина ухмыльнулась.

— Я тоже сначала так решила, потом на дату внизу позырила.

— Конец девяностых, — протянула я. — Это другая женщина.

— Молодец! — похвалила меня Фая. — Перед тобой Лена Бонко, первая супруга Зуйкова. А вот вторая его жена Кэт Дохон, американка из семьи русских эмигрантов. Ну и третья бабень — Алиса Гончарова.

— Они как близнецы, — отметил Степан, — хотя при более внимательном изучении заметны различия, по фотографиям. Мы не можем оценить мимику дам, не слышим их голоса.

— Ну и фиг с ним, — отмахнулась Кузьмина, — у Зуйкова в башке стереотип, он клюет на тощих, кудлатых, голубоглазых блондинок с крупным ртом и отсутствием бюста. Интересная деталь. Каждый брачный союз нашего олигарха длился ровнехонько десять лет, а потом развод. Понятно почему. Белокурая красотка обабивается, разжирается, юная нимфа превращается в тетку. И Зуйков отправляет мадаму за борт. Никаких скандалов не случается. Игорь покупает бывшим дома, бизнес и опять женится на тощей голубоглазой белокурой кошечке. Он не гонится за молодостью, главное — внешность. Гончаровой стукнуло тридцать восемь, когда она получила кольцо с немереными каратами. Помнишь, я говорила о посте в фейсбуке? Его написала Алиса, которая тогда еще считалась супругой Зуйкова. Ее браку с Игорем десять лет, похоже, вот-вот бизнесмен жену поменяет. Я позвонила Алисе, попросила ее о встрече, объяснила, что убит Николай Воробьев, доставщик. Она обрадовалась.

— Супер, так ему и надо! Надеюсь, мелкая крыса, его баба противная, тоже на тот свет уехала.

Я ей поддакнула:

— Вы о Вере? Неприятная особа. Извините, я не представилась как следует. Я частный детектив, меня мать Николая наняла, чтобы доказать, что ее сына невестка убила.

— Стопудово она преступница, — зачастила Алиса, — приезжайте ко мне, записывайте адрес. Я знаю много интересного.

Кузьмина ухмыльнулась:

— И я к ней рванула, благо путь недалек. Пешком от нашего офиса пять минут. Много занятного услышала. Гончарова, оказывается, уже живет отдельно от Зуйкова, ненавидит Веру, считает, что из-за нее Игорь с ней разъехался. Развод пока не оформлен, но понятно, что он не за горами. Где Зуйков познакомился с Верочкой? Игорь страстный обожатель экзотических зверушек, в его огромном поместье есть большой зоопарк. Некоторое время назад кто-то порекомендовал олигарху Николая в качестве доставщика. Гарик его нанял, понял, что Коля хорошо работает, и стал регулярно посылать Воробьева за всякой живностью. А потом у Зуйкова случился день рождения, на который он позвал тысячу гостей, среди них оказался Николай с женой. Когда Вера подошла к имениннику и протянула ему пакетик, Алиса вмиг поняла: вот она, опасность. Супруга Воробьева была очень похожа на молодую Гончарову. Хозяйка дома волновалась не зря. Игорь вмиг стал оказывать Вере повышенное внимание. А та рассказала ему про очень редкое животное лухосо, которого ни у кого на свете нет и ни в каком зоопарке мира его не найти. Зуйков загорелся и потребовал, чтобы Коля нашел ему экзота. Воробьев пояснил, что он знает про лухосо, ему о нем нашептали местные охотники в Латинской Америке. Ареал его обитания — берега Амазонки, та ее часть, где не ступила нога европейца и куда не всякий абориген сунется. Среди непроходимых лесов находится деревня племени, которое ведет первобытный образ жизни и незнакомо с докторами. Но самое удивительное, что никто из ее жителей не болеет, детская смертность отсутствует, мужчины и женщины переваливают за столетний возраст и не жалуются даже на головную боль. И зубы у стариков не выпадают, онкологии и сердечно-сосудистых заболеваний они не знают. Почему община, лечащая все недуги с помощью молитв и танцев, обладает столь крепким здоровьем? У аборигенов есть ответ. Много веков назад, когда Луна и Солнце еще не поссорились и всегда вместе светили на небе, в деревню пришел старик, на плече у него сидела то ли кошка, то ли крыса, то ли еще кто-то. Появился гость в скорбный момент. У местного вождя только что умерла дочь, все готовились к погребению. Но законы гостеприимства нужно соблюдать, поэтому старика с почетом проводили в хижину, предложили ему еды. Чужеземец отказался, он попросил отвести его к ложу, где лежала несчастная девушка. Очутившись рядом с покойной, гость снял с плеча странное создание, сказал: «Лухосо, помоги», посадил его на голову усопшей, и через минуту та села и сказала:

— Я очень проголодалась.

Обезумевший от счастья вождь отвел старика в казну и воскликнул:

— Бери любые сокровища, сколько хочешь.

— Не надо мне ни золота, ни камней, — отказался спаситель девушки, — наоборот, это я хочу наградить вас. Оставлю вам лухосо. Спустя пару месяцев у него родятся дети. Лухосо станут вашим амулетом, вы будете жить по сто пятьдесят лет, никогда не заболеете, не узнаете голода, но все это исполнится, если никто из вас не уйдет из общины, вы не измените образ жизни, не будете учиться грамоте. Когда кто-то один нарушит эти условия, ваши лухосо погибнут, а вслед за ними и члены племени скончаются в мучениях.

Фаина перевела дух.

— Вот такую фигню мне Алиса рассказала, она присутствовала при беседе Игоря с Николаем. Зуйков через несколько дней после юбилея вызвал доставщика к себе домой. Тот приехал вместе с женой.

— У нас в библиотеке есть двадцатитомник «Сказки и легенды мира», — улыбнулся Степа, — там и не такое прочитать можно.

Фаина не стала спорить.

— У каждого народа много всяких сказаний. Но по словам Алисы, Николаю удалось проникнуть в селение, которое прячется в непроходимых лесах. Каким образом он смог убедить местного вождя отдать ему одного из лухосо? Нет ответа на сей вопрос. Да и не так это интересно, важно другое: Игорь получил зверька, заплатил Николаю космическую сумму. А лухосо спустя короткое время заболел, потом, несмотря на привезенное лекарство, умер. Алиса слышала, как муж вопил в телефон:

— Петр! Сделай так, чтобы поганец кровью рыдал!

Гончарова знала, что Петя — помощник супруга по «деликатным» вопросам.

Болезнь зверушки и приказ Петру разобраться с Николаем Зуйков отдал за день до того, как на Веру напали угонщики. В ту ночь, когда Галкина исчезла, Петр приехал к хозяину, заперся с ним в кабинете, и вскоре оттуда понесся такой крик, что у Алисы заложило уши. Зуйков выволок верного опричника за шиворот в коридор, потащил его к входной двери и без устали орал:

— Идиот! Немедленно останови своих...!

Дальше шел только нецензурный текст. Гончарова сообразила, что верный Петя совершил глупость. Случалось с ним подчас такое. На следующий день после обеда Игорь, выпив за столом лишку, пошел спать, мобильный он оставил в кресле, а на него прилетело сообщение. Ревнивая Алиса решила посмотреть, кто и что написал мужу, и прочла: «Гарик! Я дома. Когда могу позвонить? Ты не берешь трубку. На меня напали, избили». Гончарову осенило. Она знала, что Петр, когда ему поручали с кем-то разобраться, обычно наносил вред члену семьи человека, на которого был зол Игорь. Такая тактика быстро приводила к успеху. Если тебе ломают руку-ногу, это неприятно, но можно упереться и не выполнить то, чего хочет олигарх. А вот когда бьют твою жену, мать, детей, тогда ты согласишься сделать все, что угодно. Петр применил обычный метод, приехал доложить хозяину, что его люди работают с Верой... и получил от Зуйкова выволочку с приказом немедленно прекратить акцию.

Алису затрясло от злости. Значит, супруг нашел себе новую бабу! И тут в комнату неожиданно вошел Игорь, увидел свою трубку в руке жены...

Фаина хихикнула.

— Через пару часов Алиса была изгнана в одну из квартир олигарха. Так вот, Гончарова считает, что Николая убила Вера!

— А смысл? — тут же спросил Степан.

— Богатый Буратино, любитель держать в своем зоопарке экзотических тварей, увидел свой любимый типаж и начал его кадрить. Вера решила сменить мужа, а Николай супругу легко отдавать не собирался. Его надо было устранить, — не переводя дыхание, заявила Фая. — Так считает Алиса.

— Вера организовала ядовитые грибы, кунжут в салате... — протянула я.

— Болезнь Кха-Кха, — не выдержал Степан.

— Бха-Бха, — поправила я.

— Пха-Пха, — отрезала Фаина.

— Большей глупости я не слышал, — резюмировал Дмитриев.

— Аллерген в еду добавить легко, — пробормотала я, — грибы тоже раздобыть не сложно. А вот с заразой труднее. Где взять вирус? Не знаю, как распространяется болезнь, но, судя по твоему рассказу, в Москве о ней и не слышали.

— О хвори мало кто знает, — подтвердила Фая, — Вера сказала врачам, которые лечили Колю, что он мог подцепить заразу в Африке. Сами понимаете, Галкина никому не сообщила, что Николай был доставщиком. Они с супругом придумали историю, которая оправдывала их частые путешествия в разные страны мира и объясняла устойчивое материальное благосостояние семьи. Николай — ветеринарный врач. Вера тоже. На сайте клиники они себя объявили специалистами по экзотическим животным, единственными в мире, кто умеет лечить всяких редких зверей, поэтому они часто отправляются к больным зверушкам, которые живут фиг знает где, путешествуют как по разным странам, так и по России.

— Ты об этом не упомянула сразу, — заметила я, — сейчас впервые это слышу.

Кузьмина чихнула.

— Ну простите! Когда в башке куча дел, непременно где-то сбой произойдет. Супруги никого не обманывали в плане своего образования, дипломы есть у них на руках, получены честно, не куплены. Вера сначала стала врачом, потом освоила ветеринарию. На том же сайте сказано, что Николай, кроме помощи животным, занимается научной работой, участвует в международных конференциях, семинарах, пишет статьи. У него была теория, что мегаладаписы не вымерли. Просто они перебрались с острова Мадагаскар в Африку, где стали священными животными для племени, которое ведет очень уединенный образ жизни. Поэтому люди никогда не видят мегаладаписов, считают, что их нет.

— Мегало... кого? — спросила я.

Фаина потыкала пальцем в айпад.

— Мегаладаписы, или коаловые лемуры. Обитали на острове Мадагаскар с конца плейстоцена до эпохи голоцена. Их рост достигал полутора метров, вес — семидесяти пяти килограммов, задние лапы были короче передних. Ученые считают, что первые люди на Мадагаскаре появились две тысячи лет назад, а мегаладаписы исчезли примерно в пятисотом году. Николай же хотел доказать, что коаловые лемуры существуют, поэтому постоянно летал в Африку. Отличное прикрытие супруги для своей нелегальной деятельности придумали.

— То есть этих даписов нет? — уточнила я. — Воробьев придумал «научную теорию», чтобы у окружающих не возникало вопросов, по какой причине он на Черный континент постоянно шныряет?

— Да, — согласилась Фая, — и вывесил ее на сайте. Все песни Веры по поводу научно-исследовательской деятельности мужа, мягко говоря, ложь. Из-под пера Николая вышла всего одна статья, и произошло это в студенческие годы перед защитой диплома. Я перерыла весь интернет, но больше никаких трудов Воробьева не обнаружила. На крупных международных съездах, конференциях его среди участников тоже нет. Можно, конечно, предположить, что он получал приглашения на такие местечковые мероприятия, о которых пресса считала ниже своего достоинства писать. Но что-то мне подсказывает: Воробьев никогда не был ученым. Надо отдать ему должное, следы он запутывал получше шпиона. Незадолго до того, как подцепил африканскую болячку, Коля прилетел эмиратскими авиалиниями в Найроби. Далее его след теряется. Через неделю он тем же маршрутом вернулся в Москву. Где Коля провел семь дней? Ответа нет. Аэропорт Найроби — крупнейший транспортный узел, из него можно улететь куда угодно. Я считаю, что доставщик, воспользовавшись паспортом на другую фамилию, отправился в Латинскую Америку, забрал лухосо и привез его Зуйкову. Подробностями путешествия не интересуйтесь, я их не знаю. Возможно, Воробьев на самом деле подцепил заразу на берегах Амазонки. Думаю, Пха-Пха они с Верой выдумали, чтобы скрыть местопребывания мужа в Перу или Колумбии, или где-то там еще, где течет Амазонка. Зараза точно какая-то экзотическая. И вот что интересно. Коля свалился десятого числа. Вера всем говорила, что она кинулась в Африку к целителю и живо доставила лекарство, которое поставило мужа на ноги. Но! На самом деле отважная супруга улетела в Кению шестого числа, за четверо суток до того, как муж угодил в реанимацию. В Найроби она поселилась в гостинице. Что делала, где была, выяснить невозможно. Девятого вечером Вера отправляется в обратный путь, Николаю начинают давать лекарство, и вскоре он выздоравливает.

— Несостыковочка, — хмыкнул Степан, — странный косяк для людей, которые прекрасно умеют заметать следы.

— Моя версия такова, — зачастила Фаина, — супруги поняли, что Коля заболел. Думаю, они сразу сообразили, что́ подцепил Николай, знали: в Москве его не вылечат, поэтому Вера вмиг собралась в путь. Ветеринары не собирались афишировать недуг. Полагали, что Вера привезет лекарство, Коля его примет, и конец истории. То, что Воробьев попадет в реанимацию, никто не предполагал. Все хотели сделать келейно, без привлечения московских врачей. Но что-то пошло не так.

— Вероятно, Вера ждала в отеле кого-то из Латинской Америки с нужным снадобьем, — предположила я, — за лухосо-то муж ездил на Амазонку. А посыльный задержался.

— Или болезнь слишком бурно развилась, — предположил Степан, — гадать можно бесконечно.

Фаина показала на кофемашину.

— Вилка, соорудим кружечку! Да возьми самую большую. Конечно, все мои версии на песке построены. Но и предположение Алисы, что Вера Николая убить хотела, поскольку Игорь Зуйков на нее глаз положил, абсолютно бездоказательно. Да, похожа Галкина на всех бывших жен олигарха. И что?

Я поместила чашку на подставку и нажала кнопку.

— Где логика? Николай занедужил, смерть летает над ним. Если Вера только и ждет, когда мужа в гроб положат, зачем она привозит лекарство? Ей следовало задержаться на несколько деньков в Найроби. Ну не нашла сразу колдуна, не дал он ей зелье, или вообще не существует снадобья. Много причин можно найти для длительного пребывания Галкиной в Кении. Когда Вера наконец прилетает в Москву, супруг уже готов к отправке в крематорий. В чем можно обвинить спутницу жизни? Она кинулась за инъекциями-пилюлями, хотела спасти Колю, но...

— Не смогла, хозяин, не смогла, — процитировал старый анекдот Степа. — Солидарен с Вилкой. Женушка, которая задумала муженька под памятник уложить, лекарства не доставит или притащит его тогда, когда уже поздно пить витамины.

Глава 8

Я налила себе чаю.

— Извините за непонятливость. Но я хочу досконально разобраться, как происходили события. Зуйков просит Игоря доставить ему лухосо. Воробьев один летит в Латинскую Америку в какое-то племя, где водится неведомая зверушка. Вера остается в Москве. Поскольку пара занимается нелегальным бизнесом, жена лжет всем, что супруг увлечен научной деятельностью, он кинулся в Африку, где рассчитывает найти давно вымершего... ме... па... дапи...

— Мегаладаписа, или коалового лемура, — подсказала Фаня, — сама еле это слово выучила.

— Да уж, могли бы животинку попроще назвать, — улыбнулся Степан.

— Воробьев доставляет заказ, — продолжала я, — вскоре лухосо заболевает.

— И умирает, — добавила Фая.

— Олигарх взбешен, требует от доставщика возврата денег, — быстро заговорила я, — но Николай возражает: он выполнил работу. Зуйков приказывает своему заплечных дел мастеру разобраться с доставщиком. Петр действует по отработанной схеме. Он велит одному из своих парней прикинуться бандитом, который угоняет машины. Тот бьет Веру, потом бросает ее в лесопарке, а Петр мчится доложить хозяину о проделанной работе. Игорь приходит в бешенство. Выгоняет Петра из дома с наказом немедленно позаботиться о Вере. Зуйков в гневе. Хотя он сам виноват, небось знал, как работает охранник. Но Петя не успел вернуться за Верой, та, очнувшись, позвонила мужу.

Согласитесь, Галкина ведет себя странно. Машину угнали, ее побили, бросили в бессознательном состоянии в глухом месте. Любой человек захочет наказать своих обидчиков. А Вера не сдает кровь на анализ, не позволяет гинекологу осмотреть себя, не пишет заявления в полицию. А еще нам известно, что угонщики машин никого не травмируют, они просто одурманивают водителей наркотиком. Вере же наставили синяков. Не складывается пазл. Но если мы принимаем на веру версию, что с женой Николая разбирался Петр, который решил прикинуться мастером по угону иномарок, вот тогда мы имеем цельный пейзаж.

Кузьмина опять не дала мне договорить.

— Игорь увидел в Вере очередной идеал, стал ухаживать за ней. Он очень богат, предыдущих жен баловал безмерно. Всех супружниц Игорь уводил от мужей, при этом покупал парням кому машину, кому квартиру. Никого не обидел, разводился мирно. Ничего плохого бабоньки не совершали, налево не ходили, похоже, они просто олигарху надоедали. Каждая получила от бывшего мужа недвижимость за границей. Лена Бонко и Кэт Дохон еще раз удачно сбегали под венец, родили детей, живут счастливо. Алиса Гончарова пока считается супругой Зуйкова, но понятно, что ее брак лопнул. Она мне сказала: «Игорь увлекся маленькой дрянью. Но меня он не бросит, уже дом подарил и будет давать деньги».

— Пока создается впечатление, что Зуйков не мог убить мужика, чтобы заполучить его супругу, — протянул Степан.

— Вот-вот, — согласилась Фаина, — О том, как бизнесмен в годы дикого накопления капитала разбирался с теми, кто мешал ему в работе, легенды ходят. И при нем до сих пор служит Петр, который на все способен. Но на любовном фронте олигарх — ласковый зайчик. Всех своих жен он фактически у бывших супругов купил. Дорого. До сих пор содержит всех бывших баб и даже тещ. Сомнительно, что он решил отправить на тот свет Николая.

— Можно я продолжу? — остановила я излишне говорливую Фаину. — Не очень хорошо поняла ситуацию с грибами и салатом. Когда это все случилось?

— Алиса сообщила, что Николай и Вера обещали найти лухосо в течение месяца, — ответила Кузьмина, — и справились с этой задачей. Но улететь Коля не смог, отравился опятами. К счастью, его быстро поставили на ноги. Воробьев снова собрался в путь и... откушал салата с кунжутным маслом, опять чуть не умер. В конце концов он таки приволок лухосо и вскоре заболел болезнью Пха-Пха. Вера добыла мужу лекарство, он выздоровел, но вскоре ушел на тот свет от инфаркта.

— Похоже, супруга пыталась извести Николая, — вздохнула я, — познакомилась с Зуйковым, решила поменять коня на переправе. Грибочки, салатик... Милые такие женские штучки-дрючки. Можно поверить в то, что Вера — неудачливая отравительница. Но! Зачем ей убивать Николая? Игорь ему, как водится, был готов заплатить. Выкупить Веру. И какой смысл ей за лекарством летать? Кроме того, решиться на убийство не просто, для этого надо обладать особым складом характера. Галкина совершенно не похожа на социопата. Обычная женщина из хорошей семьи, с мамой, которая обожает дочь, никаких жутких тайн в прошлом нет.

— А вот здесь ты ошибаешься, — заявила Кузьмина. — У Веры в анамнезе некрасивая история. На первом курсе института она познакомилась с Толей Рябовым. Парень имел свою однокомнатную квартиру, он понравился девушке. Это завязка. Теперь развязка. Римме Галкиной позвонили из милиции, велели приехать в отделение на улице Бажкова, сказали, что речь идет о ее дочери. Римма помчалась, не чуя под собой ног. Хмурый следователь сообщал матери, что Веру нашли спящей в кровати в однушке Толи. Ее с трудом разбудили. Почему милиция вдруг заявилась в жилье Рябова? Потому что хозяин выбросился из окна. Тело упало прямо перед подъездом, прохожие вызвали оперов из отделения.

Вера рассказала дознавателю, что Толя предложил ей зайти к нему попить лимонада, налил в стакан жидкость из бутылки, которую достал из холодильника. Стояла жара, Вера с удовольствием газировку выпила, тут же ощутила головокружение, тошноту. Дальнейшее она помнила смутно, вроде кто-то кричал, хлопала дверь, раздавались шаги — все как в тумане. Подняли из кровати девушку опера. Вера с трудом поняла, где она находится, и узнала, что тело Толи нашли на асфальте. Он выпрыгнул из окна своей квартиры, которая располагалась на последнем этаже. Шансов выжить у парня не было. В крови Веры нашли смесь каких-то неизвестных веществ. На дне бутылки из-под лимонада, которая валялась в помойном ведре, сохранилось немного жидкости, в ней обнаружили тот же состав. Возможно, Толя хотел изнасиловать Веру, поэтому угостил ее газировкой с «наполнителем».

— Ему удалось совершить задуманное? — поинтересовался Степан.

— Неизвестно, — ответила Фая.

— Девочку не осматривал гинеколог? — удивилась я.

Кузьмина ответила:

— Нет.

— Почему? — спросил Степан.

— В клинике, куда Галкину привезли на предмет обследования, не нашлось сразу свободного специалиста, Вере велели ждать, — пояснила Фаина. — Вскоре примчалась Римма и категорически запретила кому-либо приближаться к дочери, заявила: «Ребенок перенес тяжелую травму, не позволю усугубить ее милицейским расследованием. Мы заявление об изнасиловании писать не намерены. Если Анатолий и хотел подло поступить с девочкой, то он уже сам себя наказал. Оставьте нас в покое. Кого под суд собрались отдавать? Покойника?» Не успела мать завершить свое выступление, как начальнику отделения позвонили сверху и приказали считать смерть Анатолия несчастным случаем. Дескать, парень находился в состоянии алкогольного опьянения, перегнулся через перила балкона и упал. Пришлось следователю подчиниться.

Степан взял чашку и пошел к кофемашине.

— Надо же, как не везет Галкиной. В школьные годы ее хотели изнасиловать, накачав снотворным. А в зрелом возрасте она стала жертвой угонщиков машин, которые используют наркотики.

Я пододвинула к Фаине тарелку с пирожками, которые купила в супермаркете.

— В тот год, когда погиб Рябов, Римма и Галина были неразлейвода. Воробьева явно в курсе этой истории.

— Не удивительно, что свекровь решила обвинить невестку в убийстве мужа. У Галины погиб сын, ей хочется найти виновного. Может, она знала о планах Веры стать очередной супругой олигарха? В свекрови кипит обида. Вероятно, она решила, что именно Вера помогла Анатолию свалиться с балкона.

— Малоприятная история, — резюмировал Степан, когда Кузьмина ушла. — Понятно, что для матери ее дочка всегда права, она самая умная, порядочная, красивая. Ведь так?

— Не знаю, — ответила я, — в моей биографии не было матушки, которая горой стояла бы за меня, помогла мне морально и материально, хвалила, поддерживала. А Вере повезло. Римма горит желанием во что бы то ни стало вызволить дочь из беды. Сколько бы она ни говорила: «Коля мне родной, я его на горшок сажала», но он ей не родной. Общей крови нет.

— Римма вовсе не все рассказала про доченьку, — остановил меня Степан, водя мышкой по коврику, — младшую Галкину сначала подозревали в убийстве Рябова. Но потом экспертиза пришла к выводу, что Анатолий прыгнул сам. Подтвердился факт приема парнем и девушкой какого-то снадобья, предположительно его изготовили из неизвестного криминалисту растения. Кроме бутылки в помойном ведре, на столе нашли два фужера, в каплях на дне обнаружили те же вещества, что и в крови Веры и покойного Толи. Версия следователя звучала так: Галкина и Рябов пришли в квартиру парня, чтобы заняться сексом. Они приняли какую-то дрянь, Вера отключилась, Анатолий, помутившись умом, выпрыгнул из окна. После вскрытия стало понятно, что Рябов в тот день ни с кем в половую связь не вступал. Никто студентку не собирался насиловать, она сама пришла к молодому человеку, добровольно приняла что-то одурманивающее. Не белая маргаритка она.

— В юности многие совершают безрассудные поступки, — заметила я, — Вера, похоже, в бегах, она напугана. Думаю, она не хочет сообщать следователю историю с лухосо и о начинающемся романе с олигархом. Странно, что она матери не звонит, ведь знает, как Римма нервничает.

— Возможно, Игорь где-то спрятал Галкину, — предположил Степан, — беседовать с ним бесполезно. У него не простая биография. В прошлом он один из бонз криминального мира, из такого клещами сведений не вытащишь. И денег у красавчика полно, быстро адвокатами прикроется.

Я посмотрела на мужа.

— Но мы можем выманить Веру из укрытия, если докажем, что она ничего дурного не совершила. Ядовитые грибы ей на рынке подсунули, салат в ресторане по недосмотру кунжутным маслом заправили. С Воробьевым просто инфаркт приключился. Дело закроют. Вот тогда Вера вынырнет из тьмы.

Степан открыл окно.

— Что-то душно стало. В случае с опятами есть разумное сомнение. То ли торговка была недобросовестной, то ли Вера сама ядовитые ножки-шляпки в сковородку положила. Приобрести ложные опята можно. Но если нам удастся доказать, что салат делали без участия Веры, то ситуация с дарами леса будет выглядеть иначе. Езжай-ка ты завтра в ресторан «Букетто», потолкуй там с персоналом.

Глава 9

— Да, я обслуживаю тех, кто навынос еду берет. Меня Кларой зовут. История с кунжутом? — поморщилась симпатичная брюнетка. — Звонила сюда его жена! Орала! Артистка, блин!

— Можете рассказать мне, что случилось? — попросила я.

— Делать мне больше нечего, — фыркнула официантка.

Я открыла сумку.

— Буду вам очень благодарна. Я не имею отношения к полиции, просто предлагаю небольшое вознаграждение.

Клара одернула слишком узкое форменное платье.

— Ладно, топаем в подсобку.

Мы устроились в крохотной комнатушке, Клара начала говорить, не дожидаясь моих вопросов:

— У нас все проходит через компьютер. Легко проверить, что я приняла заказ и отослала его на кухню. Напротив салата есть пометка: «Внимание! Аллергия на кунжут». Я четко свои обязанности выполняю. Кухня может напутать, и тогда эта запись будет моим оправданием, в случае чего я ответственности не несу. Аккуратно предупредила поваров, о чем есть запись. Но ведь сколько неприятностей случается! У нас один клиент прямо за столиком умер, у него тромб оторвался. Не моя вина с салатом! Знаете, что я думаю?

— Нет, — ответила я.

— Давайте деньги, расскажу, — отрезала официантка.

Я открыла кошелек и вытащила купюру.

— Мало! — деловито сказала Клара, глядя на ассигнацию. — Увеличьте вчетверо.

— Дорого, — в тон ей ответила я.

Мы поторговались и в конце концов договорились, я услышала интересную историю.

«Букетто» пользуется популярностью у обеспеченной публики, посетителей за столиками всегда много, а вечером так и вовсе не протолкнешься. Клару до бесконечности бесят люди, которые приходят в трактир в час пик и заказывают еду навынос. Они что, не понимают, что у сотрудников аврал, надо обслужить тех, кто сидит за столиками, да еще подать заказы любителям гурманствовать дома!

— Бегаю, как вошь на гребешке, — злилась официантка. — А меня на рецепшен зовут. «Клара, собери мне с собой». Вот докука-то! Если собрались жрать на собственной кухне, купите хавку заранее, суньте в холодильник, все равно греть придется. А уж какие капризные попадаются! Кое-кто за столик никогда не садится. Жадины. Если клиент стол занял, ему придется чаевые оставить. А те, кто еду навынос заказывают, полагают, что меня благодарить не за что. Не обслуживала я их. Ага! На кухню сообщи, потом жрачку принеси, отдай, поклонись, улыбнись и... фига в кармане!

Клара обиженно засопела.

— Клиентку, которая тот салат без кунжута брала, я распрекрасно знаю. Она часто прикатывает, звать ее Верой. Мы с ней однофамилицы, и по возрасту похожи. Только у нее не жизнь, а шоколад, машина роскошная, одевается она модно, а я за две копейки промеж столиков ношусь и на метро катаюсь. Богачка всегда еду только навынос берет, в зале не сидит. Уж будьте уверены, я давно выучила, что у ее мужика аллергия.

— Визит Веры вас не удивил, — констатировала я.

— С чего бы? — пожала плечами девушка. — Она приперлась, как всегда, в брендах, сапоги-сумка новые. Раньше я у нее таких не видела. А я никак на куртку не накоплю.

— Может, вас что-то насторожило? Как-то не так себя постоянная клиентка вела? — не сдавалась я.

Клара начала грызть ноготь на указательном пальце.

— Ну... как правило, она набирает тысяч на шесть-восемь. Лобстера, салаты с крабами, десерты с манго, свежими фруктами, перепелок в соусе. Представляете? Отсчитает в кассу гору денег, а мне сотняшки не даст. Не хотели наши ее обслуживать. А кто на кухню заказ отправлял, коробки забирал, в пакет ставил, улыбался, кланялся? Некоторые наши, зная, что гость скупердяй, в суп ему плюнут, но я таким никогда не занимаюсь. А мне даже рваного полтинника от Галкиной не перепадало. «Спасибо!» И ушла, звеня брюликами. «Спасибо!» На это ее «спасибо» куртку не купишь.

— Вера брала много еды, — прервала я стенания Клары. — Как развивались события в тот день?

— Объявилась, как водится, вечером в самый час пик, народу лом, за каждым столиком по четверо, я с ног сбивалась, — зачастила официантка. — И, алло, здрассти! Галкина! «Быстро мне с собой...» Заказала печенку с яблочным соусом. Велела: «Не смейте туда кунжутное масло лить! Слышали?» Я киваю, улыбаюсь. Думаю, совсем ты дура, в печень его не полагается. Потом заказ ей отдала. Она отругала меня, что долго их Величество жрачку ожидало, и утопала. Гляжу, через минут десять назад чешет. «Я салат взять забыла».

Клара оперлась спиной о узкий стеллаж.

— Вот вы спрашивали, не было ли чего странного? Да все сначала было нормально, потом пошло что-то не так. У Веры фишка, она никогда перчатки не снимает, такие для автомобиля. У нее их много, все дорогие, летом белые, розовые. Зимой черные. А тут! С голыми лапами второй раз. Хотя, когда она в первый приходила, как всегда, руки были прикрыты. Глянула я на ее ручонки! Ха!

Клара захихикала.

— Понятно стало, чего она их прячет. Я-то думала, баба брезгливая до сумасшествия. Два последних раза Вера скандалы закатывала, ей еду положили в пакеты, на которых снаружи были пятнышки, она истерила: «Не желаю грязь домой тащить!» А мне и невдомек упаковку осмотреть. Внутри она чистая, ну попала случайно капля масла на внешнюю сторону, и что? Но когда Верка без перчаток появилась, сообразила я: не в том дело, что баба маниакальная чистюля. Если на лапы глянуть, ей хорошо за шестьдесят. Кожа на внешней стороне кисти — мама родная! Вся морщинистая, сухая. А вот тут...

Клара показала на внутреннюю часть запястья правой руки.

— Фуу! Родимое пятно с волосами. Меня чуть не стошнило. Денег полно, чего она его не удалит? Бее! Я на нее даже злиться перестала за жадность. Все уродины злобины. Фиг с ним, что денег нет. Зато руки у меня какие?! Конфетки. А еще она очки темные нацепила. Здоровенные такие, «стрекоза» называются. Во дура! Хотя в тот день солнце выглянуло ненадолго. Но в первый-то раз она без очков приперлась. И гудит: «Салатик забыла!» Меня смех разобрал. Склероз у барыни! Уже взяла куриную печень. Но я ничего, конечно, говорить не стала, спросила:

— Вам какой хочется?

Она в ответ:

— «Тайскую песню» давайте! И еще какой-нибудь!

Клара стрельнула глазами.

— Я не выдержала, напомнила: «Вы вообще-то любите закуску из куриной печени». Она заморгала: «Да? Несите и ее». Вот ржачка! Правда у нее в башке компот! От жадности маразм начался. Притаранила я ей пакет. А она чаевые дала! Я чуть не рухнула! Не пожалела десятку. Монеткой. Во как. И еще пахло от нее иначе. Духи поменяла. Фу!

— Нехороший аромат? — поинтересовалась я.

— Парфюм дорогой, — поморщилась Клара, — с моей зарплатой им не побалуешься.

Но даже, если кто их подарит, не обпшикаюсь. Каждая вторая им пахнет. в общем стаде пошагала? Раньше Галкина им не душилась. И первый раз ничем не воняла! Забрала баба хавчик, и ку-ку!

Клара замолчала.

— Это все? — спросила я. — Или еще что-то помните?

Официантка оттопырила карман платья.

— Наговорила много, а где конфетка? Если положите, еще кой-чего узнаете.

Я засунула в карман купюры.

— Салат она выбросила! — радостно сообщила официантка. — За полторы штуки еду в помойку отправила. Во дура!

— Кто вам сказал, что клиентка от салата избавилась? — удивилась я.

— Валера, — пояснила Клара, — парковщик. Приносит пакет с улицы, наш, фирменный, говорит: «Стою на углу, гляжу, бабень из постоянных подходит к урне, и хренак. Потом поперла в торговый центр. Наверное, повар начудил. Барахло приготовил, клиентка недовольна. Ты ребят на кухне предупреди потихоньку. Чтобы знали, как оправдываться, если на них наедут». Смотрю я, на мешке написано: «Печень Галкиной». И что я подумать могла? Решила, как Валерка: чего-то со жрачкой не то, не поленилась на кухню пойти, отдала все Егору, шефу по закускам. Он открыл коробку. Не тронута еда была вообще, декор из гранатовых зерен не порушен, его вензелем выкладывают. Какого, спрашивается, рожна она салатик вышвырнула? Когда Верка в первый раз печень брала, то гаркнула: «Кунжутное масло не лейте». А его в закуску отродясь не добавляют, там соус из печеного яблока. Во второй приход она схватила еще одну печень и «Тайскую песню», про кунжут молчала. До того визита она от всей тайской еды всегда нос воротила. Туда часто кунжутное масло льют. А тут заказала, про аллергию молчок. Может, она кому другому хавку везла, не мужу. Но я на всякий случай значок поставила: «Аллергия на кунжут». Салатик по-другому заправили.

Клара постучала по карману.

— За выступление гонорар платят.

— Только если песня спета до конца, — заметила я.

— Больше мне нечего рассказать, — приуныла Клара, которой понравилось получать деньги.

— Если объясните, где можно найти Валерия, то можете рассчитывать на добавку, — пообещала я.

— У двери снаружи он стоит, — зачастила Клара, — или за углом, курить туда бегает. Перед рестораном хозяин служащим дымить запретил, а клиентам можно! Где справедливость?

Под неумолчные стоны Клары о неудавшейся жизни я попятилась к гардеробу, забрала свой пуховичок, вышла на улицу и обнаружила мужчину в красной униформе и фуражке.

— Машинку поставить некуда? — оживился он. — Давайте ключик, загоню во двор. Но там за плату. Сотняшка. Мне лично. Если дорого, ищите место на улице. Там за стоянку вас обдерут по полной. В этом районе двести в час тариф.

— Мой автомобиль стоит в подземном паркинге магазина, — объяснила я, выуживая из кошелька очередную купюру, — но вы можете заработать.

— Че надо делать? — осведомился Валера. — Не за все возьмусь. Вчерась одна хотела, чтоб я чужую машину поцарапал. Нет! Не готов на такое даже за пять тысяч! Вот за десять соглашусь. Но не меньше.

— Никакого вредительства, — успокоила я парковщика, — расскажите, как пакет с салатом в мусоре нашли.

— Тю! Оно вам интересно? — удивился мужик. — Ну, значит, стою, курю. Баба подваливает. Из клиенток. Значит, вижу ее часто. На красивой машине, а сама-то, поглядеть, значит, некуда. Типа рыбка в томате, тощая, значит, страхолюдина.

Мне пришлось терпеливо ждать, пока Валерий, беспрестанно повторяя «значит», «типа», изложит сведения. Парковщику не разрешено дымить у входа и запрещено уходить от подъезда ресторана в форме. Валера тайком носится курить за угол, фуражку он снимает, а красный камзол прикрывает длинной курткой, из-под которой только брюки торчат. Если в процессе курения он увидит кого-то из посетителей «Букетто», тех, кто ему сотни не жалеет, он вмиг верхнюю одежду сбросит, головной убор нахлобучит и бегом. Но когда Валерий заметил Веру, он к ней не ринулся, узнал посетительницу, которая никогда не дает чаевых. Если на площадке у трактира нет мест, дама звонит управляющему, тот приказывает открыть ворота и впустить клиентку во внутренний двор. Как вы понимаете, Верочка никогда ни копеечки Валере не дает, он лишается ста рублей. Да весь ресторан знает, что жадность появилась на свет раньше Галкиной. Не было случая, когда она хоть грош оставила, всегда молча забирает пакеты и уходит с гордым видом.

Валера побаловался сигареткой, вернулся на рабочее место. Спустя некоторое время Вера, задрав нос, вышла из трактира, прошла мимо него, как всегда, не поздоровалась и уехала. Представьте удивление Валерия, когда через пять минут от торгового центра, который стоит вблизи «Букетто», пошагала... Вера. Несмотря на темные очки, которые теперь появились у нее на носу, парковщик сразу узнал даму. Она вошла в «Букетто», провела там какое-то время, потом покинула ресторан. Валера вместе с остальными сотрудниками хихикал над скаредностью женщины, поэтому представьте его удивление, когда Вера подошла к расположенному неподалеку мусорному баку и швырнула туда пакет. Парковщик опешил, но потом вспомнил, что управляющий уволил его сменщика за то, что тот не помог одному клиенту закрыть бак, сказал:

— Крышка тяжелая, еще пальцы пораните, сейчас сам захлопну.

И тут случилась вторая странность. Когда Валера взялся за верх контейнера, Вера сказала: «Спасибо» и сунула в карман его камзола монету.

Когда Галкина удалилась, Валера вытащил ее пакет и отнес его в ресторан. Парковщик дружит с ребятами, которые служат на кухне. Им не разрешают ставить свои тарантайки ни во дворе, ни на площадке для клиентов. Валера занимает для приятелей часть бесплатного паркинга торгового центра и приглядывает за автомобилями. Денег он за услуги не берет. За хорошее отношение работники кухни выносят ему каждый вечер сумку с едой. Многие клиенты не съедают все, что заказали. Зачем выбрасывать вкусные котлеты или салат? Парковщик очень дорожит дружбой с поварами, поэтому он и отдал выкинутый пакет Кларе, сказав ей:

— Похоже, наши накосячили. Галкина пакет в утиль отправила, она точно управляющему настучит. Пусть ребята проверят и договорятся заранее, чего, значит, сказать, когда им вломить захотят.

— Вы точно узнали Веру? — спросила я.

— А то! — воскликнул Валерий. — Она постоянно хавку берет.

Глава 10

Сев в машину, я позвонила Степану и рассказала все, что услышала от Клары и Валерия.

— Мда, — буркнул муж, — интересно. Наш компьютерный гений порылся в архиве, нашел историю болезни Николая. Там ситуация с салатом описана так. Коле стало плохо дома, он сам вызвал «Скорую». Откуда Римма взяла соседа доктора, который помог зятю, непонятно. Веры дома не было. Мужу ее повезло, бригада приехала быстро, Воробьева отвезли в клинику. Когда он слегка оклемался, его начали расспрашивать о произошедшем. Николай объяснил, что он пришел домой, увидел в холодильнике пакет с салатом. Раньше жена такой не покупала: овощи, мясо, все в остром тайском соусе. Коле надоел до тошноты пресный салат из печени, который всегда заказывала Вера, он вмиг съел содержимое контейнера. То, что в еде находится сильный аллерген, он не почувствовал, салат был щедро сдобрен острыми приправами, ему быстро стало плохо. Врач велел Коле быть бдительным, не заказывать готовые блюда, употреблять только домашнюю пищу. Ни о чем криминальном эскулап не подумал.

Послышалось тихое позвякиванье.

— Теперь рапорт Леонида Баркина, начальника охраны клиники, чьи сотрудники разнимали драку в палате Воробьева.

— Николай с кем-то повздорил? — удивилась я.

— Очнувшись, Воробьев звякнул жене, — пояснил Степа. — Ничего не предвещало выплеска бурных эмоций. Камеры охраны, которые понатыканы в больнице на каждом сантиметре, запечатлели, как муж с женой мирно переговариваются. И тут появился врач, он напомнил, что

Воробьеву категорически нельзя употреблять кунжут, в виде масла тоже.

— Я никогда не покупаю ничего с этими семенами, — воскликнула Вера.

— Я съел салат, который ты принесла, и чуть на тот свет не уехал, — сказал муж.

— Куриную печень? — удивилась супруга. — Она с печеным яблоком, ты ее всегда лопаешь. Туда масло не добавляют.

— Нет, — возразил Коля, — в коробке были овощи, очень вкусные, с мясом и специями.

— Я это не брала, — удивилась жена.

— Я в холодильнике нашел, — упорствовал муж. — Может, на кухне перепутали? Всучили тебе чужой заказ.

— Я что, дура? — покраснела Вера. — Отлично знаю, повара кретины. Поэтому внимательно проверяю заказ. Не было в пакете салата с кунжутным маслом.

— Я это придумал? — возмутился Коля.

— Не знаю, что, где и с кем ты ел, — огрызнулась любимая жена.

— На что ты намекаешь? — разъярился Коля.

— Вам нельзя нервничать, — вступил врач.

— Готовить надо дома, — заорал муж, — только плохие хозяйки из харчевни ужин притаскивают.

— У тебя ко мне претензии? — напала на него Вера.

Тихая перебранка превратилась в громкий лай, он перешел в ор, Коля кинул в Веру бутылку минералки. Доктор велел медсестре немедленно вызвать охрану.

А в палате тем временем бушевала война. Коля обвинил Веру в неумении вести хозяйство, она упрекнула мужа, что тот мало денег зарабатывает, поэтому ей приходится много вкалывать.

Николай швырнул в жену подушкой, Вера схватила с тумбочки книгу и огрела ею Воробьева по голове. Перед их дракой померкла Липецкая битва тысяча двести шестнадцатого года, в ней победили новгородцы. Тут появился главный секьюрити, пристыдил пару, и на этом сражение завершилось.

— Глупо отрицать покупку салата, когда тебя официантка видела, — подчеркнула я.

Степан подвел итог:

— Вера купила еду, а потом вернулась еще за двумя салатами, «Тайскую песню» с кунжутным маслом оставила, а печеночный выкинула.

— Зачем? — удивилась я.

— Чтобы Коля съел вредную для него еду, — пояснил Степан. — Когда муж скончается от аллергии, всегда можно свалить ответственность на ресторан. Дескать, там, несмотря на ее строгое предупреждение, налили кунжутное масло. Печенку она вышвырнула. А второй салат поставила в пустой холодильник. Расчет был прост: голодный Коля точно все слопает.

— Ну, — протянула я, — странно. Зачем два раза-то в «Букетто» приходить? Могла сразу «Тайскую песню» взять. И зачем ей куриная печень? С едой что-то непонятно.

— Кстати о еде! Очень вкусный у тебя суп получился, — мечтательно протянул Степан. — Может, еще раз такой сделаешь? В кафе идти некогда, работы выше крыши. Заказывать пиццу неохота, надоела. Повтори свой кулинарный подвиг!

Я вспомнила, как из блендера к потолку стартовал фонтан куриного пюре, и быстро возразила:

— Зачем же одно и то же есть?

— Ты умеешь еще что-то готовить? — восхитился Степан.

Лучше всего мне удается блюдо под названием «Вскипятить чайник», но я бойко соврала:

— Конечно!

— Ух ты! — обрадовался супруг. — Вот же повезло мне. Помнишь тетю Лену Кордвикину из нашего двора?

— Очень даже хорошо, — сказала я, — она единственная не судачила с тетками во дворе, не орала на своего сына и не ругала никого из ребят. Очень добрая, ласковая. Когда у Ереминых дочка пропала, она им так сочувствовала, пироги пекла, носила их бедным родителям.

— Я к ней в гости постоянно забегал, — продолжал Степан, — Кордвикина делала очень вкусный холодец! Из мяса! С хреном! Умеешь такой готовить?

Я вспомнила, как тетка Раиса варила под Новый год в большой кастрюле кусок говядины, потом раскладывала его по мискам, заливала горячим бульоном, ставила в холодильник... И выпалила:

— Ничего трудного!

— Сделай, а? — заныл Степан. — Последний раз ел домашний студень лет в четырнадцать. Потом только в гостях холодец пробовал, но все не то!

— Представляю, как ты расстроился, когда тетя Лена вдруг решила квартиру сменить, — засмеялась я.

— Квартиру сменить, — повторил муж.

— Мне исполнилось семь или восемь лет, когда она куда-то перебралась, — вспоминала я. — Я долго горевала. Мне тетя Лена часто конфеты давала. Она вроде на фабрике работала, кондитерской. А Раиса соседку терпеть не могла, запрещала мне с ней общаться, говорила: «Не бери ее сладости, они отравлены». Глупости, конечно, кто же ребенка ядом угощать станет.

— Дурочка, — мягко сказал Степан, — я не знал, что она к тебе подкатывала.

— Мы с Олей Ереминой ей нравились, — продолжала я, — тетя Лена нас называла «подружки-лопотушки». Но Оля ей больше по сердцу пришлась, ей она давала шоколадную конфету, а мне соевый батончик. Но мне он невероятно вкусным казался. А тебе, значит, холодец доставался?

— Добрая тетя Лена много лет назад убила соседского ребенка, — отрезал Степан, — ее признали сумасшедшей, лечили. Выйдя на свободу, она переехала в наш дом и через некоторое время взялась за старое. Кордвикина заманила твою подругу Олю в подвал и задушила.

— Не может быть, — ахнула я, — она так сочувствовала ее родителям, пекла им пироги.

— Похоже, следующей ее жертвой предстояло стать тебе, — безжалостно сказал муж, — но, по счастью, Елену арестовали и опять поместили в психиатрическую лечебницу.

— Она и тебя могла лишить жизни, — ахнула я.

— Нет, — не согласился Степан, — тетя Лена только по девочкам специализировалась. Оказывается, у нее была дочь, ее убил в раннем возрасте какой-то урод. Кордвикина помутилась рассудком, но внешне вела себя как все, она убивала только девочек-дошкольниц, не мучила их, просто душила. Почему? Боялась, что они попадут в руки жестокого преступника, как ее дочка. Тете Лене казалось, что она спасает таким образом малышек.

— Бред, — поежилась я.

— Психическое отклонение, — грустно сказал муж, — мальчиков она не трогала, тем более подростков. Меня угощала по доброте душевной.

— Ужас, — передернулась я.

— Значит, сваришь холодец? — спросил муж.

И что мне оставалось делать? Пришлось ответить: «Да».

— Теперь о деле, — продолжил Степан. — Странно ситуация с салатом выглядит. Сначала Вера покупает куриную печень. Затем вдруг возвращается, повторяет заказ и прихватывает «Тайскую песню». Я залез в меню «Букетто» на сайте, вот слушай. «Вас пленит тонкий вкус овощного блюда «Тайская песня». Помидоры, огурцы, обжаренные баклажаны-кабачки, зеленый горошек, хрустящие крутоны, нежная телятина, и все это с заправкой из лучшего кунжутного масла с обилием местных приправ». Если у тебя муж аллергик, ты даже близко к этому яству не подойдешь. Но именно оно оказалось в холодильнике. Вопрос. Вера купила и в первый раз, и второй печень. Один салат прямо у «Букетто» выбросила. Куда делся второй?

— Коля его съел, — предположила я, — не насытился и слопал еще и «Тайскую песню».

— Нет, — возразил муж, — во время ссоры в палате, которую записала камера охраны, Вера говорила: «Я поставила в холодильник коробку с куриной печенью». КоробкУ! В единственном числе. Коля вопил: «Нет! На полке только овощи были!» И куда вкусняшка делась?

— Понятия не имею, — призналась я.

— Что-то тут не так, — протянул супруг, — еще один штрих. История с Рябовым.

— С парнем, который из окна выпрыгнул? — уточнила я.

— Да, — подтвердил Степан, — сначала Веру считали виновной в его смерти. Решили, что она в состоянии наркотического опьянения выкинула любовника из окна. Экспертиза оправдала Галкину. Но исследование за час не сделаешь. Прошло несколько суток, пока подозрения с нее сняли. В милицию успели примчаться родственники Анатолия, мать и тетка. Им рассказали, при каких обстоятельствах погиб юноша, женщины были в шоке. Татьяна Михайловна, мать Анатолия, потребовала Веру расстрелять! Кричала долго в кабинете. Потом ее сестра увела. Проходит пара дней, результатов экспертизы пока нет. Появляется тетка погибшего и заявляет: «Мы не хотим возбуждения дела. Прекратите следствие». Ей объяснили, что так нельзя. Тетка ушла, через пару часов появилось заключение эксперта: Рябов сам упал. У меня возникли вопросы. По какой причине патологоанатом, отбросив все дела, ухватился за Анатолия? Почему его ближайшая родственница попросила прекращения дела? Может, Вера таки спихнула парня? Давай теперь вспомним, что у лучшей подруги Риммы Галины Воробьевой любовник служит в ФСБ, занимает ответственный пост. Мог он, используя свои связи, нажать на начальника отделения? Мог. Способен ли тот пошептаться с экспертом? Да. Могла ли Римма заплатить родне Рябова, чтобы та не требовала крови ее дочери? И снова ответ положительный. Что, если Вера уже убила одного мужчину? Может, она не впервые любимого человека жизни лишает? Думаю, надо поговорить с Галиной. Воробьева насмерть разругалась с невесткой, если ее хахаль помог тогда Вере избежать наказания, свекровь может сейчас в этом признаться.

— Вообще-то мы хотели доказать, что Вера не виновна в убийстве супруга, — напомнила я, — но пока наоборот получается.

— Мы пытаемся узнать, где спряталась дочь Риммы Олеговны, — вздохнул Степан, — мать не в курсе. Очень часто родители многого не знают, дети, тем более взрослые, с ними не откровенничают. А вот друг отца или матери порой становится их конфидентом. Пообщайся с Галиной, возможно, она подскажет, где скрывается Вера. Невестка могла упоминать при свекрови о подругах, про которых Римма и не слышала.

— Хорошо, — согласилась я.

— Тебе перезвонит Фаина, даст телефон Воробьевой, — пообещал муж.

Глава 11

Решив, что холодец, как и курица, легко сварится, я зашла в супермаркет у дома и спросила у продавщицы в мясном отделе:

— Какой кусок лучше всего взять на холодец?

— Свиные ножки, — ответила та, показывая на голяшки с копытами.

Я засмеялась.

— Хорошая шутка. А теперь серьезно.

Женщина за прилавком подняла слишком черные и густые брови.

— Эй, ты что, никогда его не делала?

— Нет, — призналась я.

Торговка легла грудью на прилавок и прочитала мне краткую лекцию.

— Мясо кипятят восемь часов? — ужаснулась я. — Надеялась, что студень можно за шестьдесят минут сварить.

— Быстро только кошки родятся, — укоризненно заметила продавщица и занялась другой покупательницей.

Я в глубочайшем унынии осталась у витрины, за стеклом которой лежали куски говядины и свинины. И что делать? Предположим, я объясню Степану, что готовка холодного требует много времени, он получит его только завтра. Но когда варить мясо? Поставить кастрюлю на конфорку и поехать к Галине? Но оставить работающую плиту без присмотра нельзя, может случиться пожар. Заняться холодцом вечером? Мне что, всю ночь не спать? Хлопотать с утра? Тогда день пропадет. И когда только работающие женщины ухитряются готовить разные вкусности? Где они время на это находят? Честное слово, это загадка.

— Детонька, — раздался тихий голос, — чего пригорюнилась?

Я вынырнула из печальных раздумий и увидела маленькую румяную старушку в белой шапочке и цигейковой шубке.

— Звать меня тетя Фира, — представилась она, — таки что я тебе скажу! Не слушай тех, кто болтает чушь! Холодец варят долго. Это правда. Но любую правду таки можно на кривой козе объехать. Что делает американец, если ему в поликлинике сказали: «Вам умирать через неделю»? Таки он пишет завещание. Если русский это услышит, он напьется. Коли врач диагноз еврею сообщает, таки он идет к другому доктору. На все случаи жизни история. Потому всегда есть выход. Не верь сразу людям. Иди к другому доктору.

— Мясо за час не станет мягким, — вздохнула я.

— Кто это сказал? — пропела тетя Фира. — Мадам за прилавком? Таки она спец по скорому приготовлению пищи? Окончила институт быстрого холодца? Слушай сюда. Таки я пятый раз живу в счастливом браке. Неужели не объясню тебе, хорошей еврейской девочке, как обманный русский студень варить? Мой третий муж его обожал. Умный человек. Изобретатель. Талант.

— Меня зовут Виола, — представилась я, — но лучше Вилка. Простите, но я совершенно русская, иудейской крови у меня нет.

Тетя Фира всплеснула руками.

— Таки кому она это говорит? Люди! Вы слышите! У тебя короткие ноги, низкая попа, таки ты из наших.

— Мой отец Ленинид Иванович, — возразила я.

— Вот удивила, — хмыкнула бабуля, — при коммунистах даже моя соседка по старой квартире Циля Марковна говорила, что она Любовь Михайловна! Не спорь! Глаза видят. Голова работает. Тетя Фира всегда поможет нашей девочке. Первое правило ленивого холодца! Берешь куриные ноги! Они, как сварятся, станут темными. Мужу скажешь, что это поросятина. Не говядина. Думай, когда врешь. Курячьи лапы за корову не сойдут. А вот за молодую свинью элементарно.

— Вкус у курицы и поросенка разный, — возразила я.

— Люди! — возмутилась тетя Фира. — Таки я не знала, что с ученой говорю. Ты специалист по поросятам? Или по курям?

— Нет, — засмеялась я.

— Таки муж у нас профессор поросячьих наук? Или курячьих ног мастер?

Мне пришлось снова ответить:

— Нет.

Тетя Фира воткнула кулаки в то место, где должна находиться талия.

— Таки чего тогда в танце приседаешь? Даже мой Аркаша, пятый счастливый муж, который сам на рынок за картошкой ходил и мог кабачок от дыни отличить, ел ленивый холодец с причмоком. Хотя его мамаша, ведьма иерусалимская, прыщами при виде цыпленка шла. Стой смирно. Эй, любезная!

— Меня зовете? — гордо спросила продавщица.

— Тебя, тебя, — подтвердила тетя Фира, — сомневаюсь, что ты для красоты тут ходишь, потому как страх взглянуть на твою красоту. Для работы ты. Вот и тащи ноги куриные. Кило! Да покажи, я сама выберу.

Процесс отбора окорочков занял минут десять. Получив покупку, тетя Фира потащила меня в бакалею, по дороге она говорила без устали.

— Перец, лавровый лист, гвоздика дома есть?

— Нет, — смутилась я.

— Вот оно, неправильное воспитание папы по отчеству Иванович, — хмыкнула бабка. — Соль есть?

Я начала судорожно припоминать.

— Вроде да.

Бабуля резко притормозила у стеллажа.

— Таки что возьмем? Желатин! Где он?

Я взяла из коробки пакетик.

— Вот!

Цепкие пальцы старухи выхватили упаковку.

— Дерьмо, — коротко высказалась она, — советское производство. Сделано из дохлых кошек. Ищи импортное.

Я заметила небольшую коробочку.

— Венгерский подойдет?

— Цыганский, значит, — пробормотала тетя Фира, — венгры цыгане. Но берем! Я к ним хорошо отношусь. Один раз цыганка на вокзале обокрала мою свекровь от второго счастливого брака. Таки она онемела! Вот радость была.

— Кто онемел? — не сообразила я. — Воровка?

Тетя Фира погрозила мне пальцем.

— Таки думать надо, когда рот открываешь. Чего мне ликовать от того, что ромала ни слова произнести не может? Свекровь онемела. Во втором счастливом браке я прожила потом еще несколько лет, и она, язва любимая, молчала, только стульями, сковородками, ночным горшком швырялась. Я цыган таки с тех пор люблю. И больше нам ничего для ленивого холодца не надо, кроме...

Спутница сделала загадочное лицо:

— Неподалеку живешь?

— Вон в том доме, — уточнила я.

— Люди! Она моя соседка, — пришла в восторг бабка, — на пятом этаже квартира, которую мне сын от третьего счастливого брака недавно купил. Маршируем. Сначала возьмем изобретение моего первого мужа. И через час таки получим студень из поросенка от курицы. Ать, два, так любил говорить мой тесть от четвертого счастливого брака.

Похоже, тетя Фира обладала замечательными способностями гипнотизера, иначе как объяснить, что я безропотно следовала с ней до дома, по ее приказу поднялась в свою квартиру, вымыла окорочка, услышала звонок в дверь и поспешила в холл.

Старушка ворвалась внутрь как ягуар в клетку к зайцам.

— Таки заметь время! Видишь чудо-вещь? Что это такое, по-твоему?

— Кастрюля, — ответила я, глядя, как бабуля ловко укладывает куриные ноги внутрь и опускает здоровенную крышку.

— Нет, — возразила соседка, — гениальное изобретение Михасика, моего мужа, второго. Он белорус. Первый-то еврей. Потом Михасик, затем Аркаша, таки он латыш. Третий Федор, дагестанец, таки я знаю кухню всех народов мира. Супруги разных типов национальностей. А мамы их! Шпана иерусалимская! Они-то меня считали пятисортной. Еврейка!

— У вас первый супруг вроде был еврей? — уточнила я, подавая стул потерявшей счет мужьям соседке. Похоже, она сама в них путается. То Аркаша первый по списку, то третий. Теперь вот Федя появился и Михаил.

— И таки что? Еврейская мама всегда терпеть не может еврейскую жену сына, даже если отец ее мальчика казах, — объяснила тетя Фира, — Сару Абрамовну с родителями Сталин в Казахстан переселил. Она там себе мужа нашла. Свекор мой. Ох, память подводит. Кто мне скороварку изобрел? Михась? Федя? Аркаша? Зяма? Рома? Гриша?

— Шесть получается, — подсчитала я.

— Нет, еще две лапы остались, — возразила тетя Фира, утрамбовывая окорочка.

— Я имею в виду ваших мужей, — пояснила я, — Михась, Федя, Аркаша, Зяма, Рома, Гриша.

— Еще Вася и Паша, — пропела тетя Фира.

— Тогда их восемь, — оторопела я.

Тетя Фира завернула большие винты, которые торчали из крышки, и села на стул.

— Таки у каждой женщины есть любимые мужья и хорошие друзья. Что за тряпка на стене?

Я посмотрела туда, куда указывал палец соседки.

— Полотенце.

Тетя Фира сложила руки на груди.

— Таки у хорошей еврейской девочки, которая вышла замуж, ничего не умся на кухне, беда на реках Вавилонских! Полотенце! Пффф! Оно должно быть белое с кружевами, или розовое в клетку, или голубое в тяпочку, или фиолетовое в пумпочку. Оно может-таки иметь любой цвет, декор, размер. Но одного с ним невозможно быть! Оно не может быть мятой грязной рванькой. А варежки! Ты ими уголь таскала? Почему стол без скатерти? Где красота? Штучки-дрючки?

Я опешила.

— Что?

— Фиговинки-шмиговинки, — пояснила соседка, — чайнички, кружечки, салфеточки. Уют? Пересыльная тюрьма, а не кухня еврейской девочки. Да вообще девочки! Да будь она хоть американка, она же девочка! Муж у тебя терпеливый!

— Наверное, — пробормотала я.

— Я не вопрос в воздух кинула, — отрезала тетя Фира, — утверждение. И таки ты думаешь, что он всегда захочет терпеть вокруг себя казарму? В один день посмотрит на пейзаж и подумает: «Что я тут делаю?» И уйдет к другой девочке, у которой повсюду картинки, а полотенце на пол поставить можно...

— Полотенце может стоять на полу? — изумилась я.

— Таки да, — кивнула тетя Фира, — если оно чистое, накрахмаленное. Слушай мой жизненный опыт. Чем муж отличается от собаки? Пес от тебя не уйдет, даже если бить его станешь, каши три дня не дашь. Просто плакать в углу будет, но тебя не бросит. Супруг не благородное животное, человек он, поэтому терпения у него меньше кофейной ложки. Ушкандыбает от неряхи с двумя левыми руками пешком, как евреи из Египта от фараона. О! Свари мне чашечку кофе.

Не вставая со стула, я ткнула пальцем в кнопку.

— Что за басурманская забава? — осведомилась тетя Фира, с любопытством глядя на кофемашину.

Я подала ей чашку с эспрессо. Тетя Фира пригубила содержимое и возвела руки к небу.

— Азохен вей!¹ Даже моя пятая свекровь такой дряни не варила! Запомни, настоящий напиток делается только в песке.

— И где его взять? — спросила я.

— Купи глубокую неширокую сковородку, в детском магазине или в интернете отоварься пакетом для детских песочниц, — отрезала тетя Фира, — потом постучи ко мне, я всему тебя научу. О! Готово! Видишь, красное окошко стало зеленым? На крышке.

Я кивнула. Бабуля взлетела над стулом и начала носиться по кухне. Кастрюля чудовищного вида была поставлена под холодную воду, открыта, окорочка вынуты.

— Режем ноги! — скомандовала бабулька.

Я взяла нож.

— Брось, глупый ребенок, — распорядилась соседка.

— Вы велели покромсать окорочка, — робко напомнила я.

— Тесак не нужен! Ножницы! — скомандовала Фира. — Есть они на кухне?

— Нет, — призналась я и тут же ощутила, как по лицу пробежал ветер, это тетя Фира кинулась в прихожую.

Через пять минут, работая руками, как бешеный хомяк зубами, старушка отделила мясо

---

¹ А з о х е н в е й — «Когда хочется сказать ох и вей». При переводе на русский язык фраза теряет бо́льшую часть своей эмоциональности. Первоначально ее применяли только в момент горя. Потом начали употреблять в самых разных случаях.

от костей и накромсала его в лапшу. Она вмиг разделалась с пятью окорочками и отняла у меня шестой, который я пыталась измельчить, командуя на ходу:

— Запоминай, развели желатин, влили в бульон, помешали. Где холодцовое блюдо? Красивое? Глубокое?

— Нету, — пискнула я.

— Во что же ты, шлемазл, собралась студень наливать? — ласково осведомилась тетя Фира и умчалась.

Не прошло и десяти минут, как курятина была разложена в нужную посуду, посыпана чесноком, залита бульоном с желатином и поставлена на холод.

— Ну как? — гордо спросила тетя Фира. — Пятьдесят две минуты! Таки будешь еще когда-нибудь спорить со мной? Или нет, никогда нет?

— Мне хочется саму себя поставить в угол, — призналась я.

— Таки там надо твоей маме стоять, — вздохнула тетя Фира, — ничему девочку не научила.

Я промолчала. Старушка взялась за ручку двери и оглянулась.

— О! Шлемазл[1]. Таки я все поняла. Не было мамы. Таки я тебя убабушлю!

---

[1] Ш л е м а з л — точный перевод «полное счастье». Но евреи ироничный народ, поэтому у слова «полное счастье» есть другое значение: растяпа, недотепа, неудачник. Евреи шутят, что если в засуху шлемазл решит продавать воду, то непременно грянет ливень на целый месяц.

— Убабушлю? — повторила я, решив, что это слово, очередное непонятное выражение вроде таинственных «азохен вей» и «шлемазл».

— Девочек удочеряют, — пояснила тетя Фира, — но я не могу с тобой так поступить, я же бабушка. Значит, мне тебя убабушляю, сообразила?

Я кивнула. Старушка показала на полотенце.

— Наведи марафет. Начни с пустяка. Рваньку поменяй на красоту. Маленький шаг вперед, сделанный неряхой, уже большая победа. Завтра проверю. Не волнуйся, не брошу тебя, научу уму-разуму.

Глава 12

После того как тетя Фира оставила меня одну, я поговорила с Кузьминой, получила от нее телефон Воробьевой и живо набрала номер.

— Кто со мной хочет побеседовать? — удивилась Галина.

— Виола Тараканова, — еще раз представилась я.

— Я незнакома с вами, — отрезала Галина.

— Под псевдонимом Арина Виолова я пишу книги, — сказала я.

— Да? — заинтересовалась свекровь Веры. — Кулинарные?

Я вспомнила тетю Фиру с ленивым холодцом и возразила:

— Нет. Я автор детективных романов.

— Не беру в руки подобную дрянь, — отрезала бывшая подруга Риммы.

Перед моим мысленным взором возникла фигура соседки, тетя Фира укоризненно произнесла: «Таки если открыла рот, думай, что говоришь». Мне стало обидно. Не читаете произведения криминального жанра? Ваше право, я не бегаю за людьми, не всовываю им силой свои книги. Они просто продаются в магазинах, кто хочет, тот купит, а другой пройдет мимо. Но зачем оскорблять писателя? Меня часто донимают настырные журналисты, агрессивно требуют рецензию на роман кого-нибудь из моих собратьев по перу, повторяют:

— Вы же точно читали книгу, о которой сейчас вся Москва говорит, весь фейсбук только о ней и пишет. Или госпожа Виолова нам ответит, как героиня старого анекдота: «Чукча не читатель, чукча писатель»? Хотя вы же автор детективов, не любите хорошую литературу.

Я понимаю, почему большинству репортеров хочется плюнуть в мою сторону. Солдат мечтает стать маршалом, но мало кому удается пройти весь путь к заветной цели. Многие люди, умеющие связать три предложения, полагают, что они велики, как Лев Толстой. Может, и так! Но где их трудолюбие, где ежедневно написанные страницы? Представителям прессы элементарно обидно, что какая-то явно глупая Арина Виолова активно издается, а они никак не наваяют одну талантливую книгу. На репортеров я не обижаюсь, мне их жаль. А вот коллег по перу принижать не хочу, поэтому спокойно отвечаю: «Новый роман N определенно будет иметь успех.

N очень талантлив». Брала ли я в руки произведение этого автора? Нет. Но зачем признаваться, что я не читаю скучные романы, где каждая фраза растягивается на главу, а основная мысль: мы все умрем. Эка новость. Я это и так давно знаю.

Галина могла мне спокойно сказать: «Увы. Мне пока не попадались ваши произведения». И если дама никогда не интересовалась романами Виоловой, то почему она уверена, что мои книги дерьмо?

— Что вам надо? — спросила Воробьева.

— Уделите мне небольшое количество времени для разговора, — попросила я.

— Тема? — буркнула собеседница.

— Вы много лет дружите с Риммой Галкиной...

— Чушь! Это она вечно мне в подруги навязывалась.

Я собрала в кулак все терпение.

— Уважаемая Галина, вы хорошо знаете Веру...

— Убийцу моего несчастного сына? — повысила голос дама. — Слишком хорошо, чтобы понять, что эта... лишила жизни моего мальчика. А-а-а-а! Вас Римма подослала! Вы намерены выведать нечто, чтобы оправдать мерзавку? Да Верка шлюха, убийца, у нее с детства руки в крови! Прощайте!

Я посмотрела на онемевшую трубку, потом набрала номер Кузьминой.

— Привет, Вилка, — закричала та. — Что Галина сказала?

— Кроме того, что Виолова пишет дерьмовые книжонки? — вздохнула я.

— Вот дрянь! Прости, дорогая, не знала, что она такая, — возмутилась Фая.

— Каждый имеет право на собственное мнение, — возразила я. — К сожалению, мое творчество сильно не по вкусу матери Николая. Она отказалась со мной встречаться, но произнесла фразу: «Вера шлюха, убийца, у нее с детства руки в крови». Думаю, это намек на смерть Толи Рябова. Надо поговорить с матерью парня. Что-нибудь о ней знаешь?

— Секундос, — пропела Кузьмина, — смотрю инфу. Тэкс! Татьяна Михайловна... У-у-у-у!

— Умерла? — предположила я.

— Татьяна была ранее хорошо известна в местном отделении милиции, — затараторила Фая, — постоянная его посетительница. То на окно квартиры первого этажа наклеит плакат: «Любите друг друга», то прохожим на шею бросается с воплем: «Сегодня день объятий», то в кино перед сеансом встает и исполняет песню Битлз «All you need is love». В милиции с ней проводили беседы и отпускали. Раньше она работала в школе преподавателем в младших классах. Была уволена после того, как привела второй «А» к входу в метро и открыла сбор средств на спасение Земли от ненависти. Ребята клянчили деньги. В какой-то момент один из пассажиров, выйдя из подземки, увидел своего сына с коробочкой. Разразился громкий скандал. Чуть уголовное дело по статье «мошенничество» не завели. Разъяренные родители кричали:

— Училка аферистка! Превратила детей в цыганят. Деньги ей понадобились.

— Нет! Нет! Я хотела все полученное отправить в фонд, — отбивалась Рябова.

— И в какой? — спросил следователь.

— Генеральному секретарю ООН лично, — гордо ответила педагог, — а уж он разберется, что с ними делать.

Под топор правосудия Татьяна не попала лишь потому, что директор школы умолил родителей не раздувать пожар, снизил всем детям — борцам за спасение Земли — плату за обучение, объяснил, что у школы могут возникнуть большие проблемы, учебный год в разгаре, а по учреждению будут бегать комиссии с проверками, педсостав занервничает, и это скажется на качестве обучения. Пожар не вспыхнул, пламя погибло под золой. Татьяна куда-то делась. Чем она занималась — неизвестно. Спустя несколько лет Рябова стала владелицей гимназии «Ярило».

— Ну и ну, — удивилась я. — Откуда у нее деньги? И называть школу именем бога Солнца, которому поклонялись древние славяне, немного странно.

— Нет, если знать, что там преподают, — возразила Кузьмина, — русский язык, как современный, так и древневетхий.

— Какой? — засмеялась я.

— Я читаю информацию с их сайта, — пояснила Фаина, — древневетхий русский язык.

— Не слышала про такой, — удивилась я, — знаю, что существовал древнеславянский.

— У них еще изучают математику, географию, историю, немецкий, английский — всё со словом «древневетхий», — уточнила Кузьмина, — древневетхое пение, танцы, домоводство, трудовое воспитание. Есть центр внеклассного обучения. Часть детей туда после основных занятий ходит. Работает «Ярило» каждый день без выходных. Скатайся к училке, возможно, она что-то интересное про Веру знает. Что ты на ужин сегодня приготовила?

— Холодец, — гордо ответила я, — картошку к нему отварю.

— О-о-о! Я хотела кое-что с вами обсудить. По поводу Галкиной. Ничего, если вечерком в гости загляну? Меня Степа привезет, — воскликнула Фая и положила трубку.

У меня неожиданно испортилось настроение. Я пошла к машине, думая: что за необходимость Кузьминой опять сидеть в нашей гостиной? Побеседовать о делах и в офисе можно. Не хочется видеть Фаину, которая носит обтягивающие трикотажные кофты. Добрый Боженька наградил ее пышным бюстом, тонкой талией, стройной фигурой и хорошим ростом. У нее густые, вьющиеся от природы локоны, черные брови и ресницы, огромные карие глаза, губы, которые многие женщины пытаются получить с помощью инъекций. Фаина не замужем, поэтому свой немалый заработок не вкладывает в общую семейную кассу, а тратит исключительно на себя. На ней всегда модная, прекрасно сидящая одежда, у нее элегантные сумки, идеальный маникюр, макияж...

Я села в машину и посмотрела на свои пальцы. Вилка, когда ты в последний раз посещала салон? А что у тебя, моя радость, на голове? Я вынула из кармана на двери зеркальце. Господи! На макушке торчат три пера, цвет у них, как у прокисшего майонеза. Где мои брови? Их нет. То есть они есть, но белёсые. Декоративной косметикой я не пользуюсь, поэтому похожа на пьяного поросенка. Глазки маленькие, веки опухшие, щеки серо-зеленые. Губы... Их тоже нет, тонкие от природы, они сравнялись по колеру с остальным личиком. Куртка моя знавала лучшие времена. Джинсы и свитер тоже не из последней коллекции Шанель.

Перед моими глазами возникла хорошенькая Фая с локонами, в коротенькой дубленочке, черных брюках, сапогах на каблучке, с меховой оторочкой...

Я схватила телефон.

— Что-то забыла сказать? — спросила Кузьмина.

— Извини, — сообщила я, — сегодня вернусь очень поздно, не удастся нам вместе поужинать. Давай на следующей неделе встретимся.

— Ой, звонок по местному, — воскликнула Кузьмина и отсоединилась.

Глава 13

— Здравствуйте, сударыня, — пропел мужчина в шароварах, домотканой рубашке и лаптях. — Кого желаете видеть?

Я на секунду растерялась. На боку ряженого охранника висела кобура с современным пистолетом. Учитывая, что во времена лаптей такое оружие еще не придумали, «древнему русичу» надлежало иметь при себе рогатку.

— Ищу Татьяну Михайловну Рябову, — ответила я

— Как вас звать-величать? — продолжал ломать комедию секьюрити. — На государевой службе состоите али как?

Мне надоели его кривляния.

— Приехала поговорить с вашим директором. Она в курсе, я недавно ей звонила.

— Не откажитесь присесть, — не дрогнул собеседник, потом вынул из широких штанов кусок дерева, потыкал в него пальцем и сказал: — Матушка Рябова, страж первых врат с нижайшим поклоном беспокоит. Приехала... Да, она!

Мужик заулыбался.

— Боярыня, вам ступать одесную по улице Древней до самого дворца. Никуда не сворачивайте. Матушка в ожидании. Поскольку на улице грязь-топь непролазная, вздените на ноги чуни, а свои ступалы оставьте.

Я уставилась на пару лаптей, которые мне протягивал дядька.

— Хотите, чтобы я воспользовалась сменной обувью?

— Грязь-топь, — повторил он, — очень они удобные.

— Лучше заведите бахилы, — не выдержала я.

— В Древней Руси, а мы сейчас именно на ее территории, такого бесовства не водилось, — отрезал охранник.

Я сняла сапожки.

— Телефонов тоже не было, однако вы только что звонили директрисе.

— Матушке, — поправил секьюрити, — она государыня наша, мы ее дети любимые. Не знаю, что такое телефон, воспользовался древнерусским способом связи — переговорной трубой.

Удержаться от смеха было сложно, но я справилась с задачей, встала и, шаркая лаптями, побрела по коридору, читая таблички на дверях. «Изба счетных наук», «Дворец букв», «Палата иноземных языков». Навстречу мне попались две девочки в сарафанах, белых блузках, с платками на голове и мальчик в косоворотке, широких брюках и невысоких сапожках. У всех в руках были холщовые котомки.

— Булки испекли! С яблоками, — крикнул кто-то, — в трапезной подали.

Дети помчались вперед, как угорелые, я продолжила путь и наконец оказалась у двери с надписью «Матушка Государыня. Входи прытко, излагай кратко, немногословь, на друга не клевещи, не лукавь. Доносчику первый кнут, лентяю наказание, старательному поощрение. Постучи громко, вступай с поклоном».

Я что есть силы треснула кулаком по сучковатой филенке, она открылась, передо мной возникло небольшое помещение с низким потолком. Стройная женщина, на голове которой сидела корона, встала из-за стола и радостно воскликнула:

— Добрый вечер вам, иностранный посол!

Вот тут мое терпение лопнуло.

— Татьяна Михайловна, при всем уважении к вашей гимназии, давайте поговорим нормально. Я не родительница, которая хочет отдать ребенка в вашу школу. Звонила вам только что.

Рябова не смутилась.

— Так я ментально живу в Древней Руси. Забыла, как мир за окном выглядит. И не горюю о том.

— Домой небось не в карете едете, — заметила я.

Рябова показала на дверь справа от стола.

— Там мои хоромы. Иногда приходится из дивного русского мира в вертеп города высовываться. Ох, тяжко. И детки наши многие тут проживают в кельях. У нас гимназия постоянного пребывания. А центр дневной.

Я отметила, что владелица заведения, продолжая усиленно изображать древнюю славянку, все же стала разговаривать на обычном языке, и обрадовалась. Значит, Рябова не совсем сумасшедшая.

— Мы следим за чистотой душ воспитанников, — вещала тем временем Татьяна, — увы, в гимназии приходится вести преподавание не только прекрасных предметов, таких как древний ветхий русский, но и придерживаться программы обучения. Зато после уроков в центр...

— Вера Галкина, — громко произнесла я.

Татьяна Михайловна вмиг замолчала.

— Извините, что напоминаю о печальном событии, — сказала я.

— Каком? — вдруг спросила владелица центра.

— Анатолий, ваш сын... — пробормотала я.

— Верно, — кивнула Татьяна, — он умер. Но прислал мне своего сына.

Я удивилась.

— У Анатолия был ребенок?

— Конечно, — подтвердила моя собеседница, — наше солнышко прекрасно себя чувствует. За пять минут до вашего прихода я обсуждала с ним, какой ему лучше хитон сшить! Мальчика нам Алиса Шкафина отдала. Навсегда. Бросила малыша. Корди его обожает. А я уж как люблю!

Дверь в стене скрипнула и приоткрылась. Похоже, в покоях Татьяны находился кто-то любопытный, он решил послушать, о чем идет речь в офисе.

— Хитон? — повторила я. — Это нечто вроде плаща?

— Ангельская одежда, — поправила меня Татьяна Михайловна. — Можно сделать ее голубой с золотым орнаментом. А можно зеленой. Я за первый вариант, но мальчик не любит, как он говаривает, «купечества». Мы поспорили. А кто такая Вера Галкина?

— Девушка, с которой дружил Анатолий.

— У сына было много знакомых, — сказала хозяйка кабинета, — я с ними не вижусь.

— Государыня, — завопил из коридора тонкий голос, — народ собрался и алчет.

«Царица» вскочила.

— Любезная госпожа, посидите немного, я скоро вернусь.

Последние слова она произнесла, выбегая в коридор. Я осталась одна, правда всего на пару секунд.

Дверь в стене открылась, показалась дама старше государыни.

— Добрый день, — вполне нормально сказала она, — вы писательница Арина Виолова? Я видела вас несколько раз по телевизору.

— Наверное, в Древней Руси он именуется волшебный ящик и работает на дровах, — не удержалась я от сарказма.

Женщина поманила меня:

— Заходите.

— Спасибо, я жду Татьяну Михайловну, — отказалась я.

Незнакомка улыбнулась:

— Если хотите до вечера тут в одиночестве сидеть, не стану возражать.

— Ваша государыня обещала вот-вот вернуться, — сказала я.

Дама вошла в кабинет.

— Не стоит ей верить. Таня живет вне времени. Ее «вот-вот» растягивается на сутки. Хотите узнать что-то о Вере Галкиной?

— Знаете ее? — обрадовалась я.

— Меня зовут Корделия Михайловна, — представилась женщина, — я сестра Тани. Папа начудил, назвал старшую дочь в честь героини Шекспира. А я, как на грех, «р» долго не выговаривала. «Девочка, как тебя зовут?» «Колделия!»

Народ рты разевал. Колделия! Красиво, однако. Отец видел, как ребенок мучается, произнести имя не может, и со второй девочкой не выдрючивался. Таней назвал. Не советую ждать владелицу гимназии. У нее сейчас литургия в домовом храме, потом поклонение богу Яриле. Часа три на все отведено.

Я опешила.

— Простите, я не воцерковленный человек, но знаю, что литургия — служба в православной церкви. Вроде во время нее принимают причастие.

— Верно, — согласилась Корделия.

— А в Ярило верили язычники...

— И здесь вы не ошиблись.

Я совсем растерялась.

— Извините, я не сильна в вопросах веры, но разве можно одновременно служить и Христу, и Яриле, богу древних славян?

— В конце десятого века Святой князь Владимир крестил Русь. Вот с той поры православные отринули Ярилу. Ну не сразу, процесс шел долго, мучительно. Мда. Не стоит нам уходить во тьму веков. Таня... э... она... энтузиаст своего дела. Создала гимназию, равной которой нет.

— Да уж, — пробормотала я, — никогда не слышала о школе, где дети и сотрудники в лаптях разгуливают.

Корделия рассмеялась.

— Ребятам это нравится. На самом деле здесь пансион. Многие дети живут в спальном корпусе. Учителей и сотрудников сестра из единомышленников подобрала.

— Вот уж не думала, что в Москве такое количество... — начала я и вовремя умолкла.

— Сумасшедших, — договорила за меня Корделия, — согласна, народ тут странноватый, но детей искренне любит. В первой половине дня все обучаются по стандартной программе, а во второй добро пожаловать в прошлые века. Воспитанники воспринимают все как игру. Я веду финансовые, юридические и прочие дела. Тане нельзя ездить в банк или общаться с мастерами, которые крыши чинят. У нее есть я, симбиоз главбуха, адвоката, хозяйственника и всех прочих. Без меня учебное заведение быстро скончается. Пойдемте в мою квартиру. Лучше там поговорим, угощу вас чаем с пряниками. Наш повар их печет. Вас же не смутит, что Вася сначала «Отче наш», а затем «Песнь Ярило» читает? Несмотря на кашу в голове, готовит Василий прекрасно.

Глава 14

Выпечка на самом деле оказалась волшебно вкусной, чай Корделия заварила крепкий, а разговор со мной она повела откровенный. Узнав, что Веру подозревают в убийстве мужа, сестра Татьяны некоторое время хранила молчание, потом сказала:

— Не вчера беда с Таней произошла. В подростковом возрасте многие чудили, потом стали прекрасными людьми. И работают хорошо, и семьи у них отличные. Таня очень Толю любила, до беспамятства. Избаловала мальчика до предела, слова «нет» он никогда не слышал. Стоило Анатолию обронить: «Хочу», мать ему желаемое на блюдечке подавала. Когда малыш еще в садик ходил, я пыталась сестру вразумить: «Нельзя тьму игрушек в дом тащить. Ребенок их не ценит, поиграет пять минут и бросит, другое клянчит. Толя должен понимать: подарки только на праздники получают, надо беречь то, что имеешь, мама не джинн из бутылки». Куда там! Все разумные слова над Таней пролетали. Первый звоночек раздался, когда племянник в выпускной группе садика оказался. Он рос крепким пареньком, ростом выше других ребят удался, начал всех бить. Воспитательница Татьяну вызвала.

— Призовите сына к порядку, иначе мы его выгоним.

Понятное дело, на сестру гневные слова ни малейшего впечатления не произвели, она мне заявила:

— Если Толечка противным пентюхам оплеухи раздает, значит, эти дети сами виноваты. Почему ему не подчиняются?

Я удивилась:

— По какой причине они должны Анатолию подчиняться?

— Он всех умнее и лучше, — отрезала Таня, — приказывает им в мяч играть, а дети не хотят. Вот и получают. Толечка совершенно прав.

Корделия взяла чашку и сделала глоток.

— Наверное, и в школе у него возникали проблемы, — предположила я.

— Верно, — подтвердила собеседница. — В начальных классах Толя здорово вырос, требовал от одноклассников считать его вожаком, отнимал вещи, дрался и всегда оказывался победителем. Но когда Анатолий, перейдя в четвертый класс, явился первого сентября на занятия, его ждал сюрприз. Остальные мальчики сильно вытянулись, он оказался меньше других. И появился новенький Володя, который посещал занятия боксом. Вова вмиг стал звездой класса. Теперь уже Анатолия били каждый день. В начале ноября Таня перевела сына в другую школу. Там он повел себя иначе. Никого не обижал, старался угодить, носил за учительницей портфель, был тихий, даже угодливый ребенок.

— Урок пошел ему впрок, — заметила я.

— Поспешное суждение, — возразила Корделия. — Хотя я тоже так думала. Через год разразился скандал. Племянника так сильно избили одноклассники, что он загремел в больницу. Взбешенная Таня кинулась в милицию, потребовала отправить всех, кто обидел сына, в тюрьму. Ей объяснили, что маленьких детей за решетку не сажают, их могут отправить в спецшколу.

Корделия скривилась.

— Мы ходили к участковому вместе, я тоже кипела от негодования, но тот объяснил, почему дети накинулись на моего племянника. Оказывается, Толя был личным доносчиком завуча, рассказывал ему, о чем товарищи болтают между собой, выдавал тех, кто совершал разные шалости. За верное служение завуч натягивал «шептуну» хорошие отметки. У Толи в дневнике стояли только четверки и пятерки.

— Неприятно, — поморщилась я.

Корделия потянулась к чайнику.

— К нам домой явилась делегация родителей и выдвинула ультиматум: «Татьяна переводит сына в другое учебное заведение, забирает заявление из милиции. Если она не согласится, взрослые опозорят Рябовых на всю Москву, будут звонить во все места, куда решит пойти мальчик: в спортсекцию, театральный кружок, библиотеку. Расскажут, что он доносчик, а Татьяна дура, которая не смогла хорошо воспитать ребенка. А детей, которые от доносов ее сына пострадали и справедливо избили наушника, мамочка-клуша отправила в школу для малолетних преступников!» Жесткий разговор вышел. Таню от злости перекосило. Она тогда еще работала педагогом. Представляете реакцию начальства ее школы, если туда заявится разгневанная толпа родителей? Толя очутился в новой школе, Таня забрала заявление, информация о доносительстве не выплыла наружу. В третьей по счету школе Анатолий превратился в буку. Рот он открывал в редких случаях, на вопросы преподавателей отделывался краткими «да», «нет». Учился средне, на три, четыре. С матерью не откровенничал, со мной тоже. В девятом классе отрастил длинные волосы, начал играть на гитаре, сколотил рок-группу. Ребята репетировали в каком-то подвале. Я пыталась выяснить где, хотела знать, с кем дружит племянник, но он ни матери, ни мне ничего не рассказывал. Не хамил, но отвечал так, что мое терпение с треском взрывалось. Вот вам пример обычного диалога с Толей:

— Как дела в школе?
— Хорошо.
— Отметка какая по контрольной?
— Четыре.
— Садись обедать.
— Ел в школе.
— Эй, ты куда?
— На улицу.
— Зачем?
— По делам.
— Уточни.
— Репетиция у меня.
— Где вы играете?
— В помещении.
— В каком?
— Подвале.
— Где он находится?
— В доме.
— Адрес назови.
— Чей?
— Дома.
— Какого?

Корделия пододвинула ко мне блюдо с орешками.

— Понимаете?
— Придраться к словам подростка нельзя, — кивнула я, — однако такой диалог может любого взрослого до бешенства довести.

— Вот-вот, — согласилась тетка Рябова, — Татьяна вмиг петардой взлетала, искры летели во все стороны. Сын молча выслушивал ее вопли, говорил: «Мама! Ты же верующая. Грех так себя вести» и уходил. Сестра принималась плакать, кидалась молиться всем богам, просила дать ей терпение. Мне ее жалко делалось. Хотелось, конечно, сказать, что я давно ее предупреждала, просила не потакать капризам сына, но я сдерживалась. Какой смысл в упреках? Что сделано, то сделано. Когда Толя в институт поступил, Таня ему отдала квартиру нашей бабушки, парень туда уехал. Сам он нам не звонил. Мать порывалась убирать «ребеночку» жилье. Но тот ее на порог не пускал. Отношения у них сложились односторонние. Возьму трубку, там голос Анатолия:

— Добрый день, мать позови.

Таня начинает щебетать:

— Милый, как дела? Да. Сделаю. Денег? Сколько?

Сынок с матерью, как с домработницей, обращался: приготовь пожрать! Да еще меню заказывает, капризничает: отварную курицу я не ем, сделай котлеты. Готовые блюда следовало в судки положить, привезти барину, в дверь позвонить, кто-нибудь из девок выходил и их забирал.

— Из девок? — повторила я.

— Секс — наркотики — рок-н-ролл — умри молодым, — вздохнула Корделия, — группа Толи где-то выступала, у него появились фанатки. С Верой Галкиной я познакомилась случайно.

Анатолий приехал домой, что-то взять ему потребовалось. Под Новый год это было. Он только-только в бабушкину квартиру перебрался. Таня ремонт там сама сделала, понятно, что по дизайну сына. Мне потом жаловалась: «Как он в таком кошмаре жить собрался? Стены-потолок черные, на полу половики того же цвета. Унитаз-ванну хотел затемнить, но я не смогла. Толечка очень расстроился. Зато с кухней у меня отлично получилось: шкафы в красные превратила». Меня прямо любопытство замучило, что парень в доме устроил? Каюсь, совершила нехороший поступок. Во время ремонта Таня замки не меняла. Я взяла тайком связку и в квартиру бабули порулила. Господи! Хорошая двушка у Ольги Николаевны была! Комнаты просторные, светлые, занавески с цветами, кухня белая. И что внук там устроил? У меня через пять минут координация движений нарушилась. Все черное! Кроме сантехники. Мебель красная. Люстры нет. Стоят торшеры с абажурами цвета ада. Какие-то африканские фигурки везде. Маски. Медные тазы на подставках. Я из дома вышла и думаю: «Или у Толи с головой беда, или он через неделю после въезда заставит мать все переделывать. Жить в таком интерьере невозможно!» Однако я ошиблась. Парень переехал в жуткое место и прекрасно себя там чувствовал. Первые месяца три к нам домой как в магазин ходил. Открою ящик на кухне. Нет ложек. Где они? Таня щебечет: «Толенька забрал, ему столовые приборы нужны». Потом плед из гостиной испарился.

«Толечке одеяльце потребовалось». Зачем покупать, когда у матери экспроприировать можно? Один раз он без спроса из моей спальни картину уволок. Вот тут я возмутилась не на шутку. Позвонила ему. Мобильных еще не было, но городской телефон в квартире бабушки стоял. Сурово велела:

— Верни пейзаж. Немедленно!

Он привез. Молча водрузил на место. Я ему сказала:

— Картина осталась от нашего деда. Это кладбище в Солкове. Помнишь своего прадеда? Степана Михайловича.

Толя, как всегда, отделался коротким «да».

Но я все равно сказала:

— Он тебя очень любил. Когда в Москву приезжал, всегда подарки правнуку привозил. У Степана Михайловича была небольшая зарплата, но он с утра до ночи на могилах трудился, ему платили за это родственники. После смерти мы с твоей мамой нашли у него в шкафу конверт с надписью: «Толечке от деда Степы». Там была приличная сумма. Мы тебе на нее долго одежду покупали.

Племянник вдруг оживился:

— Прадед на погосте сторожем работал.

— Он прекрасный человек, — сказала я. — Сам образования не получил, но сына своего, нашего с Таней отца, выучил, и нас тоже. Всем помогал. А еще Степан Михайлович картины писал. Появись он на свет в богатой семье, мог бы стать известным живописцем.

Анатолий махнул рукой:

— Незачем мне что сам давно знаю объяснять.

Корделия скрестила руки на груди.

— У Степана Михайловича была избушка. На кладбище давно не хоронили, оно было закрыто. Вокруг пустырь. Дома там не строили. Метро не было. Приходилось с Белорусского вокзала до Одинцова ехать, потом на автобусе, Солково конечная остановка. Если на работу к восьми надо, то в полшестого из дома приходилось выходить. После того как наш папа умер, мы больше в том доме никогда не бывали...

Корделия умолкла, потом пробормотала:

— К чему я это все говорила?

— Вы говорили о подруге Анатолия, — напомнила я, — о Вере Галкиной, хотели рассказать, как с ней познакомились.

Глава 15

— Ах, да! — спохватилась моя собеседница. — Точно. В тот день, когда Толя картину вернул, он вдруг остался чаю попить. Таня на работе была, а я дома оказалась. Глупая история у нас приключилась. Парень в туалет заглянул, вышел с брюками в руках, они сзади по шву лопнули. Я взяла штаны, включила машинку, та в гостиной стояла, Толя на кухне остался. Шов застрочить минут пять понадобилось, я вмиг управилась, а выйти в коридор не смогла. Жили мы в старой родительской квартире, ремонта после смерти мамы не затевали. Апартаменты здоровенные. Их нашему отцу как Герою Советского Союза дали. Михаил Степанович в Отечественную войну подвиг совершил. Бросился на немецкий дзот, на амбразуру.

Я сразу вспомнила школьные уроки истории.

— Как Александр Матросов.

— Да, — подтвердила Корделия, — только он погиб, а наш отец выжил. Ему за это жилье потом подарили в самом центре Москвы. Пять комнат. Папа очень скромным был, никогда «Золотую Звезду» не носил, она в коробочке хранилась. Даже на Девятое мая не вешал ее на костюм, орденами-медалями тоже не хвалился. Когда мы с Таней говорили ему: «Папочка, сходи в сквер к Большому театру, вдруг там будут твои однополчане», он отвечал: «Война осталась на войне. Незачем ее в мирную жизнь пускать. Ничего особенного я не совершил, тогда все героями были. Просто меня заметили».

Когда наша мама умерла, у нас с Таней денег на ремонт не нашлось. В квартире его сто лет не делали. Мама не работала, нас всех отец содержал, он был профессором, с лекциями по стране ездил. Мы ни в чем не нуждались. После его кончины жить стало труднее.

Корделия махнула рукой.

— Да это вам не интересно. В апартаментах на всех дверях замки были, они снаружи и изнутри закрывались. Зачем? Не знаю. Когда я брюки Толе застрочить пошла, запор случайно соскочил. Я ручку дергаю — дверь не открывается. Ключ со стороны коридора остался. Кричать начала, племянника звать. Не слышит. Хоромы километровые, я в одном конце, парень в другом. Оборалась я. Полчаса, наверное, прошло, пока я не услышала голос Толи:

— Тетя, ты там?

Я так обрадовалась:

— Отопри скорее!

В скважине зашуршало, племянник сказал:

— Заело. Сейчас отыщу инструмент.

В конце концов я в коридоре очутилась, укорила его:

— Почему сразу не пришел! Я горло сорвала.

Он ответил:

— Телевизор включил, не слышал.

И тут звонок в дверь, я открыла. Стоит девочка, худенькая, в короткой кацавеечке до пупа. Синяя от холода, зубами клацает.

— Толя тут?

Я ответить не успела, племянник выскочил в прихожую и налетел на нее:

— Чего приперлась?

Девушка залепетала:

— Ты сказал во дворе ждать, обещал через десять минут вернуться. Два часа прошло. Испугалась я.

Анатолий на нее чуть ли не с кулаками:

— Тебя не звали в гости! Вали отсюда.

Я ахнуть не успела, он бедняжку на лестницу вытолкнул, сам за ней выскочил, дверь закрыл. «До свидания» мне не сказал.

Я в глазок посмотрела. Вижу, Толя девочку пинает. Ну, тут уж я не выдержала, вышла из квартиры и велела ему:

— Пошел вон!

Племянник был весь от ярости красный, о щеку спички зажигать можно. Злобно так ответил:

— Сама отвали.

Корделия вздернула подбородок:

— Представляете? Такое родной тете в лицо бросить? Да я не Татьяна! Жестко отреагировала: «Замолчи. Иначе заставлю рот водой с мылом полоскать! Уходи немедленно». Он зубами заскрипел, но спорить со мной побоялся, знал: я могу ответить. Поэтому удрал.

Я девочку в квартиру завела, у нее из губы кровь текла. Велела ей умыться, чаю налила, прочитала лекцию на тему: «Немедленно уходи от мужчины, который на тебя руку поднял». Она заплакала.

— Тетя Корделия, я Толика больше жизни люблю. Сама виновата. Муж запретил к вам идти, а я не послушалась.

У меня сердце оборвалось.

— Вера, вы оформили отношения?

Она смутилась.

— Мы венчались.

Вот тут я чуть не рухнула. Рябовы отродясь в церковь не ходили. Мне прямо страшно стало.

— Вера! Уж не знаю, есть бог или нет, но венчание — серьезный поступок. Вы совсем молодые, разбежаться можете. Не стоило поспешный брак в церкви скреплять. Что твоя мама по этому поводу говорит?

Дурочка прошептала:

— Она не знает. Нас Толя венчал.

Я растерялась.

— Анатолий? Так он же не священник.

Глупышка рот рукой зажала, потом вскочила и в прихожую. Я за ней.

— Верочка, успокойся, давай поговорим.

Гостья свою кацавеечку схватила, дверь открыла, повернулась и зашептала:

— Тетя Корделия, вы добрая, хорошая, не говорите Толе, что про свадьбу знаете. Мы понарошку ее играли. Толечка ну ужасно разозлится, когда узнает, что я тайну выболтала.

Вывернулась из моих рук и убежала.

Вскоре Анатолий вернулся, прощения попросил за грубость. Впервые он на моей памяти произнес слова: «Прости, тетя, не хотел хамить, просто сорвался». С другой стороны, он раньше так грубо и не хамил.

Корделия провела ладонью по скатерти.

— Когда Веру попытались в убийстве Анатолия обвинить, я хотела в милицию пойти и объяснить, что это точно не она. Галкина обожала парня. Вера просто заснула, а мой племянник из окна сам вывалился. Я уже собралась, но тут Таня от следователя вернулась в слезах: «Мать Галкиной, наверное, большие деньги следакам отвалила. Отпустили убийцу, признали смерть сына несчастным случаем».

Корделия отвернулась к стене.

— Сестре очень плохо стало, еле-еле из гипертонического криза вылезла. С работы ее уже выперли. Таня сидела дома, курила, пила бесконечно кофе, ела торты, располнела, подурнела. Хорошо хоть к бутылке не потянулась или к наркотикам. Миновала нас сия чаша. Я на нее смотрела, смотрела и поняла: спасать Танюшу надо.

Собеседница обвела рукой помещение.

— Не сочтите за хвастовство, но все это сделала я. Продала квартиру наших родителей, купила это здание. Танюша создала центр, о котором давно мечтала, забыла про обжорство, тоску, теперь вся в заботах.

— Татьяна Михайловна сказала, что ей помогает сын Анатолия, которого некая Алина Шкафина принесла, — сказала я. — Ваш племянник успел стать в юном возрасте отцом?

Хозяйка встала, достала из шкафа большой альбом, положила его на стол передо мной, открыла и показала на одно фото.

— Это Толя.

— Красивый юноша, — на всякий случай похвалила я совсем обычного парня.

Корделия перевернула несколько страниц.

— А это сын Анатолия.

Пришлось высоко оценить и этот снимок.

— Очень симпатичный подросток. Как он у вас очутился? И кто такая Алина Шкафина?

Глава 16

— Алина Шкафина, — повторила Корделия. — Она пришла к нам без приглашения поздно вечером, Таня дома была. Толя уже умер.

Я открыла дверь, сначала мне показалось, что на пороге стоит подросток лет тринадцати. Потом девушка откинула с лица прядь светлых волос, и стало ясно: незнакомка маленького роста, тощая до прозрачности, но это взрослая женщина с мальчиком на руках. По виду малышу было меньше годика. Хорошенький очень. Гостья с порога заявила:

— Мой сын — ваш внук! Жить нам не на что. Платите алименты.

Танюша побелела до синевы, на стул опустилась, шепчет:

— Мальчик... родненький...

Ну а я не так впечатлительна, документы у гостьи потребовала. Увидела свидетельство о рождении: Шкафин Антон Иванович. В графе отец прочерк. Ну и с какого бока он от Толи? Так прямо я и спросила. Она заюлила:

— Я жила в гражданском браке с Анатолием, а он умер.

Таня вскочила, мальчишечку схватила, к себе прижала.

— Корди! Это наш внук! Сердцем чувствую! Толечка мне его послал.

Мрак прямо. Сестра бьется в припадке, Алина трясется, ребенок кричит. Одна я сохранила подобие спокойствия. На дворе ночь, непогода, дождь хлещет, ноябрь разбушевался. Я же не Ирод, чтобы женщину с малышом выгнать. Шкафина, несомненно, аферистка. Но чем младенец провинился? Одеты они были плохо. На Алине все старое, на мальчонке застиранное, явно кто-то после своего сына ему куртенку со штанишками отдал. Я велела всем успокоиться, устроила гостей в свободной комнате. А сама позвонила близкому приятелю, он в системе МВД работал, попросила его про Шкафину выяснить. Кто она такая? Где ее родители? Попыталась Таню вразумить:

— Очнись! Когда Толя погиб? Несколько лет назад. А мальчику по документам года нет.

Таня в ответ:

— Да, да! Алина мне объяснила. Мальчик появился на свет через девять месяцев после смерти отца. Она забеременела в ту ночь, когда Толечка погиб! Мальчик родился недоношенным, поэтому такой крошечный до сих пор, а в загсе ошиблись, не ту дату в метрике указали.

Я эту чушь слушаю и молчу, думаю: «Ну, Шкафина, погоди!» Она услышала, что Толя погиб, и решила на нас своего отпрыска повесить. Я твердо решила, что выставлю наглую мошенницу вон! Но сначала изобразила из себя дуру, сделала вид, что идиотской истории поверила, готова Алину невесткой признать, а мальчонку внуком. Очень уж хотелось разузнать, кто она, откуда про Толю узнала. Но не удалось. Выяснилось, что Алина Шкафина приехала в Москву из Твери, на работу нигде не устроилась. Чем занималась? Нет о ней сведений. Не регистрировалась в столице. И что вы думаете, а?

— Она, наверное, работала по найму без оформления, получала гроши в конверте, —

вздохнула я, — снимала угол в комнате, где кроме нее еще пятеро спали.

— Кем она, по-вашему, служила? — прищурилась Корделия.

— Полы мыла, — предположила я, — на рынке могла торговать.

— Вы очень деликатны, — усмехнулась моя собеседница, — а я предполагала, что красавица у дороги клиентов ловила, забеременела, опоздала аборт сделать. Кое-как с малышом одна побултыхалась, услышала про смерть Рябова, у которого мать глаза выплакала, и к нам пришла.

— Вы Шкафиной сообщили о своих предположениях? — поинтересовалась я.

— Не успела, Алина под машину попала, — объяснила хозяйка, — пока я с приятелем своим из МВД встречалась, Таня дала Шкафиной денег, отправила ее в магазин за кефиром для малыша. Девица не вернулась. Мы сначала думали, что она сбежала, бросила Антона. Понадеялись, что она опомнится, вернется. А на следующий день в программе «Происшествия» по телевизору услышали, что на проспекте Вернадского у метро «Юго-Западная» под автобус попала неизвестная женщина. Описание ее дали, сообщили, какая одежда на несчастной, показали сумочку приметную красную, лаковую, сделанную в виде цветка. Я воскликнула: «Ридикюль я тебе, Таня, подарила на день рождения, дорогая вещь. Алину задавили. Шкафина не собиралась возвращаться, она нас обокрала!» Танюша руками замахала:

— Нет, нет, нет! Просто у той бедняги такая же сумка!

Ага! Как же! Я сумочку сестре у мастера заказала. Сшили ее по моему дизайну. Не было в Москве второй подобной. Сумку пошла проверить. И что! Она висела в шкафу и исчезла. Заодно «убежали» куртка хорошая, пуховик с меховой опушкой, сапоги-дутики, шапочка с помпоном. Таня стоит, на полупустой гардероб смотрит, моргает. Я у нее спрашиваю:

— Ты красоте ненаглядной деньги на кефир дала, а дальше что было?

Сестра ответила:

— Ничего, телефон зазвонил, я разговаривать стала.

Я уточнила:

— В прихожей?

У Тани лицо вытянулось.

— Нет, в свою комнату ушла.

Корделия скривилась, словно хлебнула уксуса.

— Понятно, да? Татьяна на трубке иногда часами висит. За время, что сестра глухарем токует, можно полквартиры утащить. Алина хорошо поживилась. Одеждой и сумкой дело не ограничилось, она еще прихватила в кухне из ящика деньги. Небось видела, как Танюша их оттуда достает, чтобы ей на кефир отсчитать. Целую зарплату уволокла! Я накануне получила. Отблагодарила она нас за доброту. И погибла. Вот так.

Корделия поправила прическу.

— Антон остался у нас. Я сначала сказала: «Мальчика надо сдать в дом малютки». Таня зарыдала: «Нет! Толечка вернулся. Это мой второй шанс. Теперь я не сделаю ошибок. Воспитаю его правильно. Не отдам никому!» Я с ней спорить стала, что, конечно, глупо. Сестра билась в истерике, голос разума не слышала. Но она вдруг сказала: «Как мы объясним, откуда мальчик? Нам не поверят, подумают, что мы украли его».

Корделия опустила взгляд.

— Я говорила о своем близком друге из МВД. Мы с ним очень тесно общаемся. Прекрасный человек! Но женат. С детьми. А я не из тех, кто чужую семью ради собственного счастья рушит. Понимаете?

Я кивнула, Корделия продолжила:

— Позвонила ему, все честно рассказала, он решил вопрос. Уж не знаю, как ему это удалось, но через пару дней у нас появилось свидетельство о рождении Рябова Антона, матерью была указана Танечка. Я пошла на нарушение закона из-за сестры, решила: если от мальчика отказаться, Танюша умрет. Мы его воспитали. Очень хороший паренек вырос. В прошлом году он узнал, что не родной нам по крови. Люди злые вокруг. Никто вроде не знал, что Алина к нам приехала в ту ночь. Но однажды Антон пришел со спортивных занятий и сказал:

— Мама, тетя! Вы же мне не мать и не тетя! Я сын Алины Шкафиной и Анатолия. Мой отец погиб, выпал из окна. А мать машина задавила.

Таня тут же воскликнула:

— Ну и чушь! Кто тебе эту глупость сказал?

Антон ушел от ответа:

— Не важно. Я вас очень люблю. Вы мои мама и тетя. Но я имею право знать правду.

Я сидела, лихорадочно думая, что бы ему такое соврать, как внушить: неправду ему сказали про Шкафину. Через пару секунд меня осенило, я начала:

— Толя, на улицах много больных людей...

И тут Таня закричала:

— Твой любовник мерзавец! Помог нам документы мальчику сделать, а когда вы с ним поругались, решил нагадить! Антон, признавайся, ты говорил с таким толстым дядькой с усами?

Корделия прикрыла глаза ладонью.

— В этом вопле вся Таня! Одни эмоции. Ума нет. Антон давай смеяться.

— Тетя Корди, ничего не придумывай, мама уже проговорилась.

И как я должна была реагировать? Таня глупость совершила и убежала из комнаты. Мы с Толей вдвоем остались, пришлось без утайки рассказать, что мой племянник никак не мог быть его отцом. Анатолий умер за пару лет до появления Тоши на свет. Шкафина младенца нагуляла, я про нее ничего не знаю, в свидетельстве о рождении она была записана как мать Антона. Девушка решила нас с Таней обмануть, подбросить мальчика. Алина, похоже, была не высоких моральных качеств и на руку нечиста, но нанести вред младенцу не хотела, поэтому и заявилась к нам. Ни я, ни Таня никогда не пожалели, что он нашим стал. Не та мать, что родила, а та, что воспитала.

Он меня обнял.

— Тетечка! Никогда вас не брошу. Вы с мамой лучше всех.

— Откуда Антон узнал правду? — поинтересовалась я.

— Мы с Таней в интернете как в джунглях, — призналась собеседница, — вот Антон там лихо плавает. Поэтому он занимается нашей почтой. Мы письма никогда не открываем, все дела в сети мальчик ведет. Слава богу, избавил нас от докуки. На имя Тани пришло письмо: «Знаю правду о рождении мальчика Шкафина». Без подписи. Антон отправил ответ: «Да ну?» Ему быстро прилетело послание: «Смеешься? Скоро заплачешь. Алина Шкафина родила от Анатолия, твоего сына. Ребенка оставила у тебя. Плати, тогда никто об этом не узнает. Откажешься? Антон узнает, откуда он у Рябовых, и сбежит от вас». Шантажист просчитался, Антон после того, как ему истина открылась, никуда не делся.

Я вздохнула. Интересная история, но какое она имеет отношение к Вере?

— Вы думаете, чего это Корделия разболталась, какое отношение сия история имеет к Вере? — словно услышав мои мысли, спросила Корделия. — Не знаю. Может, никакого. А может, и большое: не так давно Вера встречалась с Антоном.

Глава 17

Выйдя из гимназии, я медленным шагом двинулась к машине, на ходу рассказывая по телефону Степану, что узнала от Корделии.

— Галкина беседовала с пареньком, которого усыновили Рябовы? — уточнил мой муж.

— Да, — подтвердила я. — Корделия случайно их в торговом центре увидела. Магазин расположен в минуте ходьбы от гимназии и от апартаментов директрисы с сестрой. Таня не занимается домашним хозяйством, она просто ежик в тумане во всем, что касается быта. Корделия пошла купить какую-то мелочь и увидела через витрину кафе, что внутри за столиком сидят Антон и женщина лет тридцати. Может, чуть старше. Корделия забеспокоилась. Антон высокий, статный, занимается спортом, у него красивая, накачанная фигура. Паренек выглядит лет на семь-восемь старше своего паспортного возраста. Один раз она спросила у племянника:

— У тебя девочка есть?

Антон спокойно объяснил: его ровесницы ни о чем кроме кино, эстрадных песен не говорят, книг не читают, хорошую музыку не слушают, в живописи не разбираются. Ему с глупышками не о чем поговорить. Вот со зрелыми серьезными женщинами, успешными, умными, ему хорошо. Но для них он ребенок.

Корделия встревожилась. Те, кто интересен племяннику, как правило, перешагнули за четверть века, у них уже дети есть. Вот только не хватало, чтобы Антон влюбился в бабенку намного его старше, со спиногрызами, старой матерью и бывшим супругом. Корделия решила познакомить племянника с симпатичной юной девочкой. Она надеялась, что Антоша захочет уложить ее в постель и забудет про свое желание общаться с чересчур умными дамами. И вот вам! Не прошло и недели после того, как паренек спел хвалебную оду теткам, которые ему категорически не подходят по возрасту, и он уже сидит в кафе с тридцатилетней блондинкой. Что делать? Таня бы не стала задаваться этим вопросом, она на волне эмоций могла влететь в трактир и заявить:

— Котик! С кем кофе пьешь? Познакомь нас!

Но Корделия сначала думает, а уж потом делает. Она затоптала свои эмоции, зашла в бутик напротив кофейни и стала издали наблюдать за племянником. В конце концов Антон и дама ушли. Корделия поспешила в кафе, отыскала официантку и сказала ей:

— У окна сидела пара. Парень — мой сын, он совсем молод, просто выглядит на двадцать с хвостиком. Похоже, его дамочка не первой свежести захомутала. Хочу узнать, кто она такая. Помогите.

— Как? — удивилась подавальщица.

— Она расплачивалась карточкой, — объяснила Корделия, — на ней были имя-фамилия. Подскажите, как ее зовут. Век вам благодарна буду.

И вынула кошелек. Денежный стимул срабатывает безотказно. Корделия получила от официантки листок бумаги. На нем было написано: «Галкина Вера. Банк «Госмоскомденьги». Корделия хорошо помнила: девушка с такими именем и фамилией находилась в одной комнате с Анатолием, когда тот выпал из окна. Но Галкина — не редкая фамилия. Имя Вера тоже. Корделия, наплевав на разрыв отношений, соединилась с бывшим любовником, тот решил зарыть топор войны, вмиг добыл биографические сведения клиентки банка. Она оказалась той самой Верой, которая находилась в квартире в момент гибели настоящего племянника Корделии, а она-то на сто процентов была уверена, что Толя не сам выпал из окна. Ему точно Галкина помогла, которую потом мать из беды вытащила. Вот такая история.

— Интересно, — протянул Степан, — возникает желание побеседовать с Антоном. Когда, говоришь, Корделия их видела в кафе?

— В тот день, когда Вера ушла из дома, возможно, юноша знает, где она, — уточнила я, села в машину и посмотрела в зеркало заднего вида.

— Мы с Фаиной приедем в районе девяти вечера, — сказал вдруг муж.

Я ощутила приступ ревности. «Мы с Фаиной»!

— А ты пока попробуй поболтать с Антоном, — продолжал Степан.

— Я попросила у Корделии его телефон, — пробормотала я. — Она дала, но уточнила, что племянник отправился в Питер на соревнования по айкидо. Поселили спортсменов в каком-то общежитии, связь там плохая. Я попыталась ему дозвониться, но абонент недоступен. Отправила эсэмэс. Они улетели, но к адресату не пришли. Похоже, там, где сейчас Антон находится, интернета нет.

— Питер не край света, — возразил Степан, — хотя и в Москве дыр полно. Подождем возвращения парня. Ты домой?

— Надо кое-что купить, — ответила я, рассматривая себя в зеркале.

— Извини, звонок по второй линии от Кузьминой, — скороговоркой произнес муж и отключился.

Я продолжала созерцать собственную мордочку. Скажем честно, особой красавицей меня даже в двадцать лет было трудно назвать. Но тогда у меня были красивые брови, густые ресницы. Вот волосами похвастаться не могла, они тонкие, прямые, если вымыть голову, сразу «прилипают» к ней. Вроде шевелюра неплохая, но объема нет. И одета я... Мда! Вечером придет Фаина, на ней опять будет нечто в обтяг с декольте, локоны нахалка завьет штопором, примется хлопать ресницами длиной и толщиной со спички. А я сяду напротив, по лицу словно ластиком прошлись, прическа «гнездо пьяной вороны», одета в удобненький такой бесформенный свитерок! Я здорово проигрываю на фоне яркой Кузьминой. И что делать? Похоже, Степа от брюнетки в восторге, постоянно зазывает ее в гости. А та и рада стараться! Вчера притопала, сегодня вновь собралась!

Я схватила телефон и набрала нужный номер.

— Говорите по делу, — пропело сопрано.

— Фая, это Вилка.

— Приветик, котик! Я собралась к вам вечером, — бодро застрекотала Кузьмина, — сейчас роюсь...

Я изобразила кашель.

— Похоже, я простудилась! Боюсь, от меня инфекцию можно подцепить.

— Зараза к заразе не пристает, — весело сказала Фаина.

Я усугубила ситуацию.

— Температура поднимается. Грипп у меня, это серьезно.

— Ну, хорошо, — сообщила Кузьмина, — я уже выздоровела от вируса. Не волнуйся. Второй раз его подцепить невозможно.

Я сгустила краски:

— Сил никаких нет, кости ломит, хочется прийти домой и сразу лечь.

— В чем проблема? — спросила Фаина. — Конечно, ложись. Мы со Степаном тихо вдвоем посидим.

У меня началась нервная почесуха. Или Кузьмина толстокожий носорог, который не понимает, что я ей пытаюсь объяснить: не желаю видеть ее у себя дома. Или эта хитрая лиса имеет виды на Дмитриева.

— До вечера, дорогая, — сказала сотрудница мужа, — умоляю, ничего не готовь, ныряй сразу в кроватку. Сама Степану яичницу пожарю. С этим блюдом я справлюсь. Яйца дома есть?

Проигнорировав вопрос, я отсоединилась и с такой силой воткнула трубку в держатель, что сломала его. Значит, законная жена отправится на боковую, а Кузьмина будет хозяйничать у плиты? Примется готовить моему мужу яичницу? Фаине никогда не объясняли, что это крайне невоспитанно?! Надо срочно превратиться из белой мыши в роковую женщину. Но в моем распоряжении всего несколько часов. Кто может мне помочь? Я открыла айпад, вбила в строку слова «Салоны красоты, услуги стилиста», начала изучать предложения и поняла: за макияж и прическу придется отдать большую сумму денег, и не факт, что мастер сделает то, что мне надо. Фото работ визажистов пугали. На всех снимках вроде разные клиентки, но лицо у них одно. Ощущение похожести возникает из-за идеально ровного цвета кожи, широких бровей, ярко накрашенных глаз, бордовых губ и локонов, которые в художественном беспорядке свисают по обе стороны лица. Мне совершенно не хотелось стать одной из стада модных до оторопи красавиц. Сначала я приуныла, но потом сказала себе: «Вилка, купи яркую губную помаду, румяна и красивое платье. Этого вполне хватит, чтобы стать симпатичной. Вперед и с песней. В двух шагах от дома находится здоровенный торговый центр, найдешь там все, что нужно. Любую проблему можно решить, если не лить слезы».

Воодушевившись, я доехала до магазина, вошла внутрь и прямым ходом двинулась к стеклянным дверям с надписью: «Мы сделаем вас принцессами».

Глава 18

— Чем могу помочь? — пропищала худенькая блондинка в форменном платье. — Желаете изменить имидж? Подобрать новый образ? Сейчас позову стилиста. Николя!

Я не успела ойкнуть, как рядом, словно из-под земли, появился парень в ярко-розовом свитере.

— О-о-о! — простонал он. — Картина, достойная слез. Волосы брошены.

— Куда? — не поняла я.

— Вообще, — замахал руками Николя, — тоска тосковская, цвет майонеза с плесенью, которым моя прабабушка салат заправляла. Колер тухлый. Менять срочно надо. Такие лохмы даже собаки на рынке не носят. И стрижка не айс! Кто делал?

— Девушка, — ответила я, — в салоне.

— Ногти ей вырвать, — вздохнул Николя. — Одежонка странноватая. Угги с этой курткой дружат как жаба с буфетом. Брови отпад, вынос мозга. Размер почему у них разный?

— Не знаю, — честно ответила я, — такие выросли.

— Женщина, вы позволяете бровям самостоятельно колоситься? — опешил Николя. — Это не трендово.

Мне стало обидно.

— Вас послушать, так я самая страшная в магазине.

— Этого я не говорил, — возразил Николя, — вон у стенда с лосьонами чудо топчется, соорудило на макушке дворец. И что? Большая голова, а все остальное попа! И вон та справа! Она точно из морозильника выпала.

— Почему вы так решили? — удивилась я.

— Губы синие, — хихикнул Николя, — конечно, помада эпатажных цветов — это тренд.

Но оттенок тебе подходить должен. Гляньте еще. Красотень в зеленом! Свинюшка в рванье. «Подайте на билет, погорельцы мы». Нет, вы не самая жуткая. У вас хоть попа нормальная, со стороны заднего двора вы не похожи на троллейбус.

Николя схватил меня за руку, подтащил к высокому креслу и скомандовал:

— Садись.

Почему-то я беспрекословно подчинилась.

— Обозреваю поле битвы, — провозгласил парень, — волос нет, бровей, ресниц, губ, ушей тоже. Класс.

— Уши на месте, — возразила я.

— А что без серег? — спросил Николя. — И цвет у них как у постных вареников с тухлой капустой.

Парень схватил какую-то банку, запустил в нее пальцы, потом вцепился в мое ухо...

— Ой-ой, — взвизгнула я, — больно.

— Вот теперь хоть одна раковина приличная. Остальное мрак, — объявил стилист. — Пошел за нужным.

Я моргнула. Юноша исчез, словно провалился сквозь землю.

— Вы к Николя? — прожурчал приятный голос.

Я повернула голову, около меня стояла женщина лет пятидесяти, на ее груди висел бейджик «Ирина. Фирма «Минутный макияж».

— Да, — ответила я.

— Ой-ой! Одно ушко красное, вам не больно? — заботливо спросила Ирина.

Я глянула в зеркало:

— Нет. Николя решил сделать раковину нормальной. Но... Красный цвет... это необычно.

Женщина понизила голос:

— Бибиков — стилист экстра-класса, готовит моделей для подиума, простые девушки, не манекенщицы, к нему за полгода выстраиваются в очередь.

Я удивилась.

— Ко мне его продавщица подозвала.

— Значит, кто-то не пришел, — объяснила Ирина, — случайно окно образовалось. О! Так вы не по записи?! Вас предупредили о стоимости? Работа Николя с лицом, как правило, оценивается тысяч в пятьдесят-семьдесят. Если же он решит прикрепить блестки...

Я живо спрыгнула с кресла и бодро потрусила в сторону стендов с помадой.

— Губки хотите освежить? — обрадовалась продавщица, которая тосковала у товара. — Правильное решение, они у вас больной астмой кабачок напоминают.

Я замерла. У кабачка не бывает проблем с дыханием. Девушка тем временем продолжала:

— Какую предпочитаете?

— Розовенькую, — попросила я, — поярче.

— Сейчас в тренде нестандартные оттенки, например, «червивое яблоко», — пропела торговка и показала мне совершенно черный тюбик, — в сочетании с золотыми тенями фэшн смотрится.

— Мне бы розовенькую, — повторила я.

— Вы бледная, это не ваш оттенок, — не дрогнула консультант, — можно пойти двумя путями. Убрать с лица цвет прокисшего обезжиренного кефира или обыграть его.

— Все равно хочу розовенькую, — стояла я на своем.

— Клиент всегда прав, даже когда у него стойкое желание превратиться в зомби, — вздохнула продавщица. — Ок! Розовая так розовая. Какую именно?

Я решила, что она надо мной издевается.

— Четко и ясно объяснила: розовенькую.

Консультант навесила на лицо профессиональную улыбку, но стало понятно, что она бы с огромным удовольствием стукнула сейчас меня табуреткой по лбу.

— Смотрите, вот розовые, — провозгласила она и вытащила огромный ящик.

У меня разбежались глаза.

— Ничего себе!

— И еще, — продолжала девица, открывая огромную стойку.

Я растерялась.

— Давайте определимся, — продолжала она, — желаете водостойкую, несмываемую, гелевую, матовую, жирную, желеобразную, в форме карандаша, коробку с кистью, блеск, двадцать четыре часа, несмываемую, поцелуй со вкусом конфет, семидневную, транспарантную... Какую?

— Э... э... э... — пробормотала я, — ну... чтобы сразу не съелась...

— Несмываемую, — улыбнулась девушка, — значит, нам сюда!

Она распахнула дверцы, я икнула. Передо мной появилось шесть полок с розовыми столбиками.

— Обратимся к оттенку, — повысила голос девушка, — какую гамму предпочитаете? Пудровую, энергичную, натуральную, естественную, нюд, яркая роза, солнечное утро, тихий вечер, закат у моря, платье подружки, перламутровую.

— Э... э... э... — снова пробормотала я, — ну... просто розовенькую.

— Таких нет, — отрезала продавщица, — они в древности существовали, двадцать лет назад!

Я ощутила себя сестрой египетской мумии.

— Елена Корчагина, подойдите на главную кассу, — прогремело с потолка, — срочно.

— Простите, я сейчас вернусь, — скороговоркой произнесла блондинка и улепетнула.

Я сбежала к витринам с какими-то пакетами. Можете считать меня кем угодно, но я сто лет не посещала магазины косметики. В жизни я не крашусь, а если предстоит выступать по телевизору, то там есть гример со своим набором косметики. С одной стороны, хочется сбежать сейчас из джунглей помады. А с другой...

Из моей груди вырвался протяжный вздох. Ну не хочется выглядеть белой мышью рядом с Фаиной.

— Ужас, да? — произнес знакомый голос, и в поле моего зрения появилась Ирина. — Тьма товара, но какой выбрать?

— Очень редко захожу в такие лавки, — призналась я, — ощущаю себя неандертальцем, который запутался в сетях косметики.

— Да уж, — засмеялась Ирина, — и это только помада! А еще понадобится тушь, тени, румяна, тональный крем, консилер, база под макияж, тьма кистей для нанесения, спонжи, средство для смывки косметики, ох, я про пудру забыла.

— Она у меня есть, — обрадовалась я.

— Не факт, что подойдет по цвету к остальному, — возразила Ирина, — мало того, что несколько часов тут проторчите, так еще и мешок денег оставите. Почему вы решили макияж наложить? Какой-то праздник? День рождения? Поход в ресторан с женихом?

Я показала руку с кольцом.

— Я замужем. Ну... все вокруг красивые... не хочется на фоне остальных...

— Подруга! — улыбнулась Ира. — Незамужняя. Вся из себя, грудь наружу. Приходит постоянно в гости, муж ей слюной в декольте капает. Блондинка. Платье как шкура на колбасе сидит, юбка короче некуда. Вся по полной программе красоты сделана. Угадала?

— Почти все, — призналась я, — только она сотрудница Степана. И он на ее бюст не любуется.

— Наша продукция прямо для вас, — оживилась Ирина, — «Макияж-минута». Ну это для рекламы, в реальности сначала потребуется четверть часа, потом навостритесь, и дело быстрее пойдет. Демонстрирую, как это работает.

Глава 19

Ирина нагнулась и достала из-под прилавка голову манекена.

— Поставим его сюда, — пропела она, направляясь к небольшому столику. — Что вам понадобится сделать? Вымыть личико. Затем...

Консультант показала большой флакон.

— Протереть кожу лосьоном-базой.

Намочив ватный диск, Ирина быстро повозила им по манекену.

— Затем выбираем макияж. Какой хотите? Повседневный, домашний, рабочий, праздничный, особый, свадебный?

— Давайте служебный, — выбрала я.

Продавщица взяла пакет, оторвала верх, вытащила из него лоскут ткани овальной формы и наложила на «лицо» куклы.

— Осторожно брызгаем активатором. Он вот в этой бутылке с пульверизатором. Держим минуту.

Ирина замерла, я тоже стояла молча.

— Снимаем! — весело заявила консультант и сдернула тряпку.

— Ой! — удивилась я. — Глаза с тенями, брови черные, румяна, губная помада!

— Обратите внимание, я управилась вмиг, — похвалила себя Ирина, — осталось лишь закрепить макияж, попшикать на мордочку отвердителем из этой упаковки. И! Вы готовы к выходу на работу. Пудриться придется самой.

— Здорово, — восхитилась я.

— Придумали «Макияж-минута» во Франции, — объяснила Ирина, — в России наиудобнейшую вещь представляет только наша фирма. Советую купить на пробу коробку с набором. Там по две штуки каждой позиции. Померяете, поносите, если понравится, придете покупать то, что по душе пришлось. А вот основа, закрепитель, средство для удаления, увы, в большом объеме, но без них никак. Конечно, всяк кулик свое болото хвалит. Но это очень удобная штука. Даже сумасшедшие бьюти-девушки, которые способны по часу на веках правильные стрелки рисовать, нашей продукцией в момент спешки пользуются. Сейчас подберу вам размер.

— Я не платье покупаю, — удивилась я.

— Верно, — не стала спорить продавец, — но мордочки у женщин разные, больше-меньше, шире-уже. Нам надо, чтобы брови, рот на правильном месте оказались. Так! XS, треугольный, блондинка. Извините, приложу трафаретки... Ага! Отлично. Соберу вам все, а пенка для умывания прилагается в подарочек. Обычно проблем не возникает. Но порой женщина, которая еще не набила руку, случайно сдвигает во время нанесения макияжа маску. Что-то может размазаться. Берете ватную палочку и с помощью пенки аккуратно снимаете ерунду. И вот вам самое прекрасное! Наш макияж стирается исключительно с помощью вот этого!

Ирина повертела перед моим носом большой банкой.

— Можете заниматься спортом, плавать, спать, заниматься сексом, потеть... Макияж не дрогнет. Одна моя постоянная покупательница вышла замуж. Хорошая такая девушка, девственность до регистрации сохранила. Очень уж она боялась, что проснутся они утром в отеле, а муж ее без косметики не узнает. Поэтому ни разу за две недели нашу свадебную красоту не смывала. Та потускнела немного, но стояла. Брать пример с нее не стоит, это для кожи вредно. Производители рекомендуют максимум трое суток носить. Ну ладно, пять! Четырнадцать дней — это слишком. И...

Консультант на секунду умолкла, потом продолжила:

— Вы мне очень симпатичны. Поэтому сделаю вам презент, который только вип-покупателям достается. «Минута-укладка». Вот.

— Что это? — спросила я, рассматривая прозрачный пакет, в котором были две бутылочки и шапочка для купания, вся покрытая мелкими дырочками.

— Не хочу вас обидеть, — зачастила продавщица, — но... прическа у вас... Макияж на личике идеальный, а в волосах словно козел топтался. В салон времени идти нет, сами не умеете брашингом пользоваться. Печаль? Нет! Радость!

Ирина захлопала в ладоши.

— Быстренько моете голову средством из красного флакона. Распределяете по волосам чайную ложку укладочной массы из синего. Надеваете шапочку. Сушите волосы феном пять-семь минут. Снимаете головной убор, и у вас шикарные кудри!

— Прямо не верится, — пробормотала я.

— Подарок, — повторила консультант, — придете домой, испытайте. Денег платить не надо. Хотите, я сама вам сейчас макияж наложу?

— Да, — обрадовалась я.

Вскоре, изучая свое отражение в зеркале, я пришла в восторг.

— Брови черные, румянец, тени, губная помада. Гениально.

— Не забудьте попудриться, — напомнила Ира, — муж на вас другими глазами посмотрит, подруга сдохнет от злости. Знаете, сколько пар я от развода спасла? О! Небось ваша подруженция ужинать придет?

— Ой, — спохватилась я, — еды дома нет! Что делать? Побегу в кафе, попрошу котлет навынос, скажу ей, что сама пожарила.

Ира хитро улыбнулась и вынула мобильный.

— Погодите! Крися! Поговори с моей клиенткой. Гостей ждет. Холодильник пустой. Не свекровь. Подруга незамужняя повадилась незваной припираться, вся в мини, с декольте. Согласна, таких надо на терке для капусты шинковать.

Продавщица сунула мне трубку.

— Здравствуйте. Кристина, меня зовут Виола, — представилась я, не зная, о чем беседовать с незнакомкой.

— Когда гостья припрется? — спросил звонкий голос.

— Через час примерно, — предположила я, — или полтора.

— Времени до фигищи, — обрадовалась Кристина, — нужен ужин, как будто сама сделала. А подруга — подлая тварь?

— Фаина — подчиненная моего мужа, — уточнила я.

— Однофигственно нахалка, — сделала вывод моя собеседница, — неприлично в семейный дом шляться. Знаем мы таких. Воровки. Так и норовят хорошего мужа из семьи утащить. Ходит в коротком платье, вырез на груди до колен, попой виляет?

Я засмеялась.

— Примерно так.

— ...! — коротко высказалась Кристина. — Рули на третий этаж в кафе «Сюрприз». Все сделаю. Не дрожи. Классно получится. Давай! Включай скорость.

Я отдала Ирине сотовый, она протянула мне чек.

— Оплата на выходе.

— Однако, — пробормотала я, — не дешево.

— Экологически чистые составляющие, — затараторила она, — если совсем дорого, то можно взять одну макияжную маску. Только без всех сопутствующих средств она не работает.

Я затоптала свою скаредность:

— Все нормально. Огромное спасибо.

— Эскалатор слева, — заботливо пояснила Ира, — касса у выхода.

После того как мой кошелек заметно похудел, я добралась до маленького ресторанчика и попала в руки необъятной тетки, которая казалась еще толще из-за своего пушистого белого свитера.

— Предлагаю менюшечку, — заговорщицки прошептала она, подмигивая мне. — Что мужик обожает?

— Ест все, — отрапортовала я.

— Супер, — обрадовалась Кристина, — ты у плиты не топчешься постоянно?

— Нет, — призналась я.

— Если я забацаю обед из кучи блюд, муж не поверит, что ты готовила, — рассуждала вслух Кристина, — сделаю два блюда. Котлеты из кролика с пюре и винегрет. По-домашнему. Плюс пирожки с капустой. Все есть в наличии.

— Крися, сколько ждать еще? — крикнула дама за одним столиком.

— Лорочка, твою рыбу с грибным ризотто вот-вот с огня снимут, — пообещала Кристина. — Виола, пока котлеты упаковывают...

— А пироги для свекрови? — не утихала Лора.

— Уже в коробку кладут, — заверила Кристина, — пара минуточек. Виола, вы в чем мужа встречать собрались? В какой одежде?

Я расстегнула куртку.

— Да вот в этом.

— Ни в коем случае, — отрезала Крися, — подруга расфуфырится, вся из себя секси, а вы будто с работы пришли.

— Так оно и есть, — улыбнулась я.

— Асфальт укладываете? — поинтересовалась толстуха.

— Нет, — удивилась я.

— Вид прямо как у дорожного рабочего, — молвила моя собеседница, — то ли баба, то ли мужик. Средний пол. Тела не видно.

— У меня макияж, — парировала я, — и укладку сделаю.

— Это не спасет, — безапелляционно заявила ресторатор, — мужики на лицо редко смотрят. Некоторые только спустя год после свадьбы мордочку законной супруги разглядят. На попу уставятся, на грудь. А у вас что? Ни фига нет! Вы горбатая? Кривая?

— Нет, — уныло ответила я, — просто не ношу откровенные наряды.

Крися пожала плечами:

— Правильно. На службе лучше кулем выглядеть, иначе начальник пристанет, коллеги сплетничать начнут, за ... посчитают. Но дома, когда наглая бабень припирается, надо глаз мужа своей красотой шокировать. Видишь через коридор магазинчик? Ступай туда, найди Юлию, шепни ей: «Крися прислала за нарядом для подруженции охамевшей». Когда твой мужик подчиненную коленом под зад выпрет и на тебя, как оголодавший медведь кинется, не забудь мне спасибо сказать. Рули в магазин.

— Крися! Рыба! Ризотто! Пирожки! — снова заорала Лора.

— Уже несу, — пообещала толстуха.

Глава 20

Войдя домой, я поставила пакеты на столик, сняла куртку и взглянула на себя в зеркало. Купив по совету Криси вещи, я прямо в новом побежала домой. И сейчас, рассматривая свое отражение, мне пришлось признать, что Кристина права. Ярко-красная кофточка с вырезом и узкие темно-синие брюки сидели отлично, а макияж сделал мое лицо отдохнувшим и помолодевшим. Я редко бываю довольна своим отражением, но сегодня придираться было не к чему.

Весело напевая, я унесла пакеты с едой на кухню, вынула из них два фольговых лотка с такими же крышечками, потом выудила картонный бокс с пирожками и записку: «То, что в фольге, грей в духовке десять минут при средней температуре. Подавай в лотках, вынуть содержимое трудно, скажи: «Сейчас модно формы для запекания на стол водружать. Вся Европа так делает». Кулебяки одинаковые, кроме двух. У них на спинке гребешок. Эта выпечка для злобины. Сама ее не ешь».

Резкий звонок в дверь позвал меня в прихожую, я открыла дверь, на пороге стояла тетя Фира.

— Привет, — сказала она, — принесла тебе подарочек. Кухонные полотенца с изображением кошек... Гостей ждешь? Оделась красиво.

— Спасибо, — улыбнулась я, — сейчас муж придет и его сотрудница. Устроим рабочее совещание на дому.

— Хорошая кофточка, — продолжала тетя Фира. — Но возник вопрос: где грудь?

— Чья? — спросила я.

— Твоя, — пояснила соседка, — декольте до колен, такое носят, чтобы богатство показать. А у тебя... мда. Глянуть не на что, потому что ничего нет.

Я опять посмотрела в зеркало.

— Ну... да... вы правы. Переоденусь в рубашку.

— Никогда, — отрезала бабуля, — таки хламида никому не идет. У меня та же проблема зрела. В старости она пропала. Грудь не выросла, просто я перестала расстраиваться. Нет и не надо. У других мозга нет, и живут счастливо, а я из-за какой-то ерунды убиваюсь. Да и муж мой последний не особо внимательным был и все забывал. Я хорошо знала, если супруг ко мне со словами: «Ангел мой», «Золотце» или «Солнышко» обращается, то он точно не может вспомнить, какое у меня имя в паспорте стоит. Весь в своем творчестве. Художник. Только о картинах думал. Но я не переживала, использовала это в своих целях. Заглянет ко мне Павел вечером в спальню, время к полуночи, меня в сон клонит. Муж тихо осведомляется: «Золотце, я к вам сегодня уже заходил? Или вчера навестил?» Ему мама покойная, Циля Ароновна, накрепко внушила: супружеский долг через день исполнять надо. Если каждый день, то мужчина от истощения умрет. А меня зевота раздирает, я и отвечаю: «Конечно, мы с вами уже побеседовали. Целых два раза». Супруг прямо засияет: «Я молодец». И уходит. Если же у меня игривое настроение, то я честно заявляю: «Нет. Битте на мою подушку».

Я пыталась сохранить серьезность. Ну вот, еще один супруг объявился. Павел!

Тетя Фира засмеялась.

— Ну кто еще так устроился? Свекровь все меня допрашивала: «Ты не заездила в койке моего мальчика?» И что ей отвечать следовало? Хотелось сказать: «Мама, вы таки уже отпустите животное на свободу, я сама процессом руковожу». Но голова у меня всегда не к пояснице приделана была, поэтому я улыбалась и молчала. Ох, любила свекровь мне на нервы тошнить. Ни один мой прыщ не обмолчала. Пока под памятником не замолчала. Вечно говорила: «Фира, ты умная. Но муж любит у жены три места: то, где спина свое красивое название теряет, то, о котором в гостиной у Мони не говорят, и сиськи. При чем тут ум? Для семейной жизни это пустая покупка. Зря Ривка, мать твоя, хвасталась, что дочь умнее библиотекаря. Фира, где сиськи? Ты моего сына обездолила!» И так она мне в мозг вопрос ввинчивала, что я сама с собой в ванной раздеваться не хотела. Пойдем с Пашей в гости, остальные подружки в платьях с декольте таким, что Нью-Йорк видно, а я в блузке с жабо. Помню, как Циля Ароновна мне шепнула: «Таки жаба твоя не поможет». У меня слезы из глаз! И тут! Сусанка, подружка моя незаклятая, посоветовала:

— Иди к сумасшедшему Изе, он придумал увеличитель груди.

О! Я его вмиг купила, декольте нацепила, ЦиляАроновна увидела, глаза уронила.

— Фира! Откуда?

Я ей гордо:

— Мама, все для вас. Бюст у меня от любви свекрови к невестке за одну ночь отрос больше по размеру, чем подушка в доме у вашего кота Мойши.

— Стой здесь! Никуда не уходи!

Соседка убежала. Я отправилась на кухню, поставила фольговые лоточки в духовку и услышала ворчание из прихожей:

— Куда подевалась, шлемазл?

— Здесь я, — крикнула я, — у плиты.

Старушка очутилась рядом.

— Азохен вей! Полотенце не поменяла.

— Забыла, — призналась я.

— Стой там и слушай сюда, — заявила тетя Фира, протягивая нечто непонятное, — снимай свою роскошь. Надевай это на тело!

— Это что? — на всякий случай уточнила я, рассматривая странный лифчик, у которого вместо чашек были две полочки.

— Молчи, — отмахнулась соседка, — я тихая, но еще никому не удалось меня переспорить. Если я решила кому-то хорошее сделать, то даже если человеку плохо станет, не остановлюсь. Насильно его тем, что нужным считаю, осчастливлю. Натягивай. Клади красоту на подставки.

— У меня ничего не кладется, — вздохнула я.

Тетя Фира потыкала в полочки снизу пальцем, они задрались.

— Ну и что? Изя на такой случай рассчитывал. Теперь сама Сара Мироновна, у которой внук спрашивает: «Бабушка, почему у тебя под шеей попа?» — в отчаяньи от того, что ее богатство на фоне твоего меркнет, слезы в кофе нальет, запихивайся в свою обдерганку-кацавейку. Вот теперь у Вилки сердце наружу. Глаза от такой прелести чешутся.

Я посмотрела в зеркало и ахнула. Из выреза кофточки выглядывал бюст размера пятого, не меньше.

— Как это получилось?

Тетя Фира сложила руки на животе.

— В пятьдесят девятом году Сусанка дружила с Иосей, а у него имелся друг, Изя, на весь мозг с больной головой. Изобретатель. Он увеличителями груди в туалете Ярославского вокзала торговал.

— Почему там? — еле смогла я вставить вопрос в поток бурной речи соседки.

— Так шестьдесят второй год, — пояснила тетя Фира, — у Изи родителей в тридцать седьмом расстреляли, он НКВД жуть как боялся. А мне лет было мало, я над ним только смеялась. Вещи Изя на века делал. Пользуйся пока. Ну, как говорила моя свекровь: «Фира, ты не дай бог ночевать у меня останешься или, слава богу, уедешь?» Завтра зайду. Плита пищит. Готовое не вынимай, выключи, дверку приоткрой, в щель кухонную варежку всунь и закрой. Немного холодного воздуха внутрь пойдет, а тепло останется. Не остынет еда. Полотенце смени. Подруге улыбайся, взбесится она от этого. Холодец подай на закуску.

Я заморгала.

— Таки она забыла! — заголосила тетя Фира. — Таки шлемазл оставила шикарную курячью дрожалку на балконе! Таки пропало произведение моих талантливых рук. Да мой студень даже Циля Ароновна ела. А ей в Париже в лучшем ресторане холодец не в то горло упал! О! Реки Вавилонские! О тучи скорби! О тьма египетская! Как тебя назвать после этого, а?

Я потупилась.

— Совсем из головы выпало.

Тетя Фира продолжала бросаться молниями.

— Таки не может ничего выпасть из того, чего нет. Выпихнуть из головы холодец! Мой! Слова у меня иссякли. Выброси еду. Если ее разморозить, ужас выйдет. Хотя... Нет!

Со скоростью бешеного вентилятора соседка кинулась к балконной двери, вмиг выскочила на лоджию, через мгновение появилась на кухне с блюдом и умчалась прочь.

Ощущая себя полнейшим маразматиком со склерозом всего мозга, и головного, и спинного, я поступила с духовкой, как советовала соседка, потом вымыла голову специальным средством, попшикала на нее из другого флакона, натянула шапочку для купания и посмотрела в зеркало. Ирина меня не обманула. Макияж выглядел как новый. Я включила фен, направила струю воздуха на макушку и начала напевать, думая о том, что мне рассказала Корделия. Если старшая сестра и Татьяна никому не сообщали о визите Алины и о том, что она бросила в их доме мальчика, то откуда аноним мог об этом узнать? Кое-кто все же оказался в курсе этой истории. Сотрудник МВД, любовник Корделии, имя которого она упорно не называла, помог с усыновлением подкидыша. «Протечка» могла произойти по его вине. Зачем Вере встречаться с Антоном? Галкину сначала считали виновной в смерти Анатолия, по какой причине Вере вдруг захотелось пообщаться с сыном Алины Шкафиной?

Кто-то схватил меня за плечо. Я взвизгнула, уронила фен, обернулась и увидела Степана.

— Не хотел тебя напугать, — смутился муж. — Не слышала, как мы вошли?

Я выключила сушилку для волос.

— Гудело громко. Ты с Фаиной?

— Да, она на кухне, решила помочь тебе накрыть на стол, — объяснил Дмитриев.

Вне себя от негодования я сдернула с головы шапочку и, не посмотрев на прическу, кинулась по коридору в столовую. Неприлично каждый вечер заявляться в гости в семейный дом. И совсем отвратительно без спроса греметь посудой в чужой кухне. Сломай я ногу-руку, заболей гриппом с высокой температурой — тогда поведение Кузьминой еще можно было бы хоть как-то оправдать. Но я здорова, поэтому инициатива Фаи выглядит как рейдерский захват.

Когда я подлетела к плите, Фаина уже вынула из духовки оба лотка и хотела их открыть.

— Дорогая, — нежно пропела я, — ты устала, весь день работала. Садись, сейчас все подам.

— Ты тоже не сидела на месте, — возразила Кузьмина, — я хочу тебе помочь.

Я схватила большую доску, на которой стояли одноразовые упаковки, и вмиг водрузила ее на стол со словами:

— Кушать подано.

— О, господи, — ахнула за моей спиной Кузьмина.

Я обернулась:

— Что-то не так?

— Нет, нет, нет, — скороговоркой произнесла незваная гостья, — э... э... ты роскошно выглядишь! Прямо сногсшибательно! Вот! Только сейчас я тебя... ну... целиком увидела. Прямо отпад!

Я одернула короткую кофточку. Ага! Сработало. Фаина утратила часть своей наглости.

— Что у нас на ужин? — потер руки Степа, устраиваясь за столом.

— Садись, дорогая, — ласково попросила я Фаю.

Та молча опустилась на стул. Я опять заулыбалась.

— Сегодня кролик и макароны. Запекала их в духовке.

— Я голоден, как дикий зверь, — воскликнул Степан. — Забыл, когда ел кролика, а ты, Фая?

— Вчера его с овощами готовила, — соврала Кузьмина.

Мне стало смешно. Жалкая попытка, дорогая! Уверена, то, что приготовила Крися, окажется очень вкусным.

Я сняла крышку.

— Да это рыба! — воскликнул Степан. — Большая!

Фаина вскочила и без спроса открыла второй лоток.

— Ризотто! Не макарошки.

На секунду я растерялась, но через секунду вспомнила даму, которая постоянно торопила владелицу кафе, и поняла, что произошло: Крися перепутала заказы.

— Где кролик? — недоумевал муж.

Я показала на здоровенного сибаса.

— Вот. Милый, я решила удивить тебя экзотикой. У нас на ужин рыба-кролик. Очень редкая. Обитает в реках Африки. Ее мясо напоминает по вкусу кроличье.

— Надо же, — восхитился Степа, — впервые о такой слышу.

— А куда подевались макароны? — влезла со своим вопросом Кузьмина.

Я снисходительно улыбнулась.

— Дорогая, от тебя, вдохновенной кулинарки, никак не ожидала такого вопроса. Неужели ты никогда не слышала о сорте риса «макарони»? Его всегда используют в Италии для приготовления ризотто под названием...

Я замолкла. Как назло, ни одно итальянское слово не шло на ум.

— Каким? — воскликнула Фаина.

— «Донна Корлеоне», — придумала я в порыве вдохновения, — ох, прости, похоже, я совершила бестактность. «Макарони» в России не продают, к тому же рис очень дорогой. Ты не имеешь возможности готовить «Донну Корлеоне».

— Распрекрасно знаю этот рецепт, — заверила Кузьмина, — и рис такой привожу из Милана.

Чтобы не расхохотаться, я вскочила:

— Пирожки. С капустой! Сейчас принесу. Для тебя, Фаечка, я сделала два особенно красивых с «гребешком», надеюсь, тебе понравятся.

Глава 21

— Замечательный ужин, — похвалил Степан, когда я налила всем чаю.

— Пирожки восхитительные, — добавила Фаина, — отдельное спасибо за «гребешок», обожаю его грызть. Теперь слушайте, что я выяснила по делу, после того как Степа переслал аудиофайл, который ты, Вилка, во время беседы с Корделией записала. Начну с Алины Шкафиной. О ней почти ничего нет. Приехала в Москву и пропала. Свидетельство о рождении Антона Шкафина выдано загсом подмосковного городка Магитск на основании справки о появлении младенца на свет в роддоме имени Борисова. Это медицинское учреждение ныне не существует. Но архивы сохранились. Респект тем, кто их оцифровал. И вот первая конфетка. В тот день, который указан в метрике, врачи клиники приняли трех девочек. Так сложилось, что младенцы мужского пола в течение тех суток на свет явиться не пожелали. Теперь обратимся к городу Магитск, нынче он слился с Москвой, является спальным районом. Книги записи актов гражданского состояния не выбрасывают, но нет в нужном томе записи про Антона Шкафина. Делаем вывод: метрика фальшивая.

— Интересно, — кивнул Степан.
— Весьма, — согласилась Фаина.
— Может, Рябов не умер? — спросила я.
— Выжил, шлепнувшись с последнего этажа блочной башни? — поморщилась Фаина. — Это редко кому удается. Нет, парень погиб. Разбился страшно, весь переломался. Травмы, не совместимые с жизнью. Опознавала его Корделия.

— А где находилась Татьяна? — удивилась я. — Хотя не удивительно, что мать в морг не пошла. У меня сложилось впечатление, что старшая сестра считает младшую неразумным дитем, старается ее во всем контролировать, оберегает от потрясений.

Кузьмина сделала глоток чая.

— В документах указано, что труп опознавала тетя. Лицо покойного не прикрыли, но женщину предупредили, что зрелище ей предстоит страшное. Рябова держалась на редкость мужественно, не плакала, в обморок не падала. Она сказала, что юноша сильно изуродован, но это точно он. У Толи был шрам необычной формы от операции аппендицита, которую ему в детстве делали, — уточнила Фаина, — похожий на букву V. Обычно не такой остается. Корделия сообщила, что Толе стало плохо на юге, тетка повезла малыша на море, а там воспаление аппендикса случилось. Местный хирург оказался неопытным, отсюда приметная отметина. Кроме того, Корделия указала на родимое пятно в форме сердца на голени парня. Патологоанатом подтвердил наличие этих примет у трупа, в деле есть соответствующие снимки. Останки кремировали. Конец истории.

— Шкафина аферистка, — предположил Степан, — думаю, она знала Анатолия, была в курсе, что он умер, а Татьяна наивна, очень тоскует по своему сыну. Младшая Рябова эмоциональна, живет в Древней Руси, в лично созданном ею мире. Такой женщиной легко вертеть. Старшая сестра другая, но она ради младшей закрыла глаза на потрясающую нестыковку: появление на свет младенца через пару лет после кончины его биологического отца. Корделия просто пожалела Таню.

— Не знаю, как Анатолий вел себя в дошкольном возрасте, — мчалась далее Фаина, — нет документов о том времени. Но в школе у него было проблем выше головы. В начальных классах мальчика поймали в раздевалке в момент кражи денег из куртки одноклассника. И пошло-поехало! Драки, двойки, хамство учителям. Несколько раз шалун менял учебные заведения. Потом его забрал к себе жить прадед Степан Михайлович. Интересная личность этот директор кладбища.

— Корделия говорила, что их дед служил сторожем, — поправила я.

Фаина затараторила сорокой:

— Погост закрыт, но могилы остались. В детстве Анатолия там был один служащий, его прадед. Должность Степана Михайловича именовалась громко: директор, но, по сути, сторож. С ноября по апрель территория была непроходимой. Прадед не справлялся со снегом, родственники похороненных кое-как сами дорожки расчищали. Летом там, наверное, зелено было. Патриарх семьи Рябовых необычный человек, писатель, художник...

— Подожди, — остановила я Кузьмину, — запуталась я совсем. Степан Михайлович сторож или творческий работник?

— В советские годы издавать книги, равным образом и организовывать выставки своих полотен имели право только члены Союзов писателей и художников, — напомнил Степан, — но находились смельчаки, которые делали это нелегально. Инициатива обычно плохо завершалась.

— Степан Рябов выдумал историю о стране, где живут викхи, — пустилась в объяснения Фаина, — думаю, прадедушка где-то раздобыл книги Толкиена, не доступные советскому человеку, и взял их за основу. Алексей Толстой так же поступил со сказкой «Пиноккио», переделал ее и написал «Приключения Буратино». Александр Волков, создавая чудесные произведения про девочку Элли и волшебника Изумрудного города, использовал повесть «Волшебник страны ОЗ». Мало кто из советских людей хорошо владел иностранными языками, еще меньшее количество ездило за границу, поэтому для массового читателя Буратино — плод фантазии Алексея Толстого, а девочка Элли — литературное дитя Александра Волкова. Не стоит обвинять прозаиков в плагиате, они подарили стране прекрасные произведения, понимали, что иначе они доступны ребятам не станут. Степан Рябов придумал гномов викхов, которые жили в вечном конфликте с друидами. Книг он написал более сорока штук. Очень жестокие произведения, сплошная война. Романы прадед Толи выпускал нелегально, они распространялись по знакомым. Поскольку речь в них шла о мифической стране и советская власть в тексте никак не критиковалась, на хобби сторожа кладбища внимания ни «три веселые буквы»[1], ни Союз писателей не обращали. И никто не запрещал сходки фанатов викхов, которые те устраивали в деревне Солково, где располагался дом Рябова. Сейчас бы представления, которые там регулярно устраивали поклонники, назвали ролевыми играми. В шестидесятые годы прошлого века в СССР таких слов не знали. Кроме саг про викхов, кстати, их фан-клуб существует до сих пор, Степан Михайлович писал картины.

Фаина закашлялась и взяла стакан с водой. Я воспользовалась паузой.

---

[1] Три веселые буквы, контора глубокого бурения, серый дом, большая красота на Лубянке — все это прозвища КГБ — Комитета Госбезопасности в советские годы.

— Он неплохо рисовал. Одна из его картин висит дома у внучек. На мой взгляд, она мрачная, наполовину рисунок, наполовину мозаика из каких-то серо-желтых кусочков, наверное, из дерева.

Кузьмина сделала большой глоток минералки.

— Нет. Из костей.

Глава 22

— Из чего? — переспросила я.
— Костей, — повторила Фаина.
— Не новый материал, — кивнул Степан, — клыки моржа давным-давно для разных изделий использовали. К сожалению, это привело к истреблению этих животных. Пришлось принять закон, который защищает...

— Патриарх семьи Рябовых использовал человеческий материал, — весьма невежливо перебила шефа Фаина.

Я не поверила своим ушам.

— Не может быть.

Фаина подвигала мышкой и начала читать с экрана своего ноутбука.

— Сайт «Вечное здоровье». Он посвящен методам лечения разных заболеваний, там предлагают услуги хилеры, знахари, колдуны, ведьмы и прочая нечисть. Я запустила поиск по Степану Рябову, писателю, живописцу, вывалилась куча информации. В том числе ссылка на эту помойку. Сначала я удивилась: зачем туда идти? Но решила заглянуть и лишний раз убедилась, что классик-баснописец прав. Разрывая навозную кучу, можно найти жемчужное зерно. Сообщение от Златы: «Спасибо белой ведьме Ярыге. Я умирала от псориаза. Везде ездила! Кучу всего испробовала! Ничего не помогало. Потом случайно попала на этот сайт, обратилась к православной белой ведьме Ярыге. Она совершила обряд, посоветовала купить картину великого мага Степана Рябова. Его полотна обладают огромной целительной силой. Волшебник создавал их из людей. В одном его произведении их может быть очень много. От них исходит исцеление. Дорого, конечно, но ведь речь идет о здоровье. Жизнь одна. Я взяла кредит, купила маленький пейзаж. Большой не потянула, но Ярыга объяснила, что силой обладает даже крохотный медальон, которые делал Рябов. Их носят на шее. Кулон исцеляет любые недуги, и я теперь полностью здорова. Наладилась личная жизнь, я вышла замуж, родила двойню. Супруг обеспеченный, мы ни в чем не нуждаемся. Я нашла хорошую работу, с большим окладом. Моя свекровь золото, всегда поможет, прямо мать вторая. А родная мамулечка, которой я пейзаж ненадолго дала, избавилась навсегда от артрита, заодно и ее кот помолодел».

— Бред! — не выдержала я. — Небось текст состряпала сама Ярыга. Православных ведьм не существует. Я не очень сильна в вопросах веры, но в издательстве «Элефант», которое меня печатает, на ресепшен сидит Ярослава. Милая такая, веселая. Один раз я ее в слезах увидела, стала спрашивать, что случилось, может, чем помочь могу? Она ответила:

— Мои родители воцерковлены, а я нет, но чтобы маме приятное сделать, хожу с ней иногда в храм. Батюшку с детства знаю. Полгода назад я заболела, никак диагноз поставить не могли, таблеток навыписывали, уколов, а легче мне не стало. Подружка посоветовала пойти к православной колдунье. Я послушалась, начала заговоренную ею воду пить, лекарства бросила. Сначала сил прибавилось, потом меня скрутило пополам. Мама на меня налетела с вопросами, я ей про ведьму рассказала. Ой-ой-ой! Мамуля меня к батюшке на исповедь потащила. А отец Александр... Не хочу цитировать, что я от него услышала. Оказывается, церковь запрещает обращаться к тем, кто лечит нетрадиционными методами. Православных ведьм не бывает. Я себе только хуже сделала.

— Текст составлен в расчете на большую целевую аудиторию, — заметил Степан, — больная не только избавилась от псориаза, но и удачно вышла замуж за богача, родила детей, свекровь у нее чудо... На все педали нажали!

— Ужас! — передернулась я. — Где прадедушка Толи кости брал, даже думать не хочется.

— Так на кладбище, которое сторожил, — уточнил муж.

— Интересно другое, — подхватила Фаина. — Кто до сих пор полотна создает? У Ярыги есть свой сайт. Там можно записаться на прием. Онлайн она не консультирует. Общается исключительно через автоответчик. Наговариваешь сообщение, оставляешь емайл, на него приходит письмо с датой приема. Менять ее нельзя. Наверное, таким образом ушлая бабенка отсеивает праздно любопытствующих. Тот, кому очень надо пообщаться с ведьмой, любые дела отменит и приедет. Остальные клиенты ей не нужны. Ярыга торгует всякой хренью: бусами от сглаза, кольцами, приманивающими удачу, платками, чтобы хорошо выйти замуж, и так далее. Но есть особая позиция. Читай, Вилка.

Фаина развернула ко мне ноутбук. Я всмотрелась в текст.

— «Исцеляющие полотна рук Степана Рябова. Картины, медальоны прямо из страны викхов, откуда явилась и сама Ярыга. Можно выбрать из каталога или на заказ».

Я осеклась.

— На заказ? Художник давно умер. И Ярыга из страны викхов?

— Читай, читай, — велела Кузьмина.

Я опять побежала глазами по строчкам.

— «Полотна Степана Рябова. Их сила невероятна. Приобрести их можно только по особой договоренности. Есть готовые, можно заказать свой сюжет. Большой популярностью пользуются медальоны. Несмотря на малый размер и бюджетную стоимость, сила их воздействия очень велика. Но в случае очень тяжкого недуга, трудной ситуации советуем прибрести творение самого Степана Михайловича. Оно способно исцелить умирающего». Почему разрешают это публиковать? Много глупых людей небось кинулось приобретать кулоны. На них ценник есть, три тысячи за один. На фото круглая штучка, на ней нарисовано странное животное, вроде обезьяна...

— Это лухосо, — пояснила Фаина.

Я чуть не упала со стула.

— Кто?

— Лухосо, — повторила Кузьмина, — Рябов его придумал. В романах Степана Михайловича лухосо — тотемное животное викхов.

Степан встал и подошел к буфету.

— Покойный Николай Воробьев нелегально привез этого несуществующего зверька олигарху Зуйкову. А у него лухосо умер. Мда. Интересная загогулина событийного ряда.

— Ведьма Ярыга — отпетая мошенница, — фыркнула я. — Степан давно покойник. Интересно, откуда колдунья знает про лухосо? Совершенно уверена, что она сама мастерит медальоны и картины. Стопроцентно они из куриных костей. Так и хочется мошеннице по лбу дать. Интересно, как она связана со Степаном Михайловичем? Кто она ему? Ведьма говорит, что она из страны викхов. Сторож кладбища писал фантастические романы, придумал несуществующую страну и до сих пор делает картины из костей, которые исцеляют людей? Похоже, прадедушка живет уже не первый век, похоронил своего сына, отца Корделии и Татьяны, Героя Советского Союза, который совершил во время войны подвиг, решил пожертвовать своей жизнью ради спасения товарищей, бросился на амбразуру и чудом остался жив. Интересная, однако, у Рябовых семья.

— Корделия тебе длинные макароны на уши навесила, — хихикнула Фаина, — Михаил Степанович никогда не воевал. У него был белый билет, здоровье плохое. В сороковые годы на фронт ринулись даже полуслепые люди, в ополчение пошли все от мала до велика. Но не все хотели защищать родину. Степан спокойно сидел на кладбище. Его сын уехал в Ташкент, и Героем Советского Союза он никогда не был. Корделия наплела с три короба!

Я заспорила:

— Она говорила очень искренне. Если Михаил Степанович врал о своем подвиге, то дочки ничего об этом не знали. Корделия гордится отцом. И как же ему удалось выдавать себя за героя? Его бы живо разоблачили. Хотя... Сестра Татьяны рассказала, что их отец был удивительным скромником. Он не носил награду, не ходил на встречи ветеранов, говорил: «Не хочу войну в мирную жизнь тащить». Скромник! Как бы не так! Он опасался, что его на чистую воду выведут, поэтому сидел тихо. Но объясните мне, зачем врать про геройство, если ты им не козыряешь, не хвастаешься?

— Квартира, — вздохнула Кузьмина, — огромное жилье в центре города. Продав его, лисички-сестрички приобрели здание под свою гимназию. Не хилый такой домик. Ранее он принадлежал очень известному художнику, его картины есть во многих музеях мира. Семья живописца жила, распродавая его работы. Снимут со стены творение рук великого мастера и несколько лет выручку проедают. Но всему приходит конец. Иссякли запасы. Вот они и выставили дом на торги. А приобрели его сестры Рябовы. Покупательницы обошлись без кредита. Они пустили с молотка свои хоромы. Интересная история у этого здания. В нем было пять апартаментов, построено оно в начале двадцатого века. После октябрьского переворота дом превратился в гнездо коммуналок. В шестидесятых годах общие квартиры сделали личными, в них въехали крупные партийные шишки и... Михаил Степанович. Как не чиновный мужик, скромный преподаватель ухитрился примазаться к элите? Всем вопросам вопрос, но ответа на него нет. Скорей всего именно в те годы и сформировалась сказочка о Герое Советского Союза, которого наградили роскошным жильем. Корделия знает, что папуля близко к линии фронта не приближался, но до сих пор придерживается этой легенды.

— Зачем? — поинтересовался Степан. — Хоромы они продали.

Фаина пожала плечами.

— Понятия не имею. Может, опасается, что кто-то полюбопытствует: с какого дерева Рябовы золотые яблоки сняли, чтобы гимназию основать? Квартира у них была знатная, но выручки за нее точно на особняк художника не хватало. Кредит не оформляли. Откуда сундук с пиастрами? Если у кого-то возникает вопрос, излагается сага про Героя, он много зарабатывал, прятал сундук с накоплениями, ну и так далее.

— Глупее и не придумаешь, — возмутилась я, — информация про воина-героя проверяется легко. Ты же сразу до истины докопалась.

— Не за десять минут, — возразила Кузьмина, — и не у каждого получится, надо уметь в интернете плавать. Что же касается глупости... В перестройку в Москве объявился один тип, называл себя крупным военачальником, ездил на дорогом автомобиле в сопровождении охраны, свободно входил в любые кабинеты. Его побаивались, ему подчинялись. Несколько лет прошло, прежде чем его разоблачили и отправили на зону. Наворованных денег «полководец» не отдал, уверял следствие, что все их тратил на поддержание имиджа: дом на Рублевке, парк дорогих автомобилей, охрана, пиры, которые он закатывал для приятелей. В заключении «маршал» объявил себя целителем, начал лечить как своих товарищей по колонии, так и местных начальников, охрану. Совсем неплохо он жил, вышел на волю этаким мордатым кабаном и быстро создал центр «Помощь с неба». Теперь он проповедник, говорит, что имел маршальское звание, которого его лишили, потому что его ненавидят военные за талант и успех. Легко можно проверить, был ли в Вооруженных Силах нашей страны такой прыщ. Однако никто этого не сделал.

— Как к колдунье на прием попадают? — спросила я.

— Вилка, ты записана на завтра, на десять утра, — объявила Фаина. — Сейчас я приду.

Кузьмина вскочила и убежала.

Глава 23

Я посмотрела на мужа.

— Мне не нравится, что Кузьмина одна принимает решение. Пока я не давала согласия на поход к Ярыге и вообще только что услышала о колдунье.

— Фаина от старательности иногда перегибает палку, — согласился муж, — предупрежу ее, что не стоит проявлять чрезмерную активность.

— В ее задачу входит собирать информацию, — не утихала я, — а она решила мной распоряжаться, но я не ее подчиненная.

— Нехорошо выглядит, — согласился Степан, — больше это не повторится. Ты не хочешь ехать к Ярыге?

— Почему? Конечно, отправляюсь! — кивнула я. — Просто неприятна роль марионетки, которую мне Кузьмина отвела.

— Вдруг Анатолий Рябов жив? — перевел разговор на иную тему муж.

— Его опознала Корделия, — напомнила я, — и навряд ли найдется еще один мужчина со шрамом от аппендицита диковинной формы и родимым пятном в виде сердца на голени.

— Маловероятно, — пробормотал Степан, — но если Толя не умер, то каким образом Алина

Шкафина могла забеременеть после его падения из окна?

— Девушка просто подбросила младенца женщинам, знала, что они никогда не обидят ребенка, — возразила я.

— Зачем ей вообще мальчика кому-то подсовывать? — не утихал супруг. — Пусть Шкафина не имеет отношения к Рябову, допустим, она фея панели, ребенок ее — профессиональная ошибка. Хотя это странно. Сутенер не позволил бы своей «бабочке» родить, у парней, которые зарабатывают деньги, предоставляя проституток, есть свои врачи, они сделают аборт на любом сроке. Хорошо, предположим, что Шкафина не стояла в ботфортах на шоссе, она из элиты, жила в прекрасной квартире, обслуживала вип-клиентов, ночь с ней стоила не одну тысячу долларов. Такая тем более не станет матерью. Она же тучная дойная корова!

— Шкафина не имела сутенера, — выдвинула я свою версию, — не занималась продажей тела. Служила домработницей в богатой семье, спала с хозяином или его сыном, забеременела, на аборт не пошла, надеялась, что любовник на ней женится, или рассчитывала на материальную помощь богатого человека. Но когда правда стала в прямом смысле слова видна невооруженным взглядом, ее просто выгнали. Шкафина не решилась убить ребенка, наверное, она его любила, поэтому задумала отдать сына в хорошие руки.

— Возможно, — согласился муж, — но возникает много вопросов. Почему Алина не подбросила малыша на порог детдома?

— Боялась, что там с ним будут плохо обращаться, — отбила я подачу.

— Мать, которая беспокоится о сыне, никогда не отдаст его кому-либо, — возразил Степан.

— Денег нет, жилья тоже, — нашла я подходящий аргумент. — Шкафина боялась умереть с голоду, не хотела, чтобы сын провел детство в подвале около бомжей.

Степан потянулся к масленке.

— Ну... с большой натяжкой это можно принять. Но по какой причине она притопала к Рябовым? Глупее ничего и не придумать. Мать и тетка отлично знают: Анатолий погиб. И вдруг! Появляется девушка, которая произвела на свет потомство от покойника? Шкафина совсем дура? Она рассчитывала обмануть Татьяну и Корделию? Ладно, Таня экзальтированна, излишне эмоциональна, она не самый образованный и умный человек. Предположим, что родную мать Толи «невестка» надеялась обмишурить, хотя в это верится с трудом. Но Корделия! Она точно не из тех, кто поведется на откровенное вранье.

— Корделия увидела, что Таня, взяв на руки младенца, воспряла духом, перестала рыдать, говорить о самоубийстве, и решила принять малыша, — объяснила я, — из любви к сестре.

Степан крякнул.

— Идиотская ситуация. Невозможная.

— Иногда самые невероятные, нереальные события оказываются подлинными, — возразила я.

— Все равно что-то здесь не так! — стоял на своем муж.

В комнату вошла Фаина:

— Простите, у меня с желудком... Ой!

Кузьмина опять убежала.

— Похоже, у гостьи понос, — хихикнула я, — надо предложить ей таблеточку.

Минут через десять я деликатно постучала в дверь туалета.

— Извини, — донеслось изнутри, — я оккупировала унитаз, но у вас несколько санузлов. Пока выйти не могу.

— Тебе плохо? — спросила я. — Что-то болит?

— Нет, — протянула Кузьмина, — живот крутит. Только поднимусь, и снова на толчок надо.

— Может, ты что-то несвежее съела? — предположила я.

— Только твой ужин, — заявила гостья.

Я возмутилась. Вот красиво! Кузьмина решила обвинить меня?

— Утром пила кофе с творожным сырком, — продолжала нахалка, — потом только чай. У тебя поужинала, и вот результат.

От негодования я потеряла дар речи.

— Фая, я видел тебя пару часов назад в кабинете с шаурмой, — пришел мне на помощь муж, который тоже подошел к туалету. — Еще спросил у тебя: у нас в буфете начали этим торговать? Ты ответила: «У метро купила, в офисной столовой продается всякая дрянь, вроде овощных салатов и куриной грудки». Я тебя отругал, велел выбросить шаурму. Она не пойми из какого мяса приготовлена, неизвестно кем сделана, залита морем майонеза.

— Шаурма! — воскликнула я. — Фаина! Ты ее лопала?

— Ну... да, — после небольшой паузы нехотя призналась Кузьмина, — я запамятовала. Маленькая такая шаурменка, крохотная. Какой от нее вред?

— Большой, — отрезала я и ушла.

Спустя некоторое время Кузьмина появилась в зоне кухни и жалобно простонала:

— Умираю.

— Прими таблетку, она в розетке, — сказала я.

— Не доеду домой! — захныкала гостья. — Можно я у вас останусь?

Есть ли предел ее наглости? Мне захотелось вывалить на голову красавицы остатки ризотто.

— Добираться до квартиры по пробкам придется два часа, — ныла Кузьмина, — ой!

Она умчалась.

— Давай положим ее в гостевой, — предложил муж, — похоже, Фаине на самом деле плохо. Еще приспичит ей в дороге, остановится у обочины, попадет в полицию за мелкое хулиганство.

— Считаешь нормальным, что она ежевечерне прикатывает к нам в гости, потом пытается обвинить меня в том, что заболела из-за плохо приготовленного мною ужина, и напрашивается на ночевку? — еле сдерживая гнев, спросила я.

— Она просто не очень хорошо воспитана, — улыбнулся Степан, — а мне надоел офис, там постоянно телефон разрывается, народ в любое время в кабинет ломится. Кажется, уже никого в конторе нет, но только захочешь спокойно над чем-то подумать... Тук-тук! «Степан! Здорово! Думали, ты ушел» И бла-бла! Дома намного лучше, у нас тихо, спокойно, еда вкусная, жена любимая рядом. Я учту твои замечания. Все. Больше Кузьмину не позову.

Глава 24

— Спасибо, спасибо, спасибо, — затараторила Фаина, взяв из моих рук полотенце, — Вилка, ты такая добрая! Целую комнату мне выделила!

— У нас есть гостевая спальня, — пояснила я, — навряд ли ты предполагала, что тебе предложат устроиться на половике у двери?

— Ну, это нет, — улыбнулась Фаина, — рассчитывала, что постелят на диване в столовой. А получила большую спальню. Нет слов, как я тебе благодарна. Спасибо за полотенце. Может, случайно лишний халатик найдется? Пижамка?

— Все приготовлено в общей ванной, — объяснила я.

— Ты ангел, — пропела Фая и ушла, но через пару мгновений вернулась. — Вилка! Вопрос, вещи, которые на крючке висят, новые?

— Нет, куплены специально для гостей, — уточнила я.

— Следовательно, их кто-то надевал?

Я не смогла проглотить язвительное замечание.
— Логичное умозаключение.

Но Фаина не заметила моего ехидства.

— Халатика только что из магазина нет? Понимаешь, я брезглива. Мало ли кто в этой одежонке рассекал? Вдруг у него грипп? Коклюш? СПИД?

— Все выстирано, потом выглажено, — успокоила я гостью, — бактерии-микробы скончались.

— Ты шмотки кипятила? — с сомнением в голосе осведомилась Фаина.

— Да! — солгала я и добавила: — Постельное белье тоже.

— Меня только прикид волнует, — призналась Кузьмина, — лягу в нем под одеяло. Если какая зараза в постели водится, она на шмотки налипнет. Клопов у вас нет?

Я сделала вид, что не слышу вопроса.

Фаина испарилась, но ее отсутствие длилось недолго, она опять появилась предо мной.

— Вилка! В ванной в стакане зубная щетка. Она для меня?

Нет, Фае не удастся довести меня до злобного вопля. Назло Кузьминой сохраню олимпийское спокойствие.

— Конечно.

— Ее тоже постирали и погладили?

Я расхохоталась.

— Интересно понаблюдать за человеком, который использует для такой цели утюг. Нет. Щетка в стакане совершенно новая.

— Почему без упаковки?
— Я сняла ее.
— С какой целью?
— Ради твоего удобства.
— Выбросила в помойку?
— Естественно.
— Можно посмотреть?
— Что?
— Обертку. Пустую.

Из моей груди вырвался стон.

— Я не стану рыться в отбросах.
— Сама погляжу.
— Ты мне не веришь? Думаешь, что в ванной щетка, которой из года в год гости пользуются?
— Конечно нет! То есть да! Вернее, «да» — на вопрос, верю ли я тебе. И «нет» на все остальное, — запуталась Кузьмина. — Не в тебе дело, во мне. Это мои тараканы. Как правило, я держу их в узде. Например, всегда хочу обрызгать мирамистином посуду в кафе или в гостях. Неизвестно же, кто последний ею пользовался? Вдруг у него чума? Или склероз? Болезнь Паркинсона?
— Первое заболевание действительно очень заразно, — согласилась я, — но оно теперь редкое.
— Однако встречается, — не дрогнула Кузьмина, — недавно по телику рассказывали, как один мужчина съел банан и умер от аппендицита.
— Но ведь не от чумы же, — буркнула я, — между прочим, склероз и болезнь Паркинсона воздушно-капельным путем не передаются.
— Уверена?

— На сто процентов!

Фаина почесала щеку.

— У меня сомнения. Раньше говорили, что язва у человека возникает из-за неправильного питания и стресса. Потом открыли бактерию, которая ее вызывает, стали лечить этот недуг другими лекарствами. Вдруг со склерозом и Паркинсоном так же?

Крыть мне было нечем.

Фаина всплеснула руками:

— Только не подумай, что я не доверяю тебе. Конечно нет! То есть да! Ну очень сложно с тобой беседовать. Не хочу тебя обидеть. Ни на секунду. Я фанатка Арины Виоловой! Страстная. Просто у меня тараканы. Ой! Не думай, что я смеюсь над твоей фамилией...

Я быстро сбегала в кладовку и принесла Фае щетку в запаянном футляре.

— Держи!
— Вилочка! Спасибо!
— Пожалуйста!
— Ты меня осчастливила!
— Приятно, что это можно столь просто сделать.
— Арина Виолова — гениальная писательница.

На меня бетонной плитой навалилась усталость.

— Прости, Фаина, завтра мне рано вставать.
— Ой, конечно! Убегаю мыться.

Я потушила свет, пошла по полутемному коридору, и тут из стены высунулась рука и схватила меня. Из моей груди вырвался вопль.

— Ой, не хотела тебя испугать, прости, дорогая, — заверещала Кузьмина.

Я с трудом сохранила спокойствие.

— Что ты делаешь в шкафу?
— Ищу гель для душа.
— Он на полке в ванной.
— Там начатый.

Я хотела спросить, чем плохо открытое мыло, но тут Кузьмина заныла:

— Мои таракашечки...
— Вся косметика хранится в другом месте, — объяснила я, — в этом шкафу только продукты.
— Хорошо иметь большую квартиру, — вздохнула Фаина, — у меня жилье размером с розетку, которую жадная хозяйка купила, чтобы гостей вареньем угощать. Живу на квадратных сантиметрах.

Я молча раздвинула соседние дверцы и дала владелице разбушевавшихся тараканов бутылочку.

— Вот!
— О-о-о! Теперь я спокойно помоюсь. Но... Вдруг где-то в загашнике есть новая пижамка? Случайно завалялась!
— Есть одна, — вспомнила я, — но я купила ее Степе.
— Отлично!
— Она с тебя свалится.
— Придержу штанишки руками. И мне спать, не на танцы в ней поеду.

Я полезла в отсек, откуда только что высунулась рука гостьи, напугав меня почти до обморока.

— Держи. Мужской ночной прикид.

— Качество супер, — оценила мое приобретение Кузьмина, — ну вот, утряслось! Хотя... тапочки!

— Они на тебе.

— Сейчас я в носочках, после ванны их сниму, суну лапки в шлепки и заработаю цистит.

Я, успев подумать, что теперь меня навряд ли удивит кто-то слишком аккуратный, пришла в изумление.

— Цистит? Как он связан с ногами?

— Микробы, которые живут в давно немытых сланцах, могут по нижним конечностям доползти сама понимаешь куда и через сама знаешь что проникнуть в мочевой пузырь! — объяснила Фаина.

Мне стало смешно.

— Твои тараканы очень шебутные. Одного не пойму, как ты умудрилась купить на улице шаурму?

— Беру только у Ахмета, он мне поклялся, что все моет, кипятком обдает. И он в перчатках!

Я почесала переносицу.

Нельзя в одной паре перчаток готовить еду с утра до ночи, нужно их менять. Сказать Фаине, что перчатки служат недолгое время? Пожалуй, не стану.

— Вилочка, можно вопросик? — заискивающим тоном спросила Кузьмина.

— Сначала на мои ответь, — улыбнулась я. — Ты не первый раз у нас в гостях, ешь спокойно, не облила ни разу посуду дезинфекцией.

Фая сгорбилась.

— Ты просто не заметила. Я давно разработала тактику, чтобы и тараканы мои были сыты, и людей не обидеть. Не всем понравится, если гость, сев за стол, все мирамистином опшикает.

— Не знаю никого, кто придет в восторг от подобного зрелища, — фыркнула я.

— Поэтому держу в сумочке маленькие салфеточки, — залопотала Кузьмина, — выжидаю момент, когда хозяйка на кухню выходит и... хоп... хоп... Приборы на колени кладу и протираю. Не хвастаясь, подчеркну: я достигла совершенства в тайной обработке. Вот ты заметила?

— Нет, — призналась я.

Фая зааплодировала.

— Видишь, какая я молодец. И ты, Вилочка, умница, честно ответила на вопросы любимой подруги.

Так! Я уже получила статус любимой приятельницы.

— Теперь ты тайну открой, где делала химию? — спросила гостья.

— Ни разу не заказывала санитарную обработку жилья, — хмыкнула я, — у нас с тобой разные тараканы.

— Нет двух одинаковых людей, — философски заметила подчиненная мужа. — Знаешь, я прямо счастлива, что мы теперь вместе. Очень хотела оказаться рядом с Ариной Виоловой. Почему-то у меня отношения с людьми не складываются. Я человек бесхитростный, открытый. Если кого люблю, то на полную катушку. Жертвенно себя ему отдаю. Стараюсь угодить. И через месяц подруга передо мной дверь захлопывает. За что? За мое искреннее чувство? Вот ты со мной так не поступишь. Когда я спрашивала про химию, имела в виду твою голову!

— Никогда не решалась на долговременную завивку, — удивилась я.

Кузьмина молитвенно сложила руки.

— Ну, плиз! Вилочка! У меня волосы как палки! Приходится каждое утро плойкой орудовать, вставать на час раньше. Волос мне родители подарили на пять енотов! Тебе повезло, растут три волосинки, их за считаные минуты уложить можно. Мне же с целой копной приходится мучиться. Ты сделала химию. Прекрасное решение. Я тоже хочу. Скажи название салона, имя мастера. Мы же близкие подружки.

Я пошла в свою ванную, объясняя на ходу:

— Купила особое средство, оно продается...

Я открыла дверь, вошла в санузел и впервые посмотрела в зеркало. Увидев свое отражение, я икнула. Вернувшись домой, я старательно вымыла волосы, взяла фен, высушила шевелюру, но потом пришел Степан, сказал, что Фая накрывает на стол. Я мигом сдернула резиновую шапочку со множеством дырочек и ринулась в кухню, не поинтересовавшись, как выглядит прическа. И вот сейчас я впервые узрела себя во всей красе.

На макушке задорно торчало кудрявое сооружение, напоминающее полено, на котором выросла шерсть пуделя. Голова казалась квадратной, уши торчали, как ручки у алюминиевой кастрюли советского производства, и откуда-то появились щеки. Я напоминала хорошо поевшего хомячка, который взял прическу напрокат у собаки африканской породы. У псов европейских кровей таких «пружин» точно не бывает.

— Ты все время икаешь, попей водички, — заботливо предложила гостья.

Я открутила кран и, забыв все страшилки, которые рассказывают про московский водопровод, принялась горстями хлебать воду. Мне достался удивительный муж. Степа, конечно, заметил, что у меня на голове творится кошмар и ужас, но даже глазом не моргнул и ничего не сказал.

Глава 25

Утром я проснулась от того, что не могла пошевелиться, и прошептала, не открывая глаз:

— Степа, подвинься, ты меня задавил, верни одеяло, я мерзну.

— Это ты на меня почти легла, — сонно протянул муж, — и перину отняла.

Я села, посмотрела налево и закричала:

— Степа!

Супруг приподнял голову.

— Что?

— Это кто?

— Где?

Я показала пальцем на голую попу, которая лежала между нами.

— Вот!

Муж приподнялся на локтях.

— Задница!

— Чья? — спросила я. — И почему она одна?

— Думаешь, найти утром в постели две чужие пятые точки было бы лучше? — спросил Степан и сдернул мое одеяло, которым была накрыта часть нашего ложа.

Между подушками показалась растрепанная голова.

— Фаина! — хором завопили мы.

— Что случилось? — зевнула Кузьмина. — А-а-а! Я опоздала! Совещание!

Гостья повернулась на бок, приподнялась и взвизгнула:

— Вилка! Ты как в моей кровати очутилась?

— Возвращаю вопрос тебе, — зашипела я. — Как ты в нашей постели оказалась?

— Где я? — заорала Кузьмина. — Который час?

— Сделай одолжение, прикрой задницу, — велела я.

Фаина широко распахнула глаза, взвизгнула, натянула до подбородка одеяло и заорала:

— Вспомнила! Я отравилась вчера у вас ужином, вы мне предложили переночевать...

Замечательно. А я-то думала, что Кузьмина сама напросилась остаться.

— Ночью я пошла в туалет, вернулась, легла, — верещала мадам с тараканами, — еще подумала, какая постель неудобная, с двух сторон здоровенные горячие валики, ни повернуться, ни ногу в сторону вытянуть. Тупую мебель некоторые выбирают. Плохо у Вилки со вкусом. Одеяло кретинское, из двух половин. А я просто перепутала спальни! Вместо гостевой в вашу попала. Простите. Ой! Мне в туалет надо! Срочно!

Фаина вскочила. Степан зажмурился.

— Ты голая, — предупредила я.

— В пижамке, — возразила владелица тараканов.

— Только сверху, — уточнила я.

Кузьмина обозрела свои ноги и кинулась вон из комнаты с воплем:

— А-а-а! Штанишки велики, свалились, принеси мне их в тубзик.

Мы с мужем посмотрели друг на друга.

— У меня первый опыт проведения ночи на одном ложе с двумя женщинами, — заметил Степан, всовывая ноги в тапки, — никогда не был фанатом такого рода забав. Ты прекрасно выглядишь, такая румяная, прямо персик!

Я стукнула супруга по спине подушкой, помчалась в ванную и с радостью констатировала, что макияж стоит как вкопанный. А вот голова! Во время сна «пружинки» стали еще круче, «шапка» выросла, сходство с пуделем, которого ударило током, увеличилось. Ну ничего, сейчас вымою голову.

Дверь приоткрылась.

— Через час тебя ждет Ярыга, — напомнил Степа.

Значит, времени совсем нет, придется убегать, не позавтракав. Я не слышала писка будильника, случается такое. Я попыталась расчесать «стог», потерпела неудачу и засунула щетку в ящик. На дворе ледяной февраль, шерстяная шапочка решит все проблемы.

* * *

В дверь квартиры Ярыги я позвонила точно в указанное время.

— Елена? — спросил из домофона хриплый голос.

— Да, — подтвердила я, — мне на сегодня назначено.

Дверь щелкнула, в нос ударил странный запах, сладкий и кислый одновременно. В прихожей царил полумрак, я с трудом разглядела бесформенную фигуру с пышной копной длинных волос. Она снова задала вопрос:

— Елена?

Я кивнула.

— Дух Горлицы говорит мне: имя не ваше, — объявила хозяйка.

Я забеспокоилась. Наверное, существуют люди, которые на самом деле умеют читать чужие мысли. Но навряд ли они рекламируют себя в интернете.

— Имя не ваше, — повторила Ярыга. — Сейчас... сейчас... странное очень... не православное... В... В... не могу прочитать. Просматриваются только буквы «В» и «А». Другие в тумане. Уходите. Я не работаю с теми, кто прячется.

Я поняла, что нужно спасать положение.

— Я не врала. В моем паспорте написано Виола. Но я терпеть не могу это имя, у людей сразу возникает ассоциация с плавленым сыром. Давным-давно представляюсь Еленой.

Ярыга подобрела:

— Ясно. Проходите.

Меня проводили в комнату, где было еще темней, чем в прихожей, и усадили в кресло перед столиком, на котором в подставке переливался хрустальный шар.

— Ничего рассказывать не надо, — предупредила ведьма, — сама все узнаю. Положите руку на сферу прозорливости.

Я покорно выполнила приказ, шар под моими пальцами тускло засветился серо-голубым огнем.

— Венца безбрачия нет, — заметила Ярыга, — вы замужем. Проблемы в браке отсутствуют. Пока. Детей нет. И я их в дальнейшем не вижу. Родных. Возможно, появятся приемные, но пока эта информация скрыта. Вы журналист. Нет! Писатель. Ваши книги о том, как люди причиняют друг другу боль из-за денег, квартир, ревности.

И тут меня осенило! Ярыга смотрит телевизор, в котором иногда мелькает писательница Арина Виолова. Совсем недавно я давала большое интервью программе «Расскажи о себе». Вот откуда «прозорливость» православной ведьмы.

Я изобразила восторг.

— Как вы это видите?

Ярыга зажгла тонкую палочку в стакане, аромат в комнате усилился.

— Не прикидывайтесь. Не свое будущее вы узнать пришли. Я уже сказала, что не люблю, когда врут. Хотите что-то выяснить? Говорите честно, коротко, прямо. Что надо? Я отвечу.

— Хорошо, — кивнула я, — раз коротко и прямо, тогда вопрос: вы знакомы с Верой Галкиной? Вдовой Николая Воробьева?

— Как вы про меня узнали? — поинтересовалась ведьма. — Кто адрес мой подсказал?

— Посмотрела сайт в интернете, — выкрутилась я, — вы не скрываетесь.

Ярыга зажгла еще одну палочку, от запаха у меня начала кружиться голова. Колдунья, похоже, поняла, что мне не по себе.

— Потерпите, сейчас пройдет. Вас бес мучает, он от запаха ладана сбежит.

— Вера ваша клиентка? — задала я новый вопрос.

Ярыга сделала быстрое движение рукой.

— Я не рассказываю о тех, кто сюда приходит. Это тайна.

— Вера сбежала из дома, — вздохнула я. — Может, с помощью магии вы узнаете, где она сейчас?

Из глубины квартиры раздался тихий звон. Колдунья встала и направилась к двери.

— Сигнал. Я должна помешать зелье. Сидите.

Я осталась одна, и тут из сумки раздался характерный звук, прилетело сообщение: «Вера Галкина находится по адресу: улица Локтева, дом семь, квартира один. Срочно приезжайте. Ее отравили. Она умирает».

Я быстро нажала на определившийся номер, ответили мне не сразу.

— Гостиница «Семь холмов». Чем могу помочь?

— Мне только что пришло эсэмэс от вас... — начала я.

— Простите, — перебила служащая, — у нас в холле для удобства постояльцев установлен телефон. Вы можете бесплатно им воспользоваться. Звонок и сообщения по Москве не оплачиваются. Междугородняя связь заблокирована. Вам написал кто-то из наших гостей.

— Кто? — спросила я.

— Извините, понятия не имею, я не слежу за теми, кто общей трубкой пользуется, — сообщила портье, — просто отвечаю на звонок, если требуется.

Глава 26

— Уже уходите? — спросила Ярыга, возвращаясь.

— Вернусь завтра, если разрешите, — сказала я, — срочно на работу вызывают. Сколько с меня?

— Я никому не запрещаю визиты, — ответила колдунья. — Три часа дня вас устроит? Сегодня денег не возьму, не работала с вами.

Я поспешила к машине, на ходу вытаскивая телефон.

— Сейчас отправлю туда ребят, — пообещал Степан. — Надеюсь, с Верой все в порядке. Интересно, кто отправил сообщение?

Я схватилась за руль.

— Не знаю. Если примчусь на улицу Локтева раньше твоих парней, сразу звякну. Как там Фаина?

— Я давно в офисе, — пояснил муж, — Кузьмина у нас осталась.

— Почему? — возмутилась я.

— От туалета не отходит, — засмеялся супруг, — эк ее скрутило. Надеюсь, ты не винишь себя? Это стопроцентно шаурма. Все ели одинаковые блюда, только пирожки у нас разными оказались. Я лопал с мясом, Фаина с капустой. Ты какие ела?

— С курицей, — ответила я и осеклась.

— Не болтай за рулем, — велел муж и отсоединился.

Я не вняла его совету, порылась в телефонной книжке и набрала номер Кристины.

— Виолочка, — защебетала хозяйка кафе, — ужас! Умоляю! Не сердитесь! На кухне заказы перепутали! Впервые такое случилось! Верну вам деньги.

— Не надо, мы всё съели, очень было вкусно, — остановила я собеседницу.

— Вы ангел! Чудо! Следующий заказ предоставлю вам с девяностопроцентной скидкой, — пообещала Крися.

— Скажите, пирожки с капустой...

— О-о-о! Сработало! — засмеялась она. — Дорогая, теперь ваш муж более никогда не позовет в дом обосравшуюся в прямом смысле слова подчиненную. Кому понравится гостья, которая к унитазу приклеилась? Я всем своим знакомым клиентам объясняю: «Не надо ни с кем ругаться, из дома вон гнать. Надоела свекровь? Закажи у меня особые пирожки. И нет проблем. Мамаша сто раз обкакается и в следующий раз дома останется. И мужчинам нравится, кое-кто ими угощал жену, которая обожает по тусовкам гонять. Красавица потом дома сидит.

— Что было в выпечке? — поинтересовалась я.

— Совершенно безвредные слабительные капельки, я беру их оптом, — охотно делилась секретами хозяйка кафе, — есть еще блевотные. Могу вам в другой раз с ними угощение состряпать. Хотя я совершенно уверена: наглая сотрудница супруга навсегда исчезнет из вашего дома.

Я вспомнила голую филейную часть Фаины в нашей супружеской постели и согласилась:

— Думаю, Степан более не станет приглашать Кузьмину.

Глава 27

У подъезда стояли два черных микроавтобуса, машина мужа и иномарка его приятеля, следователя Капралова. Сам Вадим курил рядом.

— Долго тащилась, — укорил он, увидев, как я вылезаю из своей малолитражки.

— Третье кольцо намертво встало, скоро вообще замкнется, — начала я оправдываться. — Это у тебя мигалка, можешь всех разогнать. Что с Верой?

— Труповозка уже уехала, — объявил Вадик.

Любопытный люд, который, несмотря на холод и пронизывающий февральский ветер, столпился у дома, начал охать и ахать.

— Она умерла? — глупо уточнила я.

— В морг живую не повезут, — не замедлил ответить Капралов.

— Верно, — пробормотала я. — Что с ней случилось?

— Точно неизвестно, предположительно отравление, скончалась незадолго до нашего приезда, — на одном дыхании по-прежнему громко объявил Вадим.

— Почему ты кричишь? — удивилась я.

Капралов стащил с головы шапку.

— Извини! Холодрыга! Прикрыл лысинку, стал плохо слышать.

— Соседи уши развесили, — поморщилась я.

— Граждане, разойдитесь, — заорал Капралов, — не цирк здесь. Ничего веселого нет. Человек умер. Проявите уважение к покойной.

— Так мы ее не знали, — ответил кто-то из толпы.

— У Аньки она квартиру сняла, небось специально чтобы самоубиться, — сообщил противный женский голос.

Я передернулась. Тембр голоса незнакомки напоминал звук ножовки по металлу.

— Кому Анька, а тебе, шалаве, Анна Ивановна, — ответила тетушка пенсионных лет, наряженная в ядовито-розовую куртку со стразами.

— Вы владелица первой квартиры? — спросил у нее Вадим.

— Она моему сыну принадлежит, — ответила женщина. — Паша за границей работает, а я в соседнем подъезде в двушке живу. И не сдаю я ничего. Разве что иногда тем, кому переночевать негде, из жалости.

Толпа рассмеялась.

— Добрая ты наша, — раздался визгливый голос, — врешь и не краснеешь. Все знают, сколько ты берешь! Кого на день, кого на неделю пускаешь.

— А у тебя, Нинка, дочь ...! — отбрила Анна Ивановна. — На дороге клиентов ловит.

— Эй! Хорош брехать, — возмутилась Нина, — Люся студентка, в отличие от твоего сына, который наркотой торгует, она девочка серьезная.

— Нет! ...! — повторила тетка. — Все знают, сколько Люська за одно обслуживание берет. Три тысячи. По низшей цене дает.

Толпа загудела, из нее в первый ряд протолкалась баба в зеленой дубленке и схватила тетушку в розовой куртке за рукав.

— Ах, ты ...! Видела, как моя доченька с мужиками...? Деньги в ее кошельке считала?

— Алаверды тебе, Нина! — ответила Анна Ивановна. — Ты видела, как я с людей деньги требую? У моего сына наркоту сама покупала?

— Откуда у тебя, нищебродки, одежда новая, серьги золотые? — завопила Нина. — На проданную парнем дурь шикуешь.

— Где ты, Нина, новую дубленку взяла? — парировала Анна Ивановна. — Дочка отдала тебе профессиональный наряд? Полупердон сексуальный такой, аж глаза ломит.

Нина стукнула соседку, та не замедлила ответить, несколько мужчин из толпы схватили разъяренных баб за руки.

У меня зазвонил телефон.

— Приехала? — спросил Степан.

— Стою у подъезда вместе с Вадимом, — объяснила я, — здесь еще Анна Ивановна, которая Вере квартиру сдала.

— Заходи, — велел супруг.

Под неумолчный мат, которым осыпали друг друга милые дамы, я вошла в подъезд, увидела полуоткрытую дверь в квартиру, втиснулась в крохотную прихожую, взяла бахилы, которые горой лежали на полу, но в комнату войти не успела. В холле появился мой муж, он громко сказал:

— Мы уезжаем. Труп увезли. Посиди тут, пока эксперты прибудут. Им по пробкам долго тащиться.

Я уставилась на супруга. Без криминалиста тело трогать нельзя. Если останки несчастной Веры отправлены в морг, значит, тут уже побывали специалисты. Если жертва жива, тогда никто не станет ждать экспертов, человеку наденут на кисти рук любые пакеты, да хоть те, в которых он из супермаркета продукты притащил, и погрузят в «Скорую». Не хочу утверждать, что так всегда бывает, но так должно быть, ответственные врачи знают, что биоматериал под ногтями может вывести на преступника. Они постараются сохранить улики, запакуют руки.

Степан показал мне телефон. Я вынула свой мобильный и прочитала сообщение на ватсаппе: «Комната. Диван. В нем ящик для белья. Слышен шорох. Там прячется девушка. Мы уйдем. Изобрази, что случайно нашла ее и хочешь ей помочь, вызови на разговор, увези в кафе».

Я быстро напечатала:

«Почему ты решил, что в диване женщина?»

Ответ прилетел почти мгновенно.

— «Туфли. У жертвы тридцать девятый. Сапоги. Рядом ботинки. Тридцать пятый. Куртка синяя. Размер сорок два. Вера крупнее. Спряталась. Про шмотки забыла. С ее обуви натекла лужа. Пришла незадолго до нашего появления. Увези ее. Гриша продолжит».

Я кивнула. Степан крикнул:

— Люди, у нас еще вызов. Тут Вилка посидит, криминалистов покараулит.

Мимо меня, тихо здороваясь, прошло несколько подчиненных Дмитриева, среди них Григорий, потом эксперт из бригады Вадима и незнакомая женщина. Входная дверь громко захлопнулась.

Я вошла в комнату и поняла, что агрессивная сплетница Нина не лгала, когда обвиняла Анну Ивановну в сдаче жилья внаем на короткий срок. Помещение выглядело как номер дешевой гостиницы, который убирает ленивая горничная.

Я встала у дивана, вынула мобильный, потыкала пальцем в экран, быстро сбросила цифры и громко заговорила:

— Привет, Светуся. Все как обычно. Такая же ерунда. Степан позвонил: «Дорогая, прилетай, адрес выслал на ватсапп, у меня тут дел на час, быстро свернусь и пойдем в кафе». Что ты думаешь? Правильно. Он с парнями смылся, меня оставил в жутко вонючей норе ее караулить, экспертов ждать. Чтоб я ему еще раз поверила? Да никогда. Сколько раз на те же грабли наступала. Куковать мне тут придется долго. На диван сесть страшно, такой он грязный. Сейчас пороюсь в отсеке для белья, авось там покрывало найду.

Я наклонилась, быстро выдвинула ящик и увидела маленькую, худенькую фигурку в джинсах и пуловере. На ногах у нее краснели носки, а лицо полностью закрывали длинные светлые волосы. На мгновение мне стало страшно, показалось, что девочка умерла. Но потом я увидела, что у нее трясутся пальцы, и воскликнула:

— Ну и ну! Вы кто?

— Алина, — услышала я в ответ.

Девочка села, откинула назад волосы, и мне стало понятно: ей примерно тридцать. Просто она очень маленького роста.

— Алина, — повторила я, — давайте познакомимся. Виола. Лучше зовите меня Вилка. Фамилия у меня смешная — Тараканова. А ваша?

— Шафина. Вы же не из полиции? — еле слышно спросила женщина.

— Нет, — ответила я, — просто я жена человека, который тоже не имеет отношения к полиции. Вылезайте. Зачем в ящик-то залезли?

— Испугалась, — призналась Алина. — Мне... позвонила... Она... Ну... Вера... я примчалась со всех ног, ключ, как она говорила... под ковриком был... вошла... она лежит на полу, лицом вниз. Перевернула ее...

Шафина закрыла лицо руками.

— Мамочка! Она мертвая! Я чуть сама не скончалась. Хотела убежать, а за дверью голоса мужские: «Вскрывайте квартиру». Подумала... ну... ничего я не подумала. От страха офигела! В комнате неживая Веруська. Что они решат? Будто я ее задушила. Вот я и спряталась.

— Вас трясет, — пожалела я Шафину. — Хотите чаю?

— Да, — кивнула она, — очень. Лучше кофе. Горячий с молоком.

— Пошли на кухню, — скомандовала я.

Мы переместились в пятиметровое пространство. Я открыла шкафчик. Ничего. В колонке у окна тоже пусто. В холодильнике одни голые полки.

— Тут не попируешь, заварки даже нет, — сказала я. — Пошли в кафе! Нам не помешает кусок мяса или рыбы. Давно ели?

— Утром, — призналась Алина.

— Сама голодная, — сказала я, — потопали, за мой счет погуляем.

Шафина вдруг стала подозрительной.

— С чего бы вам незнакомого человека угощать?

— Не хотите за так поесть, сами свой счет оплатите, — пожала я плечами. — Неуютно тут, грязно, находиться в квартире противно.

По лицу Шафиной пробежала тень слабой улыбки.

— Хорошо.

Я подвела черту:

— Вот и договорились. Когда я ехала сюда, заметила неподалеку кафе.

— «Чили-Тили»? — спросила Алина.

— Да, — удивилась я. — Откуда вы знаете?

— Жила здесь некоторое время, — пробормотала Шафина, — когда от Государя удрала, мне Вера помогла. Ох, наверное, вы считаете меня сумасшедшей?

— На безумную вы совсем не похожи, — возразила я, — просто нервничаете. Ну, потопали.

Шафина не сдвинулась с места и сказала:

— Муж приказал вам жилье сторожить. Я слышала вашу беседу по телефону.

— Не подчиняюсь супругу, — фыркнула я, — он не генерал, а я не солдат. И вообще я приехала, чтобы с ним вместе поесть пойти. А вместо этого осталась тут в роли цепной собаки. Любите латте?

— Обожаю, — оживилась Алина.

— Закажем самые большие стаканы, — пообещала я.

Мы вышли во двор, прошмыгнули мимо минивэнов и машин, где затаились люди, которые приехали осматривать место преступления, и сели в мою малолитражку. Я нажала на педаль газа.

Глава 28

— Очень вкусно! — воскликнула Алина, наматывая на вилку макароны. — Хорошая вам идея в голову пришла. Поесть, когда нервничаешь, полезно.

— Представляю, как вы испугались, когда увидели подругу мертвой, — вздохнула я. — Вы давно знакомы?

Алина начала намазывать на кусок хлеба толстый слой масла.

— В клубе впервые встретились. Вера была студенткой, в медицинском училась, а я официанткой работала. Сейчас на меня без слез не взглянешь, но в молодости я была хорошенькая-прехорошенькая. Поэтому Гриша мне предложил...

Шафина примолкла.

— Кто такой Григорий? — живо поинтересовалась я.

— Он в клубе охранником служил, — пробормотала Алина.

И опять затихла, потом обхватила ладонями фужер с кофе и быстро заговорила.

Шафиной не повезло с младенчества. Девочку угораздило появиться на свет у сильно пьющей матери, которая могла оставить крошечную дочь одну на несколько дней в квартире. Странно, что крошка не умерла от голода, когда лежала в пеленках, и непонятно, почему не изуродовала себя, начав ходить, когда матери не было рядом. Впрочем, присутствие в грязном холодном доме родительницы мало что могло изменить. Баба пила все, что попадалось ей на глаза. Некоторым деткам, растущим сиротами при алкоголичках, везет, их забирают добрые соседи, сострадательные учителя, родители одноклассников. Но у Алины и на этой грядке не выросло ничего хорошего. В родном подъезде проживал народ, который мало чем отличался от ее матушки, педагоги махнули рукой на вечно голодную ученицу, а добрые мамы других ребят бегали к директрисе с требованием: «Уберите от нас эту шваль, наши детки от нее плохого наберутся».

Из-за хронического недоедания Алина была низкого роста и в девятом классе выглядела максимум на одиннадцать лет. Любимые дети правильных родителей презирали маленькую нищенку, обзывали ее, били. Другая бы бросила учебу и пошла по стопам матери. Но у Алины, несмотря на отсутствие какого-либо воспитания, были не пойми откуда взявшиеся строгие принципы. «Никогда не стану такой, как мать» — так звучал девиз подростка.

Алина прервала повествование и стала пить кофе. А меня вдруг осенило. Алина! Маленькая, худенькая, похожая на девочку. Приехала в Москву из провинции. Сейчас она назвала свою фамилию: Шафина. Но если вспомнить рассказ Корделии о появлении в их с Таней доме Алины

Шкафиной, которая утверждала, что она родила ребенка от погибшего Анатолия, маленькой, тощенькой, похожей на подростка... Шафина — Шкафина! Я беседую с матерью внука Татьяны Рябовой. Просто Алина не стала сообщать мне свою настоящую фамилию.

Девушка поставила пустой стакан на стол и продолжила рассказ о своей судьбе...

За гимназию Алина держалась по двум причинам. Ей требовался документ об окончании девяти классов. Без него красивый жизненный план, который она составила, не мог осуществиться. Алина пообещала себе, что, оставив за плечами девятилетку, отправится в Москву учиться на... нет, не на актрису, о подобном Шкафина даже не мечтала. Где красавицы с экрана и из телевизора и где она? Девочка хотела выучиться на мастера по маникюру. Эта работа казалась ей волшебно прекрасной. Сидишь в теплом помещении, а не прыгаешь на местном рынке, где Алина сейчас, трясясь от холода, перебирает гнилые овощи. Вокруг красивые, радостные люди, они дают мастеру чаевые. Рядом нет злых торговцев, которые осыпают ее бранными словами, норовят толкнуть, ударить. Шкафина молча переносила все обиды и была счастлива. Да, на базаре плохой народ, но за работу давали деньги. А в местном секонд-хенде, где тряпками торговали на вес, бывали дни утилизации, и тогда владелец говорил девочке:

— Эй ты, швабра. Выпри кучу дерьма на помойку.

После этих слов в душе Алины вспыхивало ликование. Она молча уносила мешки в подсобку, рылась в них, находила там прекрасные, с ее точки зрения, наряды и замирала от счастья. Заработанные на рынке копейки Шкафина копила, на еду не тратила, питалась тем, что подбирала у прилавков, надевала одежду из секонд-хенда, ту, что похуже, а платья получше вешала в шкаф. В них она собиралась ходить в Москве. Был еще один повод для радости. Алина выглядела такой крохотной, такой тощей, такой некрасивой, что даже местные кавказцы, которые приставали ко всем бабам, не обращали на нее ни малейшего внимания, она считалась антисексуальным объектом.

Если твердо идти по направлению к мечте, то все получится. Алина оказалась в столице и спустя пару недель после приезда пристроилась в салон красоты уборщицей. Учить мастерству ее никто бесплатно не собирался, зато среди клиентов оказались милые люди. Кое-кто из дам принес поломойке одежду своих выросших детей, Шкафина стала прилично выглядеть. Потом владелец ночного клуба, который регулярно приходил красить волосы в безумный оранжевый цвет, взял ее в свое заведение официанткой. Зарплата там была приличная, Алина начала копить рубли на обучение. В клубе девушка встретила охранника Гришу, у них случилась любовь. Парень оказался профессиональным эротоманом с буйной фантазией во всем, что касалось сексуальных утех. До невозможности стеснительная Алина, которая вначале просила любовника гасить свет, быстро раскрепостилась, научилась у Гриши всяким штучкам. Жила пара в комнате, которая принадлежала секьюрити. В соседях у него был лишь один полубезумный дед, который, увидев любовников в семь утра на пороге, мигом спрашивал:

— Ребятки, сегодня вкусного поесть принесли?

Получив коробочку с едой, которую официантка для него набрала в клубе, старичок исчезал в своей норе и больше не показывался. Гриша и Алина любили приводить к себе кого хотели, им очень нравился секс втроем, вчетвером. Партнеров по развлечению они всегда находили в клубе. Только не подумайте, что пара продавалась за деньги. Ни в коем случае. Постельные развлечения никогда не были заработком.

Однажды Алина в клубе познакомилась с посетителями Верой и Толей. Вечер завершился в коммуналке у Гриши. Четверка поняла, что они созданы друг для друга. Встречи стали повторяться, но уже на квартире у Анатолия. Вера очень нравилась Алине. Галкина имела богатых родителей, училась на врача, она могла бы задирать нос перед простой официанткой, но никогда не кичилась своим положением. Верочка приносила Шкафиной одежду, совала ей деньги, у Алины впервые в жизни появилась подруга. Любимая. Очень любимая. Ради Веруси Шкафина могла совершить любой поступок. Толя был молчаливый, мог за весь вечер сказать всего пару слов.

Вера говорила, что любовник — художник, писатель. Было понятно, что хмурый юноша очень нравится Верочке, и Алина, которая постоянно оказывалась в одной постели с ними, понимала почему. В игрищах на матрасе бука Толя был намного лучше и искуснее Гриши. Перед тем как раздеться, Рябов давал всем что-то похожее на сироп. Выпив содержимое маленькой чашки, Алина теряла голову. Нет, она не становилась пьяной, все ощущения усиливались во много раз. Спустя некоторое время Шкафина догадалась спросить:

— Что мы пьем?

— Это не наркота, — как всегда, коротко ответил любовник Веры, — не привыкнешь. Придумал это мой прадед, описал рецепт в одной из своих книг.

— Вау! Он писатель, — восхитилась Шкафина.

У Анатолия загорелись глаза, и он неожиданно произнес страстную длинную речь, рассказал о своем предке, который писал книги о стране викхов, где живут странные существа.

— Думают, что он ее придумал, — вещал Рябов, — но нет. Степан Михайлович постоянно посещал государство викхов, чтобы попасть в него, нужно употребить это зелье, но не в таких количествах, как мы принимаем, в большей дозе. Только сразу с нее начинать нельзя. Я приучался потихоньку. Вам даю чуть-чуть для кайфа, а себе, когда иду к викхам, полную меру.

Шкафина, которая категорически не желала связываться с дурью, услышала лишь то, что «сироп» не имеет отношения к запрещенным препаратам, и успокоилась. Четверка прекрасно проводила время. Даже Анатолий слегка оттаял и стал делиться своими планами, рассказал, что пишет продолжение романов прадеда. Угрюмый парень стал нравиться Алине, она ловила себя на мысли, что с ним намного интереснее, чем с Гришей. Если уж быть совсем честной, то вот правда: она влюбилась в Рябова. Но Алина свои чувства скрывала, она не хотела обидеть Гришу и Веру.

Глава 29

Неизвестно, как далеко могли зайти молодые люди в поисках телесных утех и чем бы это для них закончилось, но все внезапно оборвалось.

Однажды Гриша заболел гриппом. Алина напоила любовника таблетками и ушла на работу в клуб. Под утро, когда она позвонила домой, трубку снял дед-сосед и пояснил:

— Гриша спит. Всю ночь кашлял, хрипел, по квартире ходил. Только-только глаза закрыл. Не стоит его тревожить.

Алина расстроилась, ну вот, не встретиться ей сегодня с друзьями, она позвонила Толе, сообщила, что осталась одна, а тот сказал: «Прикатывай». И Шкафина, как всегда, отправилась к Анатолию, увидела в квартире Лешу, которого она сначала приняла за брата Рябова. Юноши оказались невероятно похожими, что фигурой, что лицом, что цветом волос. Поняв, что Алексей будет заместителем Гриши, Алина смутилась. Да, ей нравился групповой секс, но партнеры-то были постоянные, Толя, Вера и Григорий. А тут незнакомый мужчина. И что скажет Гриша, когда узнает, что его девушка, вместо того, чтобы ухаживать за ним, решила веселиться с другим? Толя понял настроение Алины.

— Я говорил с Гришкой, он нам завидует, велел тебе оттянуться по полной. На-ка, выпей.

Шкафина машинально проглотила «сироп» и удивилась:

— Ой, какой он сегодня крепкий! Где Веруська?

— В постели дрыхнет, — усмехнулся Рябов.

Алина поняла, что Толя с любовницей начали развлекаться еще до появления Алексея, и подавила вздох. Повезло Верке! Толя всегда готов, он прямо неутомимый. А вот Гриша... Нет, он хороший человек, но в плане секса слабый, а ей надо каждый день, да не по разу. Алине бы в спутники жизни больше подошел Толик, он секс-машина, и внешне хорош, всегда при деньгах, со своей квартирой... Но Рябов был с Верой. Эх, жизнь несправедлива!

От «сиропа» у девушки вмиг закружилась голова, Алина перестала стесняться, легла в постель, где мирно сопела Вера. Рядом устроились Алексей и Толя.

— Верка не просыпается, — захихикала Шкафина.

— Сейчас мы ее растолкаем, — пообещал Анатолий и воскликнул: — Кто-то в дверь ломится!

Алексей вдруг вскочил, потом с воплем: «Они идут!» — кинулся к окну.

— Эй, ты куда? — поразилась Алина.

— Пришли за нами! — проорал парень. — Погубят нас!

Алина и глазом не успела моргнуть, как Леша вскарабкался на подоконник и выпрыгнул на улицу. Дальнейшее она помнила смутно, у нее в голове сгустился туман. Картины происходящего были обрывочны. Вот они вместе с Толей куда-то едут на метро, вроде пересаживаются на автобус. Ее начинает тошнить. Холодно. Хочется пить. Дальше провал. Потом вдруг она просыпается в деревенском доме, видит спину Толи, который сидит за большим столом.

— Где я? — испугалась Алина.

— В привратницкой государства викхов, — не поворачиваясь, объяснил Рябов.

— Где? — повторила она.

Анатолий изменил позу, повернулся лицом к ней и, неожиданно став многословным, поведал бредовую историю. Его прадед, великий художник и писатель Степан Рябов, являлся государем страны викхов, руководил таинственным народом, который прячется от людей, но оказывает огромное влияние на жизнь всего человечества. Политики полагают, что только от них зависит судьба государств. А на самом деле всем рулят викхи, их цель: достижение любви, мира, гармонии. Чтобы править на Земле, мужчины-викхи вступают в связь с земными женщинами, у тех появляются дети. Они ментально являются вихами, но имеют обычный человеческий облик. Таких ребят с младенчества отличают редкий ум, способности к разным наукам, молчаливость, они, зная, кем родились, осознают свою миссию. Татьяна, мать Толи, на редкость глупа и, несмотря на возраст, ребячлива. Почему ее выбрали в качестве инкубатора для очередного младенца получеловека-полувикха, Анатолий не знает. Дурочка Таня не поняла, кого произвела на свет. Но у мальчика, как уже говорилось, был прадед. Степан Михайлович — великий государь, который глубоко разочаровался в своем сыне. Михаил Степанович не захотел исполнять обязанности принца, целиком погрузился в земную жизнь. И внучки, Татьяна с Корделией, повели себя безответственно. А вот Анатолий! Он надежда государя. Парню предстоит сменить на троне властителя. Прадед воспитывал мальчика в нужном духе. Степан Михайлович жил долго, скончался, отметив сто шестой год рождения. Анатолий, еще будучи школьником, сел на престол и с той поры мудро правит вихами.

У бедной Алины от этого рассказа закружилась голова, Анатолий объяснил, что викхи, чтобы перемещаться между своим и человеческим миром, используют зелье. Гриша, Алина, Вера и сам Анатолий всегда перед сексом тоже принимали его, они улетали в волшебную страну и гуляли там с наслаждением.

— Наверное, ты смутно помнишь красивые цветы, лес? — спросил Рябов.

Алина удивилась:

— Да. Думала, что сплю после того, как мы уставали.

— Нет, — улыбнулся Анатолий, — мы оказывались на моей родине. Нам с тобой надо временно спрятаться, поживем пока тут.

— Зачем нам скрываться? — занервничала Шкафина. — Я работу потеряю.

— Забыла, что из окна парень выпал? — напомнил Рябов. — Между прочим, ты тоже в комнате находилась.

— Я помню, — прошептала Алина, — но я ни в чем не виновата.

— У тебя нет московской регистрации, — напомнил Рябов, — живешь на птичьих правах. Начнется расследование, тебя непременно посадят.

— За что? — обомлела Шкафина.

— За нарушение паспортного режима, да еще скажут, что ты Алексея вытолкнула.

— Но я его не трогала, — испугалась девушка.

— Можешь это доказать? — прищурился Рябов. — Милиции надо найти виноватого. Ты лучшая кандидатура. У Верки мать богатая, она ей вмиг адвоката наймет. И Галкина дрыхала. Помнишь?

— Да, — кивнула Алина, которой стало очень страшно, — но вы же расскажете, что Алексей сам прыгнул.

— Вы? — вздернул брови Рябов. — Кого ты имеешь в виду?

— Ну... вас, — прошептала Алина, — если меня захотят посадить, ты и Вера скажете, что Леша...

— Верка дрыхла, она ничего не видела, — перебил Анатолий, — небось ее менты разбудили. Когда мы с тобой убегали, Галкина храпела. А я ничего не скажу, потому что в Москву не вернусь. На тебя убийство повесят. У моей тетки любовник в МВД работает, я от него знаю: за каждое раскрытое тяжкое преступление следователю премию дают. А за несчастный случай нет. Чтобы деньги получить, тебя в тюрягу упекут.

— Это неправда, — не выдержала я, — за успешное расследование ни копейки не дадут. Даже не похвалят.

— Теперь-то я это знаю, а тогда ему поверила, — вздохнула Шкафина, — конкретно он меня запугал, да еще начал песни петь...

Она выпила воды и продолжила рассказ.

Толя объяснил Алине опасность ее появления в столице и воскликнул:

— Красивой девушке нужна моя защита.

— Красивой девушке, — повторила Шкафина. — Ты о ком говоришь?

— Кроме нас тут никого нет, — логично заметил парень, — ты мне давно нравишься.

— А как же Вера? — изумилась официантка.

— Ни малейших чувств я к ней не испытываю, — заверил Толя и начал раздевать Алину.

Пара осталась в избушке. Неделю молодые люди провели в режиме: легли в койку — встали — попили чаю — легли в койку. Потом у них закончилась заварка, и Толя велел любовнице:

— Езжай в Москву, позвони Корделии Михайловне, моей тете, отдай ей вот эту картину.

Корди даст денег. Купи крупы, сахара, ну всего, и возвращайся.

— Меня не арестуют? — спросила Алина.

— Нет, — усмехнулся любовник, открыл кошелек и дал ей купюру.

Корделия оказалась прекрасной теткой. Вскоре после разговора по телефону она примчалась в зал ожидания, схватила картину, вручила Алине приличную сумму и письмо.

— Послание для Толика, — пояснила она, — оно надежно заклеено. Вскрыть, не разорвав, не сумеешь.

— Не читаю то, что другим адресовано, — обиделась Шкафина.

— Я с тобой не знакома, — сказала Корделия, — кроме того, доверяй, но предупреждай. И вот еще, если будешь опять звонить и трубку снимет Татьяна Михайловна, ни в коем случае не говори: «Я от Толи».

— Почему? — спросила Алина.

— Слишком много вопросов задаешь, — укорила ее Корделия, — велели, делай.

Шкафина купила продуктов, надела на спину плотно набитый рюкзак, приехала на конечную станцию метро, увидела, что ее рейсовый автобус придет лишь через сорок минут, зашла в крохотную забегаловку, купила чаю, булочку, села, посмотрела на пар, который поднимался над стаканом и...

Алина никогда ранее не вскрывала чужие письма, но она помнит, как ее мать, когда еще окончательно не спилась, одно время работала почтальоном. Она брала домой письма, которые ей надлежало отнести адресатам, держала их над носиком кипящего чайника, читала, потом заклеивала клапан. Почему Алина решила засунуть нос в переписку тетки и племянника? Ответ прост: девушка влюбилась в парня и хотела знать, что ему сообщает Корделия. Содержание письма так поразило Алину, что она его до сих пор помнит почти дословно.

«Толик! Полный порядок. Я ездила в морг. Какой ты умный мальчик! Алексей очень на тебя похож, телосложение, рост, цвет волос прямо твои. Замечательно, что у него были интересные приметы: шрам на животе в виде буквы «V» и родимое пятно точь-в-точь как нарисованное сердце. Лучше и не подобрать. Я опознала якобы твой труп. Ты мертв. О том, что в квартире вас было четверо, никто не знает. Вера спала, когда вошла милиция, ее увезли в больницу, там установили, что у нее в крови какие-то непонятные вещества. И у трупа их нашли. Итог: следователь сначала решил, что пара приняла какие-то неизвестные наркотики, поругалась, Верка столкнула любовника и завалилась спать. Но потом эксперты сообщили, что никто покойного не толкал, на Галкиной никаких следов борьбы нет, на трупе тоже. Несчастный случай на фоне приема неизвестных препаратов. Я поехала к Вериной матери, рассказала ей, что дочь и Рябов занимались групповым сексом, объяснила: в квартире была еще одна пара, но они сбежали. Вера учится на врача, ей нужна безупречная репутация. Как пациенты отнесутся к доктору, если узнают, что та сексуально распущенная особа кувыркается в постели сразу с несколькими мужиками и бабой? Да еще не пойми какие лекарства перед игрищами принимает! А вот если Верка скажет следователю, что они с Толей находились дома одни, у них была любовь, планы пожениться, то ситуация будет выглядеть иначе. Ей надо сообщить, что Рябов заварил какой-то чай, где он его купил, девушка не знает, впервые его попробовала и сразу заснула. У меня есть возможность повлиять на следователя, он оформит происшествие как несчастный случай. Если же студентка сообщит правду, то я умою руки, Веру обвинят в убийстве Анатолия, в употреблении наркоты. Хороший адвокат, учитывая экспертизу, утверждающую, что парня не выталкивали, отобьет девушку. Но ее репутация навсегда погибнет. Народ будет говорить: то ли она убила, то ли не убила, то ли глотала дурь, то ли не глотала, но была там какая-то неприглядная история.

Римма оказалась понятливой. Она приказала своей дочери говорить то, что я предложила. Все хорошо закончилось. Ты умер. Вера дома, во всех документах написано: «Рябов после секса пошел покурить, у него закружилась голова, юноша упал и разбился насмерть. Несчастный случай».

Теперь о Файкинасиной. Ее мать опять приперлась, и весьма удачно, дверь скотине открыла Таня, которая искренне верит, что ее сын мертв. Получилось лучше некуда. Едва Полина заголосила про деньги, как Таня схватила зонтик, начала бить мерзавку и кричать, что ее мальчик из-за Юльки покончил с собой, что он ни в чем никогда не был виноват, что мать теперь может мчаться в милицию, мертвого из могилы в тюрьму не отправят. Файкинасина перепугалась и сбежала. Вечером я позвонила уродке, представилась, сказала: «Мой племянник погиб. Если желаете убедиться, что я не вру, приезжайте в крематорий в среду к десяти утра. Она приперлась, постояла, пока ящик за занавески уехал. И молча удалилась. Все отлично. Твоя задача: нам нужен ребенок. Мальчик. Не хочу, чтобы Танюша сошла с ума от горя. Девушка, которую ты увез с собой...»

Дочитать Алина не успела, ей на плечо опустилась тяжелая рука, знакомый голос вкрадчиво произнес:

— Чем увлеклась?

Шкафина обернулась и чуть не лишилась чувств. Около нее стоял Анатолий.

Глава 30

— Что читаешь? — с улыбкой спросил он, выхватив из рук девушки листок. — Почерк прямо как у моей тети Корди. Думал, только она пишет заглавные буквы с закорючками. О! Послание начинается со слов: «Толик» и заканчивается: «Тетушка Корди». Ты что, разве Толик?

У Алины пропал голос, поэтому она просто завертела головой из стороны в сторону.

Рябов схватил ее за руку.

— Автобус! Скорей, опоздаем.

Всю дорогу до конечной остановки они молчали, по пути к деревне тоже некоторое время шли, не говоря ни слова. Но когда молодые люди вступили в лес, Анатолий вдруг поинтересовался:

— Отчего не спрашиваешь, зачем я в кафе пошел?

— Зачем? — испуганно повторила Алина.

— Есть захотел, — пояснил Рябов, — а дома пусто. Решил скататься к метро, перекусить и на последнем автобусе вернуться назад. Думал, ты на нем тоже поедешь, вместе покатим. Пошел в харчевню. И кто у нас сидит в углу? Алина. Что она делает? Письмо читает. Я сосиски ел, на тебя все время глядел, ты так увлеклась, что никого вокруг не замечала. Меня прямо ревность разобрала, кто же тебе такое интересное написал? Тебе не стыдно?

— Прости, — заплакала Алина, — я не хотела! Само получилось!

Анатолий остановился и засунул руки в карманы куртки.

— Меня считают бесчувственным поленом, но это не так. Я очень эмоционален. Излишне. Влюбчив. Сексуален. Я лучше всех. Но не каждая способна оценить прекрасное. Мы с Юлией были вместе, а потом она решила предать нашу любовь. Маша Красавина! Она тоже мне врала. Света Трофимова. Катя Леденова. Все неправду говорили. А ты чужое письмо прочитала! Но мне не лгала, сразу призналась.

Алина вдруг поняла: Анатолий сейчас ее убьет, с громким криком бросилась вперед, споткнулась о корень дерева, упала, больно ударилась лбом о землю и зарыдала.

— Не трогай меня! Я никому про тебя правду не расскажу.

— Эй, ты чего? — с удивлением спросил ее спутник. — Вставай.

— Не трогай меня, — продолжала твердить Алина, — в письме написано, что тебе сын нужен. Я рожу! Троих. Не убивай, как тех девушек.

— Ты решила, что я преступник? Хорошего же ты мнения о женихе. Ты меня любишь? — спросил Толя таким голосом, что у Шкафиной скрутило судорогой желудок.

Умей кобра разговаривать по-человечески, она бы, наверное, беседовала, как сейчас Рябов.

— Да-а-а-а, — простонала Алина.

— Никого из тех, кого назвал, я и пальцем не тронул. Веришь мне?

— Да, — выдохнула Шкафина, находясь на грани обморока.

— Они обманщицы ужасные. Врали мне. Терпеть не могу ложь. Это самое гадкое в мире. Правильно?

— Да.

Анатолий поднял девушку и притянул к себе.

— Ты не лгала.

— Да, — ответила Алина, — да.

— Все могу простить, но вранье — нет.

— Да.

— Ты другая. Просто любопытная.

— Да, да, да, — закивала Алина, — я приревновала тебя.

Рябов разжал руки.

— К кому?

Официантка никогда не обладала буйной фантазией, но если вблизи маячит призрак смерти, у человека открываются неведомые таланты. Алина затараторила:

— Когда твоя тетя письмо мне передала, я не собиралась его читать. А потом вспомнила, как она странно улыбнулась, вручая мне конверт, велела: «Не вскрывай, там очень личное. Только для племянника». И я подумала: вдруг у тебя есть девушка? Я просто на время. А я так тебя люблю! Больше жизни!

Рябов отошел на шаг и стал рассматривать свою спутницу с видом энтомолога, который узрел неведомый ему вид козявки.

— Только из страха потерять тебя я вскрыла конверт, — зачастила Алина, — это единственная причина! Хотела увидеть ее имя, фамилию, узнать адрес, приехать к ней и убить!

Анатолий снова обнял Алину.

— Ты готова ради меня лишить кого-то жизни?

— Всех! — крикнула Шкафина. — Никому Толечку не отдам.

Алина никогда не отличалась артистическим даром, но, услышав шуршание плаща старухи с косой, изобразишь любое чувство, да так, что звезды Голливуда померкнут.

— Пошли, — уже другим тоном произнес Рябов, — больше не суй свой нос куда не просят.

Всю осень они провели в домике на кладбище. Анатолий постоянно работал над полотнами. Иногда он брал одну из своих отвратительных, на взгляд Алины, картин и уезжал. Куда ездил парень, она понятия не имела. Она лишь могла предположить, что любовник продает мерзкую живопись. Хотя кто такой кошмар купит? Полотна в основном представляли собой пейзажи, одна часть которых являлась мозаикой из человеческих костей. Когда Рябов впервые объяснил любовнице, из какого материала его прадед клепал свои произведения, Алина остолбенела.

— Где он куски скелета брал? — в ужасе поинтересовалась она.

Рябов показал в окно:

— Там кладбище, этого добра полно. Я продолжаю искусство Степана Михайловича, благодаря мне оно не умирает.

Шкафина мысленно поклялась никогда не прикасаться к этой жути. Слава богу, Анатолий и не просил ее трогать «картины».

Зимой в избенке стало невыносимо холодно, из окон дуло, под входной дверью образовалась огромная щель. Сначала печь топили целый день, но вскоре выяснилось: дров нет. Ни Толя, ни Алина не подумали, что поленьев в сарае не хватит на все студеные месяцы.

В середине декабря Толя сообщил Алине, что они перебираются жить в Москву. Они приехали в спальный район, где повсюду стояли одинаковые серые блочные башни, поселились в двухкомнатной квартире. Кому принадлежит жилье, девушка не знала. Толя вел себя в квартире по-хозяйски, сверлил стены, вешал полки. У Рябова определенно водились деньги, он постоянно куда-то уходил. Алину он на улицу не выпускал. Да она и не рвалась, потому что забеременела и испытывала дичайший токсикоз. Беднягу тошнило от запаха, вкуса, цвета, звука, от мыслей о еде. Обычно женщин, ждущих малыша, тянет на солененькое, а вот Алину сворачивало в бараний рог, когда она слышала слово «селедочка». Да еще Рябов постоянно рисовал картины, поставил в одной комнате мольберт, привез мешок с костями. Парень активно продолжал дело прадеда. Шкафину трясло от запаха красок, и ей было плохо от присутствия человеческих костей.

Уходя из квартиры, Толя тщательно запирал дверь снаружи, но Алина и не собиралась бежать. Кому она нужна в таком состоянии? Рожала Шкафина дома, Рябов привел мрачную суровую акушерку. Слава богу, никаких осложнений не случилось, и на свет появился мальчик. Спустя примерно неделю любовник принес метрику. Матерью там именовалась Шкафина, в графе отец стоял прочерк.

— Вот здорово, — обиделась Алина. — Ты отказываешься от сына?

— Я же умер, — усмехнулся Анатолий, — покойник не может стать отцом.

Глава 31

Когда малышу исполнилось девять месяцев, Рябов сказал любовнице:

— Мой сын викх и должен воспитываться в правильных традициях. Сегодня отвезешь ребенка Корделии. Не вздумай спорить.

Шкафина и не собиралась возражать. Материнские чувства у нее так и не проснулись. Долгие месяцы токсикоза она с нетерпением ждала, когда ее живот наконец станет самостоятельным и уляжется отдельно от нее в кроватку. Алина, не имевшая ни младших братьев и сестер, ни подруг с детьми, наивно полагала, что младенцы целыми днями тихо спят, просыпаются лишь два-три раза в сутки, чтобы поесть и сменить подгузники. Как же она ошибалась! Сын орал сутки напролет, пачкал пеленки, постоянно требовал внимания. Толя злился, приказывал любовнице:

— Займись ребенком, мне надо картины писать, хочу за книгу сесть. Шум мешает.

— Сам его качай, — один раз взорвалась Шкафина, — у меня сил нет! Мальчик наш общий.

Удивительное дело, но после ее вопля Рябов минут десять тряс малыша, потом внезапно вспомнил про какое-то дело и удрал. С тех пор он стал убегать из квартиры на сутки. Где любовник ходил, что делал, Алина понятия не имела. Шкафиной самой хотелось сбежать из дома и более в него не возвращаться. Но парень никогда не забывал тщательно запереть железную дверь. Когда младенцу исполнилось девять месяцев, Алина почти сошла с ума от его воплей, бессонницы и отсутствия хоть каких-либо положительных эмоций. Ей хотелось просто пройтись по улице одной. Зайти в магазин. Купить что-нибудь. Она чувствовала себя как в тюрьме. В тот момент, когда существование показалось ей совсем невыносимым, Анатолий объявил, что Алина с сыном отправляются жить к Корделии и Татьяне.

Рябов проводил ее до входа в метро, там стояла машина, за рулем сидела тетка парня. Задняя дверца захлопнулась. Алина уехала в новую жизнь. Анатолий не сказал ей ни одного ласкового слова, не пообещал приезжать, давать денег. Он просто не оглядываясь ушел — и Алина поняла: ей надо бежать. Анатолий оставил ее в живых, потому что она сначала вынашивала, а потом кормила наследного принца страны викхов. Скоро мальчик окончательно откажется от груди. Какая судьба тогда ждет Алину? Она слишком многое знает о Рябове. А тот, кому многое известно, как правило, долго не живет.

Шкафину заколотил озноб, и тут раскричался мальчик.

— Котик, — засюсюкала Корделия. — Чем он не доволен?

— Описался, — буркнула мать.

— Поменяй ему памперс, — велела тетка.

— Не пользуюсь ими, — парировала Алина.

— Не стоит верить дурам, которые утверждают, что бумажные непромокаемые штанишки создают парниковый эффект, который вредит здоровью малыша, — менторски заявила Корделия, — в девятнадцатом веке многие считали, что электрический свет вызывает со временем слепоту. А те, кто ввернул дома лампочки и выкинул свечи, через пару лет лишатся зрения и...

— Я не такая идиотка, — перебила Корделию Алина, — просто денег нет. Памперсы дорогие.

Тетка притормозила.

— Не поняла.

— Не знаете, что такое безденежье? — фыркнула любовница Анатолия. — Лично я с ним отлично лажу, оно мое давнее увлечение, с рождения без копейки в кармане. Толя мальчику только самое необходимое покупал. У ребенка всего две пары ползунков. Одни он утром уделал, я их прополоскала, не высохли пока, в пакете едут. А вторые он сейчас обмочил, ну и пусть так катит. У вас же дома есть батареи? Я на них его штаны брошу, и ладно. Все руки в волдырях от вечной стирки.

Корделия проехала вперед, остановилась у торгового центра и со словами: «Сиди тут, я скоро вернусь» вышла из машины.

Алина испытала приступ восторга. Вот он, ее шанс! Сейчас противная баба потопает в магазин, а она удерет. Корделия сделала несколько шагов и вернулась. Пассажирка чуть не зарыдала: ну нет же! Жаба передумала.

Тетка открыла заднюю дверь, схватила сумку Алины и велела:

— Снимай ботинки.

— Зачем? — не сообразила Шкафина.

— Стаскивай, — повторила Корделия, — давай их сюда.

Ничего не понимая, Алина подчинилась.

Бросив обувь и ридикюль пассажирки в багажник, владелица автомобиля взяла малыша и, сказав: «Если решила убежать, то не вышло», удалилась.

Корделия была так уверена, что в холодный, дождливый день, лишившись кроссовок, всего необходимого, что находилось в сумке, и сына в придачу, ее спутница никуда не денется, что не заблокировала дверь машины. Но Алина мечтала удрать, малыш для нее являлся обузой, без денег она провела всю жизнь и простудиться не боялась. Не веря своему счастью, Шкафина выскочила из иномарки и, не разбирая дороги, в одних носках побежала по лужам как можно дальше от стоянки.

Рассказчица начала кашлять. Я подозвала официантку, заказала еще кофе и пирожных, потом спросила:

— И куда же вы направились?

Шкафина выпила воды.

— По дороге мне попалась поликлиника, там лежали бесплатные бахилы, я натянула сразу несколько пар. Потом спустилась в метро, попросила контролера пустить меня без денег, соврала ей, что покупала туфли, свои сняла, начала мерить новые, решила в них пройтись перед зеркалом, а когда к диванчику вернулась, то сумка и кроссовки пропали. Новую обувь без оплаты никто мне не дал, иду босиком. Показала ей, что под бахилами только носки. Дежурная разахалась и разрешила пройти. Я села на перроне на скамеечку, высмотрела среди пассажиров приятную, дорого одетую женщину, рассказала ей ту же историю про кражу, она мне дала тысячу рублей и уехала. Через пару часов я набрала у людей денег, купила себе кроссовки, самый дешевый мобильник с симкой и позвонила Вере. Номер ее я хорошо помнила, он очень простой был. Конечно, Галкина его сменить могла, но нет! Она сначала не поверила, что это я, но когда услышала про свою родинку на заднице в таком месте, куда чужим не заглянуть, зашептала:

— Езжай на Курский вокзал, я примчусь через сорок минут.

И не обманула, привезла рюкзак с вещами, деньги, дала ключи от квартиры, в которой вы меня сегодня нашли, объяснила:

— Наша домработница давно пытается сдать однушку, она ее сыну по наследству досталась. Но никто не хочет туда въезжать, низкий первый этаж, ремонта сто лет не делали, мебель развалюха, соседи уроды, от метро далеко, маршрутка туда не ходит. Анна прямо от счастья зашлась, когда услышала, что моя подруга ищет дешевое пристанище.

Я заикнулась, что мне платить нечем, она отмахнулась:

— Я отдала ей денег за полгода вперед. Что с тобой случилось? Выглядишь плохо. Когда в последний раз ела? Пошли, чаю попьем.

Мы сели на вокзале в кафешке, я ей наплела про то, что с мужиком жила, тот женат, обещал развестись, но так и не порушил брак. Остался с супругой, а меня сегодня из квартиры, которую он для наших встреч снимал, выгнал. Идти некуда, работы нет, до сих пор я жила на средства любовника.

Вера молча выслушала меня, потом сказала:

— Нельзя от мужика зависеть. Когда-то давно ты мне рассказала, что хотела маникюршей стать. У меня есть подруга, ей муж СПА-салон в качестве свадебного подарка преподнес. Попрошу Лизу, она тебя ученицей возьмет.

Алина взяла из рук официантки латте.

— Представляете? То, о чем я с детства мечтала, осуществилось благодаря Вере. Я год жила в грязной дыре за счет Галкиной, она тогда уже замуж вышла. Мастером я стала, клиенты появились богатые, чаевые щедрые получаю. Работаю безотказно. Если попросят на дом в пять утра приехать, ать-два, никогда не опоздаю. Велят в полночь в аэропорт прискакать, чтобы сломанный ноготь починить? За милую душу. Я давно перешла в лучший московский салон «Альтосенсо», он в самом центре находится. Мастера там потрясающие. Клиенты как на подбор, интеллигентные, при деньгах, к мастерам относятся с уважением. У меня одна дама руки делает, ее муж владелец крупной стройфирмы. И я вот уже несколько лет, как имею свою однушку в пяти километрах от МКАДа. Мне там намного больше нравится, чем на Садовом кольце. Квадратные метры мне по низкой цене достались. И машинка есть, в кредит взяла, плачу потихоньку. И замуж вот-вот выйду за отличного мужчину, у него небольшая типография. Понимаете теперь, почему я в ящик спряталась? Что было бы, если б полиция меня около мертвой нашла? Начнут вопросы задавать. Откуда знаете Веру? Почему сюда приехали? Что мне отвечать?

Собеседница опустила глаза.

— И живу я под другой фамилией. Шафина я теперь. А на самом деле Шкафина. Буквы «к» нет. И тут мне Вера помогла. У нее кто-то был в полиции.

Алина вытерла руки салфеткой.

— Мы с Верой не часто общались, но иногда созванивались. Редко. Галкина не хотела, чтобы дома знали о том, что мы отношения поддерживаем.

— Почему? — удивилась я.

Глава 32

Шкафина провела ладонью по скатерти.

— Из-за того, что тот дурак в окно шагнул, мне много плохого пережить пришлось. Когда в свою собственную однушку въехала, долго думала над тем, что со мной произошло. Чего-то в том зелье, которое Толя выпить всем в последний раз дал, неправильное было. Мы его глотали при каждой встрече, но никогда ни у кого ни сонливости, ни безумия не наблюдалось. Вера хихикать начинала, я стриптиз исполняла, Гриша песни пел. Вроде как слегка опьяневшие, но всем было весело, забавно и в постели кайфово. И вообще в тот день все не так, как обычно, шло. Уже рассказывала вам, но повторю более подробно. Я Толе позвонила, сказала:

— Ничего сегодня не получится, Гришка заболел.

Рябов ответил:

— Знаю, он мне сказал. Я все устроил. Прикатывай. Я позвал приятеля. Тебе он понравится. И Вере тоже.

Я сначала отказалась. Толя засмеялся:

— Гришка в курсе, я предупредил его. Он только «за». Не глупи. Зачем удовольствия лишаться? Если Леша тебе не по вкусу придется, ты просто уйдешь.

Уговорил он меня. Это первая странность. Иногда у нас вечеринки срывались, редко, но бывало. Рябов, когда прокол случается, бубнил:

— Нет так нет.

И вешал трубку. А тут начал меня активно уламывать. Сразу я внимания на его необычное поведение не обратила, а зря. Приехала последней. Леша и Толик на кухне сидели, чай пили, Вера в кровати спала. Я удивилась.

— Она дрыхнет!

Толя ответил:

— Сейчас проснется. Мы ей сдуру кофе с коньяком налили, не знали, что ее унесет.

Я в ванную пошла, помылась, халатик надела. У нас все очень красиво было: свечи, полумрак, хорошо пахло. Выпили микстуру, которую Толя дал, легли. Я Веру пинаю, она храпит. Хотела Рябову сказать, что не интересно с Галкиной-то. Да не успела. Анатолий вдруг воскликнул, что кто-то в дверь ломится. Алексей к окну кинулся с воплем: «Они пришли». Когда он вниз прыгнул, у меня в голове словно вентилятор включился: у-у-у-у. Дальше все урывками помню.

Мы с Верусей, когда она ко мне на вокзал примчалась, стали тот день по минутам разбирать, Галкина меня выслушала и объяснила:

— Я приехала первая. Понятия не имела, что Гриша не придет. Толя ни словом о его болезни не обмолвился. Рябов просил меня прибыть в шесть вечера. Вошла в квартиру, он там один, говорит:

— Остальные в семь привалят.

Я удивилась:

— Зачем меня раньше позвал?

Толя заулыбался.

— Чтобы нам вдвоем побыть.

После секса он ей кофе прямо в кровать принес. Веруська напилась и... задрыхла.

Мне Анатолий очень нравился, Гришка на его фоне во всем проигрывал. А Верка по Рябову просто умирала. Сохла. И они казались мне счастливой парой. Да только, когда мы с ней начали роковой день обсуждать, я не стала говорить, что Толя напел про свою любовь ко мне. Не хотела Галкиной больно делать. Я ей вообще ничего про нашу жизнь на кладбище и про то, что я с Анатолием жила, не сказала. Мне помощь требовалась, я боялась, что Вера, узнав правду, сразу уйдет. А вот она была откровенной, призналась, что Анатолий с ней, как с кошкой, обращался. Нужно ему что-нибудь, деньги, например, или продукты, квартиру убрать, он Галкину зовет. Не требуется ничего? К телефону не подходит. В любви Рябов ей не признавался, подарков не дарил, даже с днем рождения не поздравлял, в кафе не водил. Только сексом с ней занимался. Как к проститутке относился, хотя нет, им за любовь платить надо, а Толик неохотно кошелек открывал. Оказывается, все для наших вечеринок: свечи, духи — Верка приносила. Она мне пожаловалась, что если они были только вдвоем в постели, то когда вылезали, у Рябова выражение на лице появлялось типа «ну, когда ты свалишь, дура?». Впрочем, это случалось и во время веселья вчетвером. Гришка после секса улыбался, нам с Верой разные ласковые слова говорил, а Рябов уйдет на кухню, затаится, лицом к окну встанет, услышит, что ты вошла, обернется... Прямо на лбу у него было написано: «Гости, валите отсюда, надоели». Анатолий Веру никогда в день нашего общего сбора заранее одну не звал. И вдруг! Попросил любовницу раньше прикатить, кофе ей в постель приволок. Знаете, что я подумала?

Алина отодвинула пустой бокал на край стола.

— Рябов все заранее спланировал. Верку чемто усыпил, она не видела, как я пришла. И как Алексей появился, тоже не заметила. Ее милиция разбудила. Окно было открыто, никого нет, который час, непонятно, голова словно ватой обложена... Хорошо хоть она догадалась матери позвонить, та вмиг примчалась, мужиков в форме отогнала, доченьку в клинику поместила. Веру потом следователь вызвал, спрашивал: «Вы были с Рябовым одни?» Она честно ответила: «Да». И началось! Хорошо, мать у нее не мямля да с деньгами, адвоката наняла, все благополучно окончилось. Почему Галкина не растрепала, что нас с Гришей ждала? Так не хотела признаваться, чем увлекается. Мать рядом сидела, как при ней про групповуху сказать? Кроме того, она искренне думала, что мы не приехали. Верка вообще вначале полагала, что это она столкнула Толю, просто не помнит, как это проделала.

Шкафина взяла со стола коробочку с зубочистками и начала выкладывать по одной на скатерть.

— Вот сколько странностей в тот день было. Раз. Вместо Гриши Толя позвал Алексея, который был на него похож, как брат родной. Два. Меня уговаривал приехать. Три. Веру до вечеринки позвал. Четыре. Кофе ей в койку припер. Сложила я все вместе, вспомнила про письмо от тетки, где про Юлию Файкинасину сказано, и сообразила: Рябов маньяк. Юлия не первая его жертва, с ней у гада что-то не так пошло, похоже, родители правду узнали, поняли, кто дочь убил. Но они еще те сволочи оказались. В отделение не побежали, денег с Корделии потребовали. Вот Рябов и придумал, как шантажистов отогнать: надо мертвым прикинуться. Уж не знаю, сам сообразил или ему тетя подсказала.

Алина улыбнулась.

— Корделия предусмотрительная бабенка. Малыша забрала, обувь-сумку в багажнике заперла, решила: никуда мать без ребенка не удерет. Не учла она, что мне младенец не нужен и я не испугаюсь босиком и без денег уйти. Я тогда четко поняла: жить мне осталось недолго, им нужна Алина, пока она бутылка с молоком. Исполнится визгуну год, и что со мной сделают? Если вспомнить, что я письмо ее прочитала, про Рябова много чего выяснила, то не уйти мне живой. Закопают на кладбище около избушки. Почему Толя меня сразу не отправил на тот свет? Отчего с собой увез? Так ясно. Психу, который себя государем викхов несуществующих объявил, принц требовался. И кто ему родит? Вера? Так у нее мать есть, богатая. Она всех ментов на уши поставит, найдет дочку, Рябова под замок отправят, никакая Корделия ему не поможет. Я лучше всех на роль матери подходила. Сирота, близких вообще нет, здоровая, аккуратная, тихая. Внешне симпатичная. Вот и очутилась в избе.

Шкафина замолчала.

— Вы так и не открыли Вере правду? — осведомилась я.

Алина замялась.

— Сразу нет. Но когда в квартиру заселилась, неделю выйти боялась. Веруня ко мне приехала, давай ахать: «Еды нет, почему в магазин не сбегала?» Я разрыдалась: «Боюсь, что Корделия меня увидит, вдруг мы с ней случайно столкнемся». Вера начала расспрашивать, и тогда я во всем призналась. Подумала, сейчас она меня на улицу выпрет, и правильно сделает. Но Галкина меня поцеловала: «Дурочка, я давно Анатолия забыла, мерзавец он!»

— Зачем вам Вера сегодня звонила? — поинтересовалась я.

— Она очень напугана была, — пояснила Алина, — попросила: «Зая, прямо сейчас кати туда, где сама когда-то жила. Адрес вслух не называй, вдруг меня прослушивают. Машину у дома не ставь. Привези свой парик, в котором ты в инстаграме снята. Только скорей. Я попала в ужасную историю. Узнала страшные вещи. Убить меня хотят. Поторопись. Подробности при встрече».

Разве я могла ей отказать? Веруське, которая мне на помощь кинулась, когда я не знала, куда идти, что делать? Я подхватилась и рванула. Сами знаете, как дальше события развивались.

У меня звякнул телефон. Прилетело эсэмэс от Степана, я быстро написала ответ и спросила Алину:

— Так и живете с паспортом, который вам Вера где-то раздобыла?

Алина кивнула.

— Вы в начале разговора сказали, что замуж собрались? — улыбнулась я.

Собеседница смутилась.

— Да. В первый раз. После Толи я долго от всех мужчин шарахалась. Потом Сережу встретила.

— И как собираетесь расписаться? — спросила я. — В загсе вас тщательно проверят, выяснят, что госпожи Шафиной не существует. Скандал получится. Или вы жениху правду рассказали?

— Нет, — испугалась Алина, — никогда. Объяснила, что состояла в связи с мужчиной неофициально. Про ребенка и остальное молчок. Сережа знает, что я давно в Москву приехала, домработницей устроилась, потом на мастера ногтевого дизайна выучилась. Вот такая версия.

— Что делать станете, если жениху в загсе сообщат: «Не можем ваш брак оформить, у невесты паспорт фальшивый»? — спросила я.

— Не знаю, — растерялась Алина.

— Рано или поздно выяснится, что вы не под своей фамилией живете, — нажимала я на одну и ту же педаль. — Сергей очень расстроится, что невеста ему солгала, будет думать: что она мне еще не сообщила?

— Если я расскажу про Анатолия, групповуху, Сережа вмиг сбежит! — воскликнула моя собеседница.

Я вздохнула.

— Поэтому вам и нужен нормальный паспорт. Не хотите о грехах молодости откровенничать? И не надо, просто исключите возможность того, чтобы вас обвинили в использовании липового удостоверения личности. Сергей знает вашу фамилию?

— Конечно, — буркнула Алина, — Шафина. И как ему объяснить, что я стала вдруг Шкафина?

— Паспорт он видел? — продолжала я.
— Нет.

— Вот и славно, — обрадовалась я, — когда в загс пойдете, жених, конечно, удивится. Вы ему спокойно скажете: «В школе меня вечно дразнили, называли шкафом. Вот я и стала людям представляться Шафиной, стесняюсь фамилии, что в паспорте указана. Сейчас твою возьму, от своей наконец-то избавлюсь».

Я замолчала. В голове вдруг возник вопрос: почему Шкафина мне выложила про себя всю правду? Она говорила до предела откровенно. Наверное, очень испугалась, увидев тело Веры, тряслась в ящике под диваном. Кое-кто на фоне сильного стресса становится излишне болтлив.

Алина вдруг расхохоталась.

— Что смешного? — не поняла я.

Собеседница замахала руками.

— Просто анекдот получается. Жениха моего зовут Сергей Ильич Табуреткин. Была я Шкафина, стану Табуреткиной. Мебель сменила. И кто мне паспорт на настоящую фамилию выдаст?

— Есть человек, — улыбнулась я, — Степан Дмитриев, он поможет. Но только при условии, что от вас правду узнает.

Глава 33

На следующий день в районе четырех часов мы со Степаном и Вадимом Капраловым сидели в нашем офисе, где беседовали с парнем в джинсах и ярко-синем пуловере.

— Ну, Дима? Привез ее? — спросил Капралов.

— Никак нет, — ответил подчиненный.
— Почему? — нахмурился Вадим.
— Квартира заперта, — отрапортовал юноша, — на лестнице две тетки стояли. Они к Ярыге записались, одна первый раз, вторая, Анна Семеновна, постоянная клиентка. Я дверь тряс, звонил, никого. И тут явилась консьержка Тамара Николаевна и объяснила, что ведьма в доме летом поселилась. Апартаменты принадлежат Полине Огибаловой, та живет в башне напротив. У Тамары Николаевны есть телефон владелицы. Я позвонил, примчалась Полина, на вид ей лет пятнадцать, оказалось двадцать, получила жилье в наследство от бабушки. О Ярыге ничего рассказать не может, договор они не подписывали, владелица жилья не хочет налоги платить. Ярыга ей денежки в конверте давала. Огибалова открыла апартаменты, все ее шмотки были на месте. Что у ведьмы имелось, Полина не знает, но в комнатах ничего постороннего не обнаружено. Тамара Николаевна сообщила: вчера утром к Ярыге приехала женщина, после ее ухода ведьма пошла в кафе, затем села в машину, куда-то съездила и вернулась домой. Спустя пару часов опять завела свой автомобиль, положила в багажник несколько спортивных сумок и уехала. Постоянную клиентку ведьмы, Анну Семеновну, я с собой привез, она хочет вас попросить срочно ей Ярыгу найти.

— Сами заинтересованы побеседовать с колдуньей, — буркнул Вадим. — Дима, у нас времени нет. Зачем тетку приволок?

— Вы ее послушайте, — не дрогнул парень.

Степан хотел тоже что-то сказать, но не успел. Дверь открылась, появилась худенькая востроносая женщина в роскошной шубе, с очень дорогой сумкой в руках.

— Ясно, почему в приемной меня держите, — забыв поздороваться, завела она. — Думаете, денег у меня нет? Пришла бесплатно помощь клянчить? Мальчик! Скажи, какая у меня машина?

— «Роллс-Ройс», — ответил Дима.

— Цвет сидений назови и ручек! — потребовала дама.

— Белая кожа, желтый металл, — провозгласил парень.

— Дурачок, — усмехнулась посетительница, — это золото. Машина дороже, чем у арабских шейхов. Знаете, кто у меня муж?

— Нет, — хором отозвались все.

— Ковров! — громко объявила гостья. — Тот самый!

Степа открыл айпад, а Вадим восхитился:

— О-о-о! Ну раз тот самый! Сейчас кофе организую.

— Анна Семеновна, садитесь, — предложила я.

— Дерьма не пью, — отрезала дама, — а ваш напиток определенно пакость. Печенье из железной коробки и конфеты «Мишка», соевую мерзость, не ем. Кофейком я в Милане наслаждаюсь. Вы Ярыгу мне найдите. За любые деньги. Сколько ваш день стоит? Два-три миллиона в рублях? Если двадцать оставлю, зашевелитесь?

У меня тихо пискнул телефон, я скосила глаза на мобильный, который лежал на столе. Увидела сообщение от Степана. «Информация из поисковика. Ковров Андрей. Бизнесмен. В прошлом подозревался в связи с ОПГ, не судим. Состояние двадцать пять миллиардов долларов. Скупил пол-Нью-Йорка. Жена — Анна, владелица сети гостиниц. Дочь Мария — хозяйка пяти торговых центров в Лондоне, Париже, Милане, Москве, Монако. Крепкий брак. Никаких семейных скандалов».

— Деньги нам пока не нужны, — спокойно сказал Степан. — Если хотите, чтобы мы отыскали православную ведьму, вам придется ответить на несколько вопросов.

— Начинайте, — велела Коврова.

— Давно знакомы с Ярыгой? — спросил Дмитриев.

— Год, — ответила Анна, — Маша заболела, наша дочь. Много месяцев водили ее по разным спецам. Россия, Европа, Америка... Везде разное говорили: рассеянный склероз, эпилепсия, болезнь Паркинсона... чего только мы не слышали. Лекарства девочка глотала, уколы делала. Безрезультатно все. Признаюсь, я духом пала, что мне не свойственно, не знала, куда броситься, тает ребенок на глазах, похудела, осунулась. У меня есть управляющая Нина, служит в доме десять лет. Пришла в поместье на роль чистильщицы ботинок, через пару лет моей личной камеристкой стала. Идеальна во всех отношениях, слова лишнего не скажет. Сама, естественно, никогда первой разговор ни с кем из семьи или друзей наших не заведет. А тут вдруг подходит.

— Простите, Анна Семеновна, никогда бы не осмелилась... Но очень Машу люблю. Вот вам телефон Ярыги, она многих спасла.

Анна обвела нас взглядом.

— Утопающий за паутинку хватается. Поехали мы к ведьме, та час Машулю вертела и заявила: «Порча сделана из зависти». Описала женщину, которая ее навела, сказала: «В комнате Марии вижу книжный шкаф с резными дверцами, на них медальоны из слоновой кости. Аккуратно отковырните левый, под ним найдете пакетик для чая, внутри не заварка. Земля с могилы самоубийцы. Наденьте резиновые перчатки на Машу, пусть она, только сама, без чьей-либо помощи, возьмет мешочек, бросит в пустой резиновый пузырь для льда, хорошенько закроет да мне привезет». И представляете? Нашли мы все. Сразу ясно стало, только свои могли такое устроить. Ведьма же дрянь увидела и четко описала ту, которая болезнь навела: управляющая наша. Она пару раз увеличения зарплаты просила, но отказ получала. И так мешок денег имеет, зарываться не стоит. Каждому труду своя цена. Вот и отомстила она нам. Муж хотел мерзавку в полицию сдать. Но Ярыга запретила, нельзя, чтобы сволочь злилась. Ее ярость мужа из тюрьмы достанет, нет для потока зла решеток. Мерзавку мы просто рассчитали. Еще ведьма велела Маше не трогать кефир, дочь его очень любит, всегда пару чашек в кровати на ночь пила. Делать нечего, перестала. И главное! Я купила у православной колдуньи картину, которая сделана из мощей ста святых.

Степан крякнул, но ничего не сказал, Коврова продолжала:

— Мы верующая семья. На Пасху всегда повариха яйца красит, куличи печет, у нас икона есть, забыла, как называется, там пожилой мужчина нарисован. Знаем, бывают чудеса. Так и получилось! Полотно повесили над Машиной кроватью, кефир выбросили, и дочь спустя неделю стала прежней. Чудо!

Нину я по-царски наградила. Сделала из камеристок управляющей, она теперь имеет право с нами по воскресеньям за одним столом чай пить. Купила бабе квартиру. Плачу за ее сына, он посещает древнерусский православный центр «Ярило».

— Если все так отлично устроилось, зачем вам сейчас Ярыга понадобилась? — поинтересовался Вадим.

— Полотно через шесть месяцев теряет силу, — объяснила Анна, — Маша это чувствует, у девочки начинает голова болеть, слабость появляется. Я еду к колдунье, покупаю новый пейзаж, и Машенька опять бодра-весела. Вчера договорилась с ведьмой, что явлюсь сегодня утром на рассвете, как встану. Где-то в час дня. Приехала. А у нее заперто! Не открывает. Мобильный отключен. Найдите Ярыгу! За любые деньги.

— Хорошо, — согласился Степан, — начинаем. Нужно поговорить с вашей управляющей.

— С Ниной? — уточнила Анна.

— С той, которая вам посоветовала к Ярыге обратиться, — уточнил мой муж.

Анна вынула из сумки айфон последней модели, но с корпусом из желтого металла.

— Василий, немедленно доставить по адресу, где я сейчас нахожусь, Нину. За десять минут. Что значит пробки? Меня не интересует состояние движения. Уволен.

Коврова опять потыкала пальцем в экран.

— Леонид! Василий уволен. Возьмите Нину и немедля прибывайте по адресу, который вам отправлен. Десять минут. Ни секундой больше. Хорошо.

Коврова вернула трубку на место.

— Где взять хорошую прислугу? Получает пятьдесят тысяч в месяц, а кривляется: «Не успею!»

— Пятьдесят тысяч долларов? — уточнил Вадим.

Анна рассмеялась.

— Браво! Чудесная шутка. Уже говорила, что каждый труд имеет свою цену. Оклад в рублях. Условия роскошные. Смена с семи утра до полуночи. Два выходных в месяц. Пятьдесят тысяч. И он не может за десять минут из поселка на Новой Риге приехать? Подчас у лакеев головокружение от больших заработков появляется, гонор лезет, начинают считать себя незаменимыми. Нет! Незаменим лишь рулон бумаги в общественном сортире, когда посрать приспичило. Прислуга не эксклюзив!

Глава 34

Следующую неделю мы со Степаном и Вадимом работали без отдыха и к понедельнику чувствовали себя строителями египетской пирамиды, которые таскали на себе громадные камни. Мы поговорили с разными людьми, сложили из крохотных кусочков большую мозаику.

Во вторник в кабинете Степана собрались Римма Галкина, Татьяна и Корделия Рябовы, Вадим Капралов, Степан, я. Последней явилась Галина Воробьева и вмиг продемонстрировала недовольство.

— Не собираюсь сидеть в одной комнате с той, чье имя не желаю произносить!

Римма отвернулась к окну, но ничего не ответила.

— Сядьте, пожалуйста, — вежливо, но твердо попросил Степан.

— Она убила моего сына! — воскликнула Воробьева, развернулась и двинулась к двери.

— Если хотите на самом деле выяснить, почему погиб Николай, вам лучше остаться, — сказала я.

Галина притормозила, потом молча села в противоположном от Галкиной углу.

— Вера умерла, — вдруг сказала Римма.

— Не сочувствую, — отрезала Воробьева.

— Нельзя так жестко, — сделала ей замечание Татьяна, — у меня сын Толечка погиб. Между прочим, в его смерти подозревали Веру, но я сейчас от всей души говорю: Римма Олеговна, мне жаль вашу дочь, никто не заслуживает преждевременной кончины.

Галкина вынула носовой платок и прижала его к глазам.

— Спасибо.

— Кажется, все в сборе, — отметил Степан, — можно начинать.

Я отвела глаза в сторону. У нас спрятано несколько роялей в кустах, однако основным действующим лицам не следует пока о них знать.

— Вспомним историю смерти Анатолия Рябова, — произнес Дмитриев. — У следствия сразу возникла версия: Вера Галкина, напившись в хлам, вытолкнула из окна своего любовника. Но экспертиза установила: Рябов прыгнул сам, он находился под воздействием какого-то вещества, определить которое не смогли, нечто растительное. И это же вещество было найдено в крови Веры, мирно спящей в момент появления в квартире оперативников. Римма Олеговна, полагаю, вы здорово осерчали на дочь, которая влипла в ужасную историю.

— Нет, — возразила Галкина, — я испугалась за нее. Девочка учится в мединституте, она из интеллигентной семьи, и вдруг! Затевает роман с неподходящим парнем, наркоманом!

— Эй, эй, поосторожней, — возмутилась Корделия, — Толя был прекрасный человек. Никаких наркотиков. Мальчик художник, писатель. Был.

Степан щелкнул пультом, на стене вспыхнул ярким светом экран.

— Перед вами одна картина Рябова.

Галина прищурилась.

— Дурновкусие. Таким ранее у метро торговали.

— Мой сын рожден великим, — дрожащим голосом заявила Татьяна, — он создавал мозаичные полотна, писал фантастические романы о стране викхов.

— Нельзя сказать, что Анатолий родил новый жанр, — заметил Капралов, — страну викхов нафантазировал Степан Михайлович, его прадед. И он же показал мальчику, как делать картины из человеческих костей. Благо расходного материала у старика было море. Рябов служил смотрителем кладбища в Солкове.

— Какая гадость, — поморщилась Галина. — Фу! Он рылся в могилах?! От мертвецов можно заразиться всякой дрянью. Это я вам как врач говорю.

— Ты рентгенолог, — уточнила Римма, — только в снимках соображаешь, в остальном нет.

— Скажите пожалуйста! — скорчила гримасу Воробьева. — А ты мошенница. Бабам на морды всякое дерьмо мажешь и уверяешь их, что они прекрасными станут.

— Я владею клиникой «Опёс», — гордо возразила мать Веры, — у меня там много врачей и разных услуг. А тебя из темного кабинета давно выперли за профнепригодность. Я училась в медвузе, имею прекрасное базовое медицинское образование.

— Ха! — выкрикнула Галина. — Кое-кто страдает старческой деменцией и напрочь забыл, что мы сидели вместе на лекциях.

Я решила остановить ссору.

— Уважаемые Галина и Римма, мы понимаем, что вы, некогда подруги, после смерти Николая стали врагами. Но заройте на время топор войны. Веру отравили, Николая тоже. Неужели вам не хочется узнать, кто отнял у вас детей?

Галкина всхлипнула.

— Простите. Я молчала, терпела, но она продолжала до меня докапываться. Вот я и не сдержалась.

Воробьева поджала губы.

— Тяжело при виде матери невестки, которая моего сына в могилу свела, сохранять светскую улыбку.

— Вернемся в тот год, когда Анатолий упал с балкона, — предложил Степан. — Тяжелое время для тогда еще самых близких подруг, и в моральном, и материальном плане. У Риммы умер муж. Вера учится в институте, дочь ничего не зарабатывает, только тратит, сидит на шее у матери. Стоит пожалеть Римму, ей приходилось оплачивать квартиру, одевать-обувать-кормить великовозрастного ребенка, и самой надо прилично выглядеть. Когда случилась беда с Рябовым, старшая Галкина бросилась за кредитом. Думаю, ей понадобились деньги на адвоката.

— Стоп, — удивился Вадим, — в рассказе есть несостыковки. У Риммы Олеговны лечебное учреждение, связанное с индустрией красоты. Там высокие цены. Ты не прав, говоря о небольшом доходе владелицы успешного бизнеса.

Я восхитилась Капраловым. Вчера мы с ним и Степой написали сценарий сегодняшней беседы, старательно распределили роли. Во мне жило беспокойство. Чтобы задуманное получилось, нам нельзя фальшивить. За мужа у меня страха не было, у Степана отличные артистические задатки. Я сама не очень талантливая лицедейка, но у меня и текста мало. А вот как справится с задачей Вадим? Но сейчас мне стало понятно, что в Капралове пропал актер. Его удивление выглядит естественно.

— У Риммы клиника, — повторил тем временем следователь, — Галкина обеспеченная дама.

— Называется центр красиво, а, по сути, там в подвале несколько кабинетов, — улыбнулся Степа, — в одном массажист Игорь, в другом владелица, которая в основном красит брови-ресницы да пытается лечить прыщи редких посетителей. Медучреждение есть, но дохода от него нет. Когда Веру нашли в квартире Рябова, ее мать вынуждена была брать кредит. Ведь так?

Степа повернулся к Римме.

— Ни один бизнес не принес сразу прибыли владельцу, — отбрила его она, — да, я испытывала трудности. Что в этом удивительного? Люблю свою девочку, хотела ее из беды выручить, поэтому решила оформить кредит. Но это не понадобилось. Дочь признали невиновной.

— Понятно, — кивнул Вадим.

— У Галины на первый взгляд дела шли лучше. Мужа тоже нет, он ушел из семьи. Алименты, когда Коле стукнуло восемнадцать, платить перестал. Но у нее есть сожитель при положении, деньгах. Да не все просто, похоже, он не помогает любовнице материально.

— Нет, — бурно запротестовала Галина, — Леонид прекрасный человек!

— Тогда почему у вас в те годы кредит на кредите? — спросил Степа. — В одном банке берете, в другой отдаете? Суммы не очень большие, крупных покупок вы не делаете, но вам трудно отдать даже пустяк. И понятно, почему вы постоянно были в финансовой яме. Зарплата крошечная. Многих врачей, хирургов, анестезиологов, дантистов, гинекологов больные благодарят конвертиками. Но доктор, который в темном кабинете снимки описывает, как правило, бакшиша не имеет. Николай учится, он пока не работает. Вы содержите парня и, наверное, еще кормите любовника.

— Нет, — разозлилась Галина, — то есть да! Леня не мог давать мне денег, он собирал на детективное агентство, открыл его через пару лет после того, как Коля и Вера поженились. Однако бедность не позор, позор — лень, нежелание работать. Если у тебя нет денег, потому что ты копишь на открытие своего дела, то это не нищета, а временные трудности. А я собирала сумму, чтобы открыть небольшую кондитерскую, всего на четыре столика. Несколько сотрудников, чай-кофе-пирожки-пирожные-торты. Малое предпринимательство. А большего мне не надо. Не желаю лечь костьми, зарабатывая бешеные миллионы. Меня вполне устраивает небольшой доход, который позволяет поехать отдохнуть в Италию, спокойно жить, не отказывая себе в хороших продуктах и мелких радостях. Театр, Консерватория, выставки, книги, вкусные обеды, путешествия по Европе — все это у меня есть.

— К чему тут разбор наших финансов? — покраснела Римма. — И откуда вы узнали о моем намерении взять кредит?

— Просто отмечаем, что в тот год, когда Веру пытались обвинить в смерти Рябова, обе подруги были бедны, как церковные мыши, — спокойно объяснил мой муж, проигнорировав вопрос о займе. — Наверное, вас не обрадовало желание Коли и Веры сыграть свадьбу?

Глава 35

— Нет, нет, лично я пришла в восторг, — слишком энергично зачастила Римма. — Хотя это было неожиданно. Коля и Верочка дружили с детства. Я рассчитывала, что их свяжет чувство, не хотелось абы какого зятя. И вот! Получилось, как мечталось! Свадьбу играли скромную, только для своих.

— Я тоже обрадовалась, — неожиданно поддакнула Галина, — понимала, что Вера избалована, ничего делать не умеет, но она лучше, чем ушлая девица из провинции, которая живо свои порядки установит, Николашу скрутит, заставит его пахать без устали, добывать средства на шубу супруге.

— Молодые поселились у вас? — спросила я. — Или у Риммы?

— Нет, — улыбнулась Воробьева, — они хотели самостоятельности, жили в квартире сына. Коленька сказал: «Мужчина обязан сам содержать семью». Я не спорила. Конечно, они ко мне часто приходили, ели пироги.

— Да, да, — закивала Римма, — у нас чудесные отношения. Были.

Я вздохнула.

— В этом кабинете каждый день бывают разные люди. Многие из них безостановочно жалуются на взрослых детей, которые невнимательны к родителям, не помогают им, в сорок лет ведут себя как капризные малыши, отнимают у стариков пенсии, квартиры. У вас не так дело обстояло?

— Нет, — хором ответили женщины и на разные голоса начали расхваливать Веру и Николая.

Некоторое время мы молча слушали поющих в унисон дам, потом Вадим остановил их.

— У нас есть свидетель, к сожалению, он застрял в пробке, но скоро явится. Так вот, этот человек утверждает, что ситуация, мягко говоря, не такова, как вы сейчас ее описываете. Понимаю, о мертвых говорят либо хорошо, либо ничего, но нам нужна правда. Галина, почему вы разошлись с мужем?

— Не совпали характерами, — прозвучало в ответ.

— Неприятный развод был, — поморщился Степан, — несколько судебных заседаний. Ваш супруг забрал себе почти все. Вы пытались отсудить часть апартаментов, где жили совместно, но жилье-то было куплено бывшим до свадьбы, оно не делилось. Вам пришлось вернуться в собственную крохотную однушку. Неудобно в такой обитать с сыном-подростком. Плохо бывший супруг с вами обошелся, он отлично зарабатывает, мог бы вам что-то оставить.

— А я его понимаю, — возразил Вадим, — поймать жену с любовником в супружеской постели?! Мало кто из нас способен простить такое. Мужики собственники: что мое, то мое. И большинство брезгливо. Я не надену чужие трусы, лучше с голым задом пойду. А супруга, которая выделывает кульбиты в койке не пойми с кем, приравнивается к чужому исподнему. Мое поэтическое сравнение хорошо объясняет позицию парней в отношении прелюбодеек. Развод прогремел, когда Коле исполнилось четырнадцать. Вскоре после крушения брака отец отправил подростка на Мальту, паренек там школу окончил, в семнадцать он вернулся, отец сыну купил двушку. Так?

— Да, — согласилась Галя, — я не изменяла Вадиму. У меня... э... произошла встреча... Муж один виноват, он лишь о гастролях думал, улетал, я месяцами его не видела. Он со мной фактически порвал. Вот так!

— Вы живете на юге Москвы, Коля на севере, — продолжал Капралов. — Почему мальчик не попросил жилье рядом с любимой мамой? Ему же до вас долго ехать.

— Мы на тот отрезок времени были люди бедные, зависимые, — пробормотала Галина, — что Вадим с барского плеча кинул, то и носили. У моего бывшего спрашивайте, почему он Николаше там квартиру купил. Думаю, хотел мне нагадить, чтобы сын реже со мной виделся.

Степан взял пульт, на экране возник документ.

— Зачитываю часть опроса в суде свидетеля Николая Воробьева, четырнадцати лет. Судья: «Вы подтверждаете факт прелюбодеяния гражданки Воробьевой?» Николай: «Да». Судья: «При каких обстоятельствах вы стали свидетелем факта прелюбодеяния?» Николай: «Мать мужика в отсутствие папы постоянно приводила. Я уходил на тренировку в семь вечера, возвращался в одиннадцать. Дверь открою, воняет чужим одеколоном, в ванной полотенце папино мокрое висит, а отец в командировке. Ежу понятно, что происходит. Но я проверить решил! Сказал матери: «Ушел на спортзанятия», а сам за домом затаился. Через минут десять машина приехала, мужик вышел из нее и в подъезд. Я как почуял: это он! Посмотрел на окна. Опаньки! Свет в спальне зажегся, на кухне погас. Выждал немного, тихонько поднялся... они меня не заметили. Заняты очень были. Я вечером отцу в гостиницу позвонил. Он на следующий день прилетел. Когда я в секцию ушел, он в квартиру поднялся...»

Степан поморщился.

— Реакция матери, которая только на суде поняла, кто ее сдал, была неистовой. Она подростка при всех в зале прокляла, заорала: «Не смей к моему дому ближе чем на километр приближаться. Живи, где хочешь! Доносчик!» Отец мальчика на Мальту отправил, затем отдельное жилье ему купил. Галина Николаевна, вы разорвали отношения с сыном. Навсегда. Не помогали ему ничем, вообще не общались. Свадьбу сыну не устраивали. Не было после того случая матери в жизни юноши.

Воробьева стала пунцовой.

— Нет, нет! Это неправда.

Вадим показал на экран.

— Документ суда. Слова: «Чтоб ты сдох под забором. Не приходи ко мне, когда заживо гнить начнешь от болезней, не посмотрю в твою сторону. Проклинаю мерзавца». Они запротоколированы. Даже судья опешил и изрек: «Не всякая мать решится такое произнести. Страшная речь. Жаль, что я услышал ее».

Галина слегка сбавила тон.

— Николай поступил опрометчиво, не стоило ему влезать в отношения между мужем и мною. Да, мы поссорились, признаю. Но когда Коля вернулся из Мальты в Москву, мы примирились.

— Нет, — отрезал Степан, — наш источник утверждает: Галина Николаевна отвергла все попытки сына восстановить мир. Юноша повзрослел, пожалел о своем поступке, приехал к матери домой, пытался просить у нее прощения. Мамаша выгнала парня вон, швырнула ему вслед букет, который он принес, и материлась, вопила:

— Не желаю тебя ... знать! Зачем ты приперся? Я счастлива с Леонидом! Ты и этот мой союз разбить решил? Доноситель и подлец!

На лице Воробьевой появилось изумление.

— Ну... Просто я понервничала, потом спохватилась, позвонила сыну, мы в конце концов наладили контакт.

— Нет, — возразил Вадим, — не было такого. Неправда. Кстати, наш информатор объяснил, почему Вера и Коля поженились. Они и правда с детства дружили. Когда Николаша оказался на Мальте, они с Верой переписывались, затем он вернулся в Москву, стал жить один, Вера к приятелю часто прибегала. Не спали ребята вместе. Вера говорила: «Это все равно что с родным братом койку делить. В нашем с Николашей случае инцестом попахивает».

— Да кто он, этот ваш всезнающий доносчик? — не выдержала Галина.

Степан демонстративно посмотрел на часы.

— Скоро приедет, тащится по пробкам. Очень близкий молодым людям человек. Он историю Веры в деталях изложил. Когда ее стали подозревать в убийстве Анатолия, Римма Олеговна ни на секунду не усомнилась в том, что дочь виновата, сурово сказала ей:

— Это ты сбросила парня с балкона. Делать нечего, придется нанимать адвоката, тебя отмажут. Мне скандал не нужен, я пытаюсь клинику раскрутить. У врача должна быть кристальная репутация. Дочь-убийца на корню подорвет мой бизнес. Кредит возьму.

Не из любви к дочери старшая Галкина на заем разориться хотела. Кроме того, Римма Олеговна из солидарности с Галей, лучшей подругой, запретила Николаю посещать ее дом, сказала ему:

— Нет желания у меня общаться с тем, кто мать родную предал.

Через день после смерти Анатолия Римме удалось заполучить в свою лечебницу съемочную группу телепрограммы «Красота». Галкина унеслась в свой центр, пообещала Вере: «Вернусь не раньше одиннадцати вечера». Девушка обрадовалась, звякнула Коле:

— Приезжай, есть вкусная еда.

Николаша, вечно не имевший денег, примчался поужинать. Они сели на кухне, выпили вина. Коля спросил:

— Чего там у Рябова произошло? Мне-то честно расскажи.

И Веру прорвало. Она откровенно поведала обо всем, о занятиях групповым сексом, о том, как любила Толю, как заснула, выпив настойки...

Коля был единственным лучшим другом девушки, она ему полностью доверяла, устала от бесконечных скандалов, которые ей закатывала мать, считая Веру убийцей. Ну и пара бокалов вина окончательно развязала девице язык.

Выслушав ее исповедь, Коля, как мог, успокоил Веру и уехал, а она легла спать. Прошло короткое время, экспертиза признала дочь Галкиной невиновной в смерти Рябова. На следующий день после того, как дело закрыли, мать вошла в спальню Веры с небольшим чемоданом и объявила:

— Можешь взять столько вещей, сколько сюда влезет.

Вера заморгала.

— Каких вещей?

— Своих, — прозвучало в ответ.

Девушка пребывала в недоумении.

— Зачем?

— Пошла вон из моего дома, — заорала Римма, — шлюха! Любительница группового секса! Что глаза, как жаба, выпучила? В тот день, когда ты с Колькой откровенничала, я домой намного раньше вернулась, телевидение не приехало! Вошла в холл, слышу: ты громко Воробьеву докладываешь, как с Анатолием и еще с одной парой кувыркалась. Очень хотелось тебя за волосы схватить и мордой о стену приложить. Моя дочь проститутка! Да еще пустила в мою квартиру Кольку-предателя. Еле удержалась, понимала, если наподдам тебе, еще не дай бог скандал случится. Нет! Надо было подождать, пока тебя юрист отмажет. Но теперь, когда все закончилось, не желаю дрянь подзаборную видеть! Ты меня непременно опозоришь! Моя клиника...

Степан умолк.

— Нет смысла приводить всю речь целиком, — добавил Вадим, — важен результат: Веру изгнали из дома за то, что она распутница и может разрушить репутацию матери, которая зубами вытягивает из болота свой бизнес. Куда пошла девушка? К Николаю. Они стали жить вместе. Как друзья. Интимных отношений у них никогда не было. Да они их и не хотели. Вера была ошарашена смертью Толи. А у Коли, который в подростковом возрасте стал свидетелем прелюбодеяния матери, в голове прочно укоренилась уверенность: бабы сволочи. Как ни старайся, приноси ей денег, шубы, букеты, конфеты, рано или поздно уедешь в командировку, а в супружеской постели появится заместитель. Николай даже не смотрел на женщин, они казались ему грязными. Все, кроме Веры, которую Воробьев считал сестрой.

Они жили трудно, денег получали мало, потом Николай увидел по телевизору сериал, где один из героев занимался нелегальной доставкой в Америку экзотических зверей, и вдохновился этой идеей.

Решив создать свое дело, люди, как правило, тщательно просчитывают риски, имеют стартовый капитал. Коля же не имел ни копейки и поступил просто. Он опубликовал в бесплатной газете объявление: «Привезу любое животное откуда хотите» и стал ждать клиентов. Не поверите, но ему сразу позвонили. За первой обезьянкой Вера с Колей отправились вдвоем. Если рассказывать, как они везли мартышку, получится целый роман. Приключений молодые люди наелись по самые уши, но авантюра в конце концов завершилась благополучно.

Время шло, они превратились в опытных профессионалов, обзавелись нужными связями, как в России, так и за рубежом, и могли теперь раздобыть заказчику кого угодно, хоть бегемота-альбиноса. Появились постоянные клиенты, богатые люди, которые заводили в своих поместьях зоопарки. Коля и Вера безостановочно летали по миру, например, покупали в Африке редкую змею, доставляли ее во Владивосток... Они давно оформили брак, потому что семейная пара вызывала больше доверия, но по-прежнему жили как брат с сестрой. У них появились деньги. Чтобы народ не гадал, откуда у них такие средства, супруги основали легальный бизнес, небольшую ветеринарную клинику. Правда, там больные собаки-кошки оказывались редко, но это хозяев не расстраивало. Доход приносила торговля из-под полы экзотическими тварями. Доставщики имели дело только с проверенными заказчиками или с теми, кого те рекомендовали. С матерями ни Вера, ни Коля не общались. Свадьбу они не играли, просто тихо расписались и стали носить кольца.

Глава 36

— Это просто бред, — возмутилась Галина.

— Покажите наконец своего вруна, — взвилась Римма.

— Мы прекрасные матери, — закричала Воробьева, — все ложь наглая.

— Да, дорогая, — подхватила Галкина, — нас кто-то намеренно оклеветал. Хочу посмотреть этой дряни в глаза!

Степан демонстративно покосился на часы.

— Сейчас приедет. Давайте пока отвлечемся от Веры с Колей и обратим свой взор на Рябова. Есть еще один информатор, и он поведал немало интересного о жизни Анатолия. Сейчас расскажу, что мы узнали о нем.

По мере того как мой муж озвучивал историю Алины Шкафиной, лицо Корделии меняло цвет с розового на бордовый.

— Что он наплел? — прошептала Татьяна, когда Степан замолчал. — Корди? Это не может быть правдой.

— Беспардонная ложь, — отрезала сестра, — закон о клевете, кстати, никто не отменял.

— Источник, который рассказал правду про Рябова, уже тут, — громко оповестил Вадим. — Входите, пожалуйста.

Дверь в комнату медленно открылась, Татьяна, Корделия, Галина и Римма вытянули шеи...

— Алина! — подпрыгнула Корделия.

— Я, — подтвердила Шкафина.

Возникла пауза, старшая Рябова, похоже, растерялась. Первой, как ни странно, опомнилась Таня, она бросилась к девушке.

— Скажи, Толечка жив?

Алина показала пальцем на Корделию.

— Когда эта у меня младенца забирала, ваш псих очень даже хорошо себя чувствовал. Он всё картинки из человеческих костей складывал. На весь мозг ушибленный, но телом, как конь. Всё вам сказали правильно: из окна вывалился Алексей.

Таня опустилась перед Шкафиной на пол и зашептала:

— Мой сынок... я так плакала... хотела за ним уйти... не ела, не пила... горевала... потом Корди мальчика принесла... сказала... это ребенок Толечки... от девушки, которая умерла! Я ради крошки жить решила. Корди, Корди, Корди... почему правду мне не рассказала? Я до сих пор по Толеньке убиваюсь. И как он мог... Толечка... Маме ни разу не позвонил... почему... почему... почему?

Степан поднял ее.

— Татьяна, вы очень эмоциональны, по-детски радуетесь и горюете. Обожаете сына безмерно, не способны его оценить правильно. Ваш сын...

— Самый лучший на свете, — закричала Татьяна. — Где он?

Степан усадил ее в кресло и подал ей стакан воды. Вадим продолжил:

— Корделия, в отличие от сестры, хорошо понимала: их дед, Степан Михайлович, сумасшедший. Душевно здоровому человеку навряд ли придет в голову вскрывать могилы и делать картины-мозаики из останков покойников. Степан Рябов обладал невероятной нездоровой фантазией, писал романы о странных существах викхах. Мы нашли в сети книги прадеда Анатолия. В советское время Рябов был популярен в самиздате, а в перестройку его романы издали по-настоящему, особого успеха они не снискали, но у пращура Рябовых появился свой, пусть и небольшой отряд фанатов. Некоторые люди поверили в викхов, приезжали на погост, считали, что там в одной из могил есть вход в мир волшебства. И никто из почитателей не поинтересовался, кто литератор по образованию, почему он вдруг стал могильщиком? А мы раскопали биографию прадеда. Его родители Михаил и Ксения были, как тогда говорили, малопоместными помещиками, жена, естественно, не работала. Из их семи детей выжил только Степан. Он воспитывался дома, после кончины папеньки, который умер в сумасшедшем доме, юноша унаследовал его архив. Барин баловался писательством, сочинял повести о ведьме Ярыге, домовых, о викхах, которые имели малый рост и странную, нечеловеческую внешность. Понимаете, откуда ноги растут?

Мой муж щелкнул пультом.

— Внимание на экран. Перед вами литературный журнал «Новая жизнь», издание существовало с тысяча восемьсот семьдесят третьего и скончалось в начале двадцатых годов прошлого века. В журнале в разное время было опубликовано десять повестей Михаила о викхах. Нынче журналы хранятся в Ленинской библиотеке, они оцифрованы, их может прочитать любой желающий. Но никто творчеством Михаила не интересовался. А вот романы Степана, которые издали малым тиражом, постепенно раскупили. Только произведения могильщика плагиат, они почти калька мало кому известных творений Михаила, Степан поправил лишь некоторые детали. Кем был прадедушка Анатолия? Он учился на биофаке, одно время занимался растениями, служил в Ботаническом саду, но потом его уволили. Причина лишения работы? Несколько его коллег сильно отравились, попали в реанимацию, благо что выжили. Они рассказали, что решили вместе с Рябовым отправиться в мир викхов. Он напоил всех каким-то зельем, пообещал, что сейчас откроется вход в параллельную реальность... В результате все очутились в больнице. Рябова задержали, признали его психически нездоровым, лечили в клинике, потом отпустили. Понятное дело, что из Ботанического сада его уволили. После того как прадеда Анатолия признали неспособным жить среди нормальных людей, он устроился на кладбище и состоял в сторожах много лет. Никто на должность охранника-могильщика на закрытом погосте не претендовал. Неизвестно как Степану Михайловичу удалось стать собственником маленького деревянного дома. Жил он тихо. В психиатрическую лечебницу никогда более не попадал. Правда, у него был привод в милицию. На него поступила жалоба от заведующего отделом Ботанического сада. Ученый муж сообщил, что Рябов, состоящий на учете в психдиспансере, приехал по месту прежней службы, выкопал там пару кустов и увез их. От Степана Михайловича потребовали объяснений, он кратко заявил:

— Врет. Сам украл, кому-то продал, а на меня сваливает.

Понимаете, как занятому по горло следователю хотелось разбираться с похитителем растений? Заявление, которое надлежащим образом зарегистрировали, ушло в архив с пометкой «пропавшее не имеет ценности». Несмотря на статус психиатрического больного, Рябов благополучно женился, у него родился сын Михаил. Очень тихий, с виду скромный мужчина, постоянно менял работу, более полугода нигде не задерживался. Потом случился скандал. Одна из коллег Михаила обвинила мужика в домогательствах, рассказала, что «скромняга» устраивает безумные вечеринки, где все ходят голыми и творят свальный грех. Но мент, которому поручили разобраться с этой жалобой, не нашел подтверждения компрометирующей информации. Обвинительница приложила к бумаге длинный список участников оргии, на которую ее обманом затащил Михаил. Но когда людей стали опрашивать, все в один голос заявили:

— Полная чушь и ложь.

А жена Михаила отрезала:

— Мой супруг — интеллигентный человек. Баба, которая его оболгала, некоторое время пыталась соблазнить его, да не вышло. Вот она и решила отомстить.

У Михаила родились две дочери. Таня выросла излишне эмоциональной, не безумной, но с большими странностями. Корделия, похоже, удалась в мать, единственную трезвомыслящую личность в семье. Старшая девушка не имела ни мужа, ни детей. А у Тани родился Толя. Ну и каких он имел родственников? Прадед мальчика лечился в психиатрической клинике, жил потом на кладбище, писал книги про викхов, считал себя их государем. Михаил, дедушка паренька, не имел клейма «сумасшедший», но обожал специфические вечеринки, напоминавшие пиры, которые закатывал римский император Калигула, известный как отпетый развратник. Таня, мать Анатолия, была с левой резьбой. Если еще вспомнить прапрадеда безумца Михаила, умершего в психушке, то станет ясно: к сожалению, мальчик получил семейное безумие, которое расцвело пышным цветом из-за тесного общения в детстве и отрочестве с прадедушкой, он забил голову ребенка сказками про викхов, сообщил ему, что Толя наследный принц. Таня обожала сына, выполняла все его прихоти, считала, что Толечка всегда прав, прадедушка говорил ему: «Ты принц, станешь государем». Слова «нет» пацан никогда не слышал, трудиться его не приучили, стоически переносить неприятности он не мог. При осмотре кладбища стало понятно, что Степан Михайлович разводил на погосте кусты, они и сейчас там растут. Есть предположение, что заявление начальника отдела о краже растений чистая правда. Степан Михайлович много лет назад унес из Ботанического сада нечто вечнозеленое. Растение прижилось, но выродилось, из него прадед варил свое зелье, научил Анатолия готовить отвар. Именно этим снадобьем Рябов отравил нескольких женщин, останки которых мы нашли на кладбище. Парень выбирал...

— Где мой мальчик? — перебила Таня. — Хочу его обнять.

Вадим тяжело вздохнул.

— Татьяна Михайловна, ваш сын серьезно болен, он помещен в клинику. Я с ним долго беседовал. Очень трудно понять, где в его словах правда, а где вымысел. Анатолий сообщил, что регулярно шаманил для себя снадобье из ветвей и листьев никому не известного кустарника, потом через проход в могиле перемещался в государство викхов, которым правил... Насчет зелья правда. В крови Анатолия нашли невероятный «букет», мы сравнили его анализы с данными исследований, которые сделали Вере в больнице в тот день, когда ее обнаружили спящей в квартире Рябова. Стало понятно, что «сироп», который пили любители группового секса, — зелье Степана Михайловича. Я спросил у Толи:

— Почему одни люди умирали от напитка, а другие многократно принимали его, и ничего?

— Ягодки каракат, — ответил парень, — если их добавить в чай восторга, то заснешь надолго, на несколько сотен лет. Я никого не убивал, я их спасал, давал напиток, зарывал женщин в землю, чтобы сохранить их. Через века они очнутся.

Уж не знаю, прикидывался ли он, потому что понял, что серийному убийце могут дать пожизненный срок. Или на самом деле у Толи крыша окончательно уехала. Корделия Михайловна, вы же умный человек, понимаете: мы всё знаем. Может, ответите на наши вопросы?

Татьяна закивала.

— Да, Корди, да! Пожалуйста!

Сестра ее сложила руки на груди.

— Я не сделала ничего плохого. Просто спасала мальчика. Да, понимала, племянник не совсем обычен, но не предполагала, до какой степени. Дед наш был тихий человек, про отравление сотрудников Ботанического сада я от вас сейчас впервые услышала. Мама ничего такого не рассказывала. Прадед обожал Толика, забирал его к себе на лето. Нас не смущало, что его изба на кладбище стояла, погост давно не работал. Просто деревня, чистый воздух, лес, Москва неподалеку. Степан Михайлович, хоть и был очень стар, никогда не выглядел сумасшедшим, речь была разумная, поведение тоже. Все эти россказни про викхов я воспринимала как фантазию писателя, не более того. И когда Толик про них заговорил, я не насторожилась, даже обрадовалась: мальчик с прадедушкой дружит, у них общие интересы. Кто же знал, во что это выльется?

Корделия прикрыла глаза рукой.

— Алина меня чудовищем выставила, но я не такая. Просто жизнь меня в угол загнала. И, поверьте, я долго не понимала, что поведение племянника — болезнь. Считала, что в мать он, очень нервный, даже истеричный, неразумный. А в деда хмурый, с буйной фантазией. Ну избалован безмерно, ну захотел жить один, без матери и тети. Так уже взрослый, хочет самостоятельности. А потом...

Глава 37

Корделия начала говорить, и на сей раз она не лгала, как в тот день, когда я приехала в древнерусскую гимназию.

То, что племянник болен, она выяснила неожиданно. Как-то вечером в дом Рябовых заявилась семейная пара, Полина и Юрий Файкинасины. По счастью, Татьяна куда-то ушла, Корделия одна выслушала пришедших, а те рассказали жуткую историю. Их дочь Юля поехала к подруге на день рождения и пропала. Родители не сразу заметили, что девушка не вернулась. Полина и Юра любят выпить. Через неделю, а может, две, они сообразили, что дочери нет, позвонили ее лучшей подруге, та ответила:

— Днюха моя в январе была, а сейчас июль. Юлька парня завела, кто он такой, не знаю, с ним она.

Файкинасины успокоились и забыли думать о дочке. Заняты были другим. И детей у них шестеро, обо всех не побеспокоишься. Потом Юля вернулась. Но в каком виде! Худая, постаревшая, с нервным тиком. Девушка легла в кровать, ей было так плохо, что родители живо протрезвели. Юля рассказала им, что в метро познакомилась с симпатичным парнем Толей Рябовым. Тот привел ее в свою квартиру, где они весело провели месяц. Юля не отличалась высокой нравственностью и благоразумием, противозачаточные она не пила и быстро забеременела. Поняв, что произошло, девушка потребовала от парня денег на аборт. Анатолий же неожиданно обрадовался, сказал, что хочет ребенка и прямо сейчас повезет Юлю к родителям, которые благословят их брак.

Файкинасина решила, что поймала за хвост птицу счастья. Рябов обеспечен, имеет свою квартиру, в кошельке у него шуршат деньги. И вообще большинство ее подружек просто спит с парнями, а Юлю замуж позвали. То-то все обзавидуются! Мечтая о белом платье, кукле на капоте и зубовном скрежете подружек, Юлия отправилась с Толей куда-то за город.

Действительность оказалась совсем не радужной. Анатолий запер любовницу в грязной избе, сам он, правда, тоже там поселился. Парень оказался психом. С самым серьезным видом рассказывал, что является государем викхов, а его сын станет принцем, которого воспитают мать и тетка. Еще сумасшедший делал мозаику из человеческих костей. Один раз Юлия ухитрилась сбежать, но далеко не ушла, Рябов ее нагнал, вернул и тихо сказал:

— Еще раз рыпнешься, закопаю.

Девушка перепугалась насмерть и больше попыток сбежать не делала.

В конце концов Юлия родила ребенка, он был жив, кричал. Анатолий взял младенца, с разочарованием воскликнул: «Девка» и куда-то ее унес.

Вернулся парень с пустыми руками, сказал:

— Недоносок умер. Проваливай.

Юля не поверила своим ушам.

— Уходить? Куда?

— Насрать, в каком направлении учухаешь, — ответил Рябов, — давай, живо!

Девушка только что родила, но когда она поняла, что свободна, откуда ни возьмись появились силы. Юля выбежала из избы, долго плутала, потом добралась до шоссе, там ей попалась сердобольная тетка на «Жигулях».

— Анатолий меня похитил, держал в плену, это тянет на срок, — объяснила Юля родителям, — идите к его тетке. Зовут ее Корделия Рябова. Он о ней постоянно говорил, живет она на улице Бельского, дом четыре. Адрес он тоже упоминал, рассказывал, что там во дворе детская площадка со сказочными фигурами. Квартиру сами найдете, Корделия — редкое имя. Пусть деньги заплатит за мое молчание, иначе в отделение побегу, расскажу правду. Посадят ее племянника-психа на всю жизнь.

Алкоголики обрадовались возможности получить нехилую сумму и явились к Корделии. Та вмиг собралась, отправилась к Юлии, поговорила с ней, поняла, что дело плохо, девчонка не врет, и заплатила шантажистам.

Файкинасины быстро пропили-прогуляли барыш и вновь прилетели за мздой. Но на сей раз они потребовали большую сумму, потому что Юлия умерла. Оказывается, у роженицы остался кусок последа, началось заражение крови, несчастную не спасли. Родителей допрашивали, но те бойко сказали:

— Ничего не знаем, спросите соседей, шалава почти год где-то шлялась, вернулась домой больной. Младенца мы не видели. Что с ним, понятия не имеем. Не знали даже, что она кого-то на свет произвела.

На том все и закончилось.

А вот Корделии Юрий заявил:

— Плати, иначе скажем, кто дочери ребенка сделал и новорожденную убил.

Корделия снова раскошелилась, но потом не сдержалась, помчалась к племяннику и закатила ему скандал.

— Тетечка, почему ты мне сразу не сказала, что скоты за деньгами приперли? — ласково осведомился парень.

— Думала, что получат куш и успокоятся, — призналась Корделия.

Толя погладил ее по голове.

— Следовало мне сообщить.

— А что ты сделать можешь? — взвилась Корделия. — Сиди молча! Не смей более с девками спать без презерватива. Зачем только я сюда приехала? На что надеялась?

— Хочешь, я вымогателей из окна выкину? — с милой улыбкой предложил Толя.

— Господи, нет! — пришла в ужас тетка. — Дай честное слово, что не тронешь Файкинасиных. Тебя поймают, посадят.

— Обещаю, — кивнул Толя.

Через месяц племянник позвонил Корделии.

— Тетечка, не переживай, алкаши больше не появятся.

Та чуть не упала в обморок.

— Боже! Нет! Что ты сделал?

— Я умер, тетечка, — весело сказал Анатолий, — из окна выпал. Сейчас уж небось там опера. Приезжай по-быстрому на Курский вокзал, поговорить надо.

Корделия примчалась на встречу еле живая.

Анатолий спокойно ей объяснил:

— В моей квартире спит Верка Галкина. Из окна выпал Леша. Девка продрыхнет долго, когда проснется, скажет, что в комнате нас только двое было. Сейчас объясню, что тебе делать надо.

Корделия, приоткрыв рот, слушала племянника. Она давно поняла, что Анатолий нездоров на самом деле.

Старшая Рябова замолчала.

— И вы просто отпустили его уехать? — уточнила я.

— А что делать? — понуро осведомилась Корделия. — Отдать мальчика на растерзание ментам? Его посадят. Я подумала, что Толику не самая плохая идея в голову пришла. Пусть отсидится в деревне. Покажу Файкинасиным свидетельство о его смерти, они отстанут. Все равно тот парень, Алексей, мертв. Юлия тоже на том свете... Алкоголики скоро сопьются. Все уладится, устаканится. И тогда я подумаю, как Анатолию новые документы выправить.

— Ты чудовище, — заплакала Таня.

— Я мальчика от тюрьмы спасла, — зашипела сестра, — скажи мне спасибо. Откуда у тебя внук взялся? Кто его тебе принес?

— В тот день, беседуя с Анатолием на вокзале, вы не заметили Алину? — спросила я. — Она была с Рябовым.

— Мы сидели на скамейке в зале ожидания, — объяснила Корделия, — я по сторонам не смотрела. Народу вокруг было полно. На соседних лавках сидели, спали. Может, там и была какая-то девушка. У меня от Толиной затеи стресс случился. Он раз в месяц на автобусе к конечной станции метро подкатывал. Я ему давала денег на житье, сумку с продуктами, мы пили кофе на бензоколонке. И ни разу! Ни разу он не упомянул, что стал отцом. А потом! Ведро ледяной воды на голову! «Тетя, они мне надоели! Мальчишка вопит! Воняет! Забери его с бабой. Воспитывай до двадцати лет, я потом принца в государство викхов отправлю! А пока мать с ним повозится. Ты же писала мне, что она о внуке мечтает. Вам только мальчик нужен. Вот и получите его». Еле-еле от него членораздельного рассказа о том, что случилось, добилась и ужаснулась! Потом успокоилась, подумала: Танюша с ума сходит, таблетки глотает. Привезу домой девушку и малыша, объясню, что это ребеночек Толи. Таня живо им заниматься станет, утешится. Я сестру больше всех на свете люблю. Для меня семья святое. Толин ребенок просто счастье. Я и его мать хотела принять, да она удрала.

— Врет! — отрезала Алина. — Если ты думала меня к себе пригласить, почему обувь отняла? Сумку? Ребенка? И в письме-то по-иному было написано: «От тебя нужен ребенок». Может, не такими словами, но смысл верен.

— Ты себя со стороны не видела, — вздохнула Корделия, — вид был безумный. Ради твоей безопасности я на такие меры решилась. А послание ты неправильно поняла.

— Сколько картин в месяц Анатолий давал вам на продажу? — вдруг спросил Степан.

Корделия подняла брови.

— Вы о чем?

Я улыбнулась.

— Корделия Михайловна! Мы всё знаем.

— Наш информатор еще не подъехал, — подхватил Вадим, — но он сообщил правду о бизнесе, благодаря которому синдикат Рявога прекрасно живет.

— Что такое Рявога? — поразилась Корделия. — Впервые это название слышу.

— Ох, простите, — спохватился Вадим, — глупая полицейская привычка давать преступникам клички. Ну, вроде «Московский душитель» или «Битцевский ужас». Рявога мы сами придумали. Действительно, откуда бы вам знать! Рявога — это...

— Рябова — Воробьева — Галкина, — договорила я, — фирма безболезненного отъема денег у той части населения, которая, несмотря на стойкое материальное благополучие, отличается глупостью, верит в православную ведьму Ярыгу и готова платить бешеные суммы за картины из человеческих костей, снимающие порчу.

— Например, как госпожа Коврова, жена миллиардера, — включился в разговор Степан, — забавно! Она наняла нас, чтобы мы отыскали Ярыгу. Та неожиданно съехала из арендованной квартиры.

— Анна Семеновна зря волнуется, — влезла я со своим замечанием, — православная колдунья ее не бросит. Сочные денежные окорока на дороге не валяются. Ведьма не сегодня завтра свяжется с Ковровой. Правда, Римма Олеговна?

Глава 38

— При чем тут я? — начала бурно возмущаться мать Веры. — Что за намеки?

Степан цокнул языком.

— Римма Олеговна, вы с Галиной Николаевной молодцы. Старательно изображали перед нами подруг, которых смерть Николая превратила во врагов. Ей-богу, не знай я правды, непременно поверил бы вам. Убедительно злились друг на друга, нападали. Всего один раз прокололись. В милой беседе настал момент, когда вас на самом деле возмутили наши слова и Галина в пылу воскликнула: «Да, дорогая, нас кто-то ужасно оболгал». Эта фраза больше подходит тем, кто любит вместе посидеть за чашечкой капучино, чем смертельным врагам. Но, повторяю, всего один неточный пируэт. Давайте перестанем лукавить и скажем честно: Римма, Галина и Корделия решили организовать прибыльный бизнес. Кому первой эта мысль в голову пришла? Ну же, дамы, начинайте.

Корделия показала пальцем на Римму:

— Ей.

— Убери руку, — взвилась Галкина.

— Девочки, не ссорьтесь, — ухмыльнулся Вадим, — уважайте труд уборщика-следователя, не разбрасывайте повсюду дерьмо. Шутка. Хотя иногда мой кабинет напоминает выгребную яму.

— В нашем офисе тоже это подчас случается, — добавил Степан. — Римма Олеговна, вы слышали, как Вера рассказала Николаю всю правду про себя, и пришли в негодование. Девушка из приличной семьи, и такое! Групповой секс! А вы с трудом пытаетесь раскрутить клинику. Конкуренция на рынке косметологии огромная — чтобы заполучить клиента, необходимо предложить ему эксклюзивные услуги, приобрести аппараты, которых у других нет, нанять врачей, способных проводить эксклюзивные процедуры. Но у вас не хватает денег. Лечебница крохотная, балансирует на грани пропасти, легкий пинок отправит вас в бездну. Если затеется следствие, а потом судебный процесс, то информация о том, что ваша дочь выбросила из окна парня, непременно распространится по знакомым. Мир услуг косметологии велик, но и мал одновременно. У вас нет денег на масштабную рекламу, клиентов вы пока ищете среди приятелей. Теперь сложим все вместе: крохотное помещение, персонала почти нет, дочь убийца... Капец вам! И деньгам тоже. Вложились в свое дело, вы прибыли не получили, в кармане дыра, а еще придется мерзкой подлой девчонке, которая думает исключительно о том, как переспать с кем-нибудь, адвоката нанимать. Защитники — алчные акулы, берут заоблачные гонорары, пользуются тем, что люди в беде и без адвокатов им не обойтись. Можно найти кого подешевле, но толку от неумехи будет ноль. Чтобы вырвать Веру из когтистых лап следствия, нужен опытный человек, обладающий связями. И, скорей всего, он шепнет матери на ухо: «Проблема решится как вы хотите, только давайте конверт». И озвучит цифру. Немалую! Небось вы, Римма Олеговна, сначала впали в истерику, но вы дама умная, поэтому решили поехать к матери Рябова и предложить ей взятку за то, что она не устроит скандал, когда дело закроют. Ведь так?

— Ага, — по-детски произнесла Корделия. — Не знаю, какие мысли в голове у Риммы вертелись. Я в те дни чуть с ума не сошла. Мы с Таней неделю назад открыли нашу гимназию, и нате! Получите! Сын основательницы учебного заведения выброшен из окна любовницей! Вы тут рассуждали, как для врача, который кожу на лице натягивает, репутация важна. Не спорю. Правильно. Теперь подумайте о наших с Танечкой добрых именах. Я-то знала, что Толя жив. Очень обрадовалась, когда Римма приехала с предложением заплатить за наше молчание, она сказала: «У меня есть ближайшая подруга, мы как сестры, всю жизнь вместе рука об руку. Галина живет с человеком, который может уладить дело миром. А вы с Татьяной получите компенсацию за прикушенные языки, если не помчитесь к прокурору с жалобой на прекращение дела».

— Она согласилась! — воскликнула Римма.

— Ты взяла деньги за смерть Толечки? — ахнула Таня. — Корди! Это ужасно.

Корделия махнула рукой.

— Прекрати. Или ты не поняла: я знала, что Толя жив. Носом чуяла: ох, принесет он нам еще бед! И не ошиблась. Сумма, которую Римма предложила, невелика оказалась, но Галкина честно объяснила: больше у нее нет. Я ей поверила, сказала: можно отдавать частями. Она заплакала, мне так жалко ее стало.

Римма открыла сумку, вынула оттуда упаковку бумажных платков.

— Корди мне чаю налила, утешать принялась, сказала: «Ваша дочь не самый плохой подарок. Она просто глупостей наделала, беда, когда психика у отпрыска кривая». И так мы хорошо с ней поговорили, по-доброму...

Корделия улыбнулась.

— Иногда понимаешь: ты на одной волне с человеком. Не взяла я у нее денег.

— Не взяла, — эхом подтвердила Римма, — сказала: «Некрасиво вас грабить. Выводите Веру из-под удара, мы с Таней шума не поднимем». Я возразила: «Вам деньги нужны». Она согласилась: «Конечно, но у вас их нет. Давайте я прорекламирую вашу клинику. Среди родителей учеников есть очень обеспеченные женщины». Я обрадовалась, пообещала Корделии расхвалить их с сестрой гимназию среди моих знакомых...

— Мы стали друг у друга пиар-агентами служить, — перебила ее Корделия, — потом озаботились, как заработать. И вот постепенно придумали... Не сразу, но план оформился. Галина ведет в интернете сайт православной ведьмы Ярыги. Очень хорошо у нее это получается, прямо отлично. Клиентов хватает, в основном это не особо обеспеченные люди, одноразовые, так сказать, посетители. Но есть и постоянные. В роли самой колдуньи...

Римма подняла руку.

— Я. Ничего дурного не делаю, людей не пугаю, всем говорю только хорошее, обещаю исполнение их желаний, веду на сеансах психотерапевтическую работу, читаю лекции о психологии семейной жизни, внушаю: надо находить компромисс, любить жену-мужа, свекровь-тещу, не баловать детей и так далее. Никого пассами не лечу, я врач, поэтому верю в скальпель, таблетки, а не в размахивание руками над больным. Если понимаю, что у клиента проблема со здоровьем, советую ему немедля бежать к доктору. Коли вижу проблемы по косметологии, вручаю телефон своей клиники со словами: «Звоните, там вам помогут. Скажете, что от меня, вам сделают десятипроцентную скидку». Никогда не обманываю. Да, я снимаю порчу, венец безбрачия и прочее. Ни на секунду не верю в существование всех этих глупостей, но клиенты-то уверены, что завести семью им мешает не собственная стеснительность, глупость, чрезмерная требовательность к кандидатам в женихи-невесты, а пресловутый венец безбрачия. И я его ликвидирую. Клиент освобождается от страха, и все у него налаживается. Ну в чем меня можно упрекнуть?

— Во многом, — ответил Вадим. — Да хоть в обмане Ковровой. Она у вас покупает картины, которые якобы прогоняют напасти, неудачу и все плохое. Точную цифру, которую вы берете за «произведения искусства», я не знаю, но из уст Анны Семеновны один раз как-то прозвучала заоблачная цифра в двести тысяч долларов.

— Да ей такие деньги тьфу! — ажитировалась Римма. — Муж сидит на непуганых миллиардах, жена от того, что никаких жизненных трудностей не имеет, выдумывает себе всякие страхи. Не способна курица радоваться своей роскошной жизни. Охота бабе, чтобы ее жалели! А не за что! Вот и льется из нее чушь про порчу, сглаз, депрессию. Купит нашу живопись и некоторое время пребывает в нормальном состоянии. Потом опять бесы ей мозг выклевывать начинают, снова к Ярыге рулит, а та помогает. Где дурное? Если бы мы бедному человеку полотно втюхали, а он ради его приобретения квартиру продал и теперь на улице живет — то это подло. Коврова же денег не считает.

— Я ее утешаю, — перебила Галина, — она платит деньги, которые за расход не считает. У нас другие обеспеченные покупатели картины берут. Все в восторге! Как только пейзаж дома в укромном месте повесили, тут же удача привалила.

Я изобразила из себя дурочку.

— И кто мозаики создает? Те, которые вы за творение рук Степана Михайловича выдаете?

— У нас есть свой человек, — ушла от прямого ответа Галкина.

— Анатолий Рябов, — усмехнулся Степан, — парень сейчас содержится в частной психиатрической клинике в отличных условиях, его там лечат. Так? Корделия Михайловна? Вы знаете, что Анатолий болен, оставлять его без присмотра нельзя. На совести вашего племянника несколько мертвых девушек, их останки нашли закопанными на давно закрытом кладбище, где когда-то работал его прадед. Наверное, вы и про сих несчастных от «государя викхов» слышали. Владея всей этой информацией, вы, тем не менее, велели безумному создавать картины?

— Душевные недуги, если их не лечить, имеют обыкновение развиваться, поэтому Толя ограничен в свободе. Но врачи полагают, что он реабилитируется и трудотерапия ему необходима, — зачастила Корделия, — мальчику нравится создавать произведения искусства!

— Из человеческих костей? — уточнила я. — Милое хобби!

— Нет! — воскликнула Корделия. — Я привожу ему кости с мясокомбината. Все уже подготовлено, на кусочки распилено.

— Но ваш Толечка думает, что они с кладбища, — не успокоилась я, — спасибо, что разъяснили: полотна племянник складывает по предписанию врача. А то я уж решила, что эта затея ради обогащения вас всех затеяна.

— Корди! — прошептала Татьяна. — Толенька псих?

Старшая сестра всплеснула руками.

— Теперь понимаете? Мы давно говорим, а Танюша только сейчас сообразила что к чему! Слава богу, нам не досталось семейное безумие. У сестры много странностей. Ее нельзя считать отстающей в развитии, Таня прекрасно общается с детьми, те обожают ее. Однако...

Корделия замолчала.

— Понимаем, — кивнул Вадим, — Татьяна Михайловна фантазерка, которая без смущения смешала в одну кучу Древнюю Русь, Египет, Грецию, Рим. Она добра с учащимися, получает удовольствие, общаясь с ними. Но бизнес вести не способна. Таня нежный цветок, который кормит, поливает, охраняет Корделия. Старшая сестра не посвящает младшую во все дела. Корделии, Воробьевой и Галкиной нужны деньги, и они нашли способ их получать.

— У нас мирный бизнес, — воскликнула Римма.

— Мы помогаем людям, — добавила Галина.

— Ничего плохого не делаем, — еще раз сказала Корделия, — наоборот. Вот вам пример. Пришла к Ярыге Нина, домработница Ковровой, объяснила, что работает до ночи, воспитывает ребенка без мужа, боится, что, придя домой из школы, шкодливый мальчишка натворит бед. Попросила наколдовать мальчику мощного ангела-хранителя.

— Я денег с нее не взяла, — влезла Римма, — дала адрес гимназии Тани, попросила Корди помочь Нине. Мальчика приняли в центр на вечерние занятия бесплатно. И это всего один пример нашего милосердия.

— А потом Нина посоветовала своей хозяйке обратиться к Ярыге, — не выдержала я, — и вы получили постоянную клиентку, туго набитый золотом мешок, который мается от безделья, верит в сглаз и порчу.

Корделия открыла рот, но Вадим не дал ей высказаться.

— Ладно. Кое с чем мы разобрались. Теперь приступим к другой теме. Обвинение Веры в смерти Николая. Тут есть некоторые странности.

Глава 39

— Какие? — спросила Галина.

— Римма Олеговна пришла к нам с просьбой найти Веру, которая, побеседовав со следователем, испугалась и где-то спряталась, — произнес Степан, — в момент первого разговора у меня не возникло сомнений в искренности матери. Да я и понятия не имел тогда, что мать и дочь давно не поддерживают отношений.

— У нас возникли трудности в общении, — призналась Римма, — но в последнее время мы наладили контакт, Вера повзрослела, поняла, что занималась плохими делами. Я извинилась перед ней за свою резкость. Мы ходили вместе в кафе, пытались сблизиться. И вдруг! Дочь обвиняют в убийстве Николая!

— До обвинений-то не дошло! — возразил Степан. — Дела не возбуждали. Просто поговорили с ней.

— Простите, — поморщилась Римма, — я не сильна в полицейской терминологии. Сказала вам: Вера мне позвонила в панике, ее допрашивал следователь.

— Мне вся эта история — грибы-салат-лекарство — показалась сценой из плохого детективного сериала, — продолжал мой муж. — Но Николай-то на самом деле умер. И он съел салат, который Вера купила в ресторане. В нем содержалось кунжутное масло, на которое у Коли была аллергия. Дома Веры нет, мать сообщает, что не может найти дочь, умоляет ей помочь, разумно говорит:

— Я уверена, Вера ни при чем. В ресторане на кухне напутали, добавили кунжутное масло, несмотря на строгое предупреждение дочери никогда этого не делать.

— Я поехала в «Букетто», — вступила я в беседу. — И что выяснилось? Вера постоянный клиент, готовить она не любит, почти каждый вечер заезжает в трактир. Частенько берет салат из куриной печени с печеным яблоком, всегда велит: «Без кунжута». И ни разу не покупала «Тайскую песню». Обслуживает ее всегда Клара, в чьи обязанности входит принимать заказы у тех, кто заказывает еду навынос. Официантка недовольна таким положением, потому что клиент, забирая заказ, не дает чаевых, считает, что его не обслуживали. В тот день, когда отравился Коля, ситуация выглядела так.

Вера взяла еду и удалилась, не дав ни копейки сверх счета, а потом вернулась и заказала еще одну закуску с печенью, салат тайский, который никогда не брала. Одну печень она выкинула. Вторая куда-то пропала. Правда странно?

— Да уж, — согласился Вадим. — Зачем вкусную еду вышвыривать?

— Почему вы на меня смотрите? — возмутилась Римма. — Понятия не имею, что девчонке в голову взбрело!

— Она моего сына убила, — заголосила Галина, — мы с Николашенькой помирились незадолго до его кончины. Мальчик сказал, что жена его ненавидела! Грибами отравила!

Степан взял трубку местного телефона.

— Женя, пусть входит.

Потом он пояснил:

— Информатор, от которого мы узнали подробности о личной жизни Риммы Олеговны, Веры, Николая и Галины, на самом деле давно здесь. Он наблюдал за нашей беседой, слушал все разговоры, находился в соседнем помещении.

— Отлично! — взвизгнула Римма. — Мы на него в суд за клевету подадим.

Дверь распахнулась, и со словами: «Маловероятно, что вы осмелитесь посадить меня за решетку» в кабинет вошла стройная девушка.

Наши посетители замерли, стало слышно, как под потолком гудит вентиляция.

Глава 40

— Кто она? — прошептала Римма.

— Вот здорово! Мать не узнала любимую доченьку, — ответила девушка. — Не узнала меня?

— Ты... умерла... — прозаикалась Галкина. — Как это возможно?

Вера рассмеялась.

— Мне просто стало плохо. Пакет ты унесла, зато я выжила. Рассказала Степану Валерьевичу, как родная мать меня нектаром манго угостила.

Вадим почесал затылок.

— Эхе-хе, это большая ошибка. Уж сколько раз твердили миру: никогда не запивайте лекарства ничем, кроме простой кипяченой воды. Не запивайте медикаменты чаем, кофе, молоком, компотом, супом и в особенности разными соками. Почему? Они изменяют свойства фармакологических средств. Лекарства от гипертонии, статины, препараты от онкологии — если вы употребляете их с грейпфрутовым фрешем, жди беды, легко можете умереть. Бывает и наоборот, некоторые напитки-продукты ослабляют действие таблеток и ядов. Отрава, которой Римма угостила любимую доченьку, плавала в соке манго. Экзотический фрукт тоже коварен. Манго сводит на нет лечебный эффект препаратов. Сладкий напиток почти нейтрализовал действие отравы, которую мамаша дала дочери. Вера была жива, когда мы ее забирали. Она очнулась в реанимации и рассказала много интересного. Было решено до поры до времени объявить ее умершей. Римма Олеговна, или вы не так сварили зелье из корней кустарника с кладбища, или они выродились, потеряли свою мощь, или дозировку не соблюли.

— Ничего не понимаю, — простонала Римма. — Какой сок? При чем тут яд?

— Ой, перестань, — отмахнулась ее дочь, — кому угодно ври, но не мне! Я-то правду знаю! Ты сначала Колю убить решила, а потом меня!

— Боже, нет, — затрясла головой Галкина, — никогда!

— Сейчас все расскажу! — злорадно заявила Вера. — Колю лишила жизни Римма.

— Ваша мать? — уточнил Степан.

— Женщина, которая меня родила, — поморщилась Вера. — Зачем она ребенка завела? Ответ прост: хотела мужа удержать. Папа был красивый, веселый, бабы на него так и вешались.

— Что ты несешь! — простонала старшая Галкина.

— Правду, — ответила дочь. — Когда отец умер, я решила маму утешить, она в своей комнате заперлась. У нас с ней нежности не в ходу были, всякие там поцелуйчики на ночь друг другу мы не раздавали. Но тут был особенный случай. Я вошла к матери в спальню, она на меня зло глянула:

— Что тебе надо?

Я, дурочка, объятия раскрыла.

— Мамочка, не плачь.

Та в ответ:

— Прикажешь мне радоваться? Долго я выбирала — за кого замуж идти. Были хорошие партии, а мне втемяшилось за Сергея выскочить, показался он самым добрым, богатым, здоровым. И что? Потаскун законченный. Ни одной юбки не пропускал, все порывался развестись: «Риммуля, люблю тебя, но не могу жить с одной женой, давай разбежимся мирно». Нет бы мне согласиться, пусть кобелирует на полную катушку. Меня в то время Филипп Лагозин обхаживал: «Гони к черту супруга, не уважает он тебя, не любит. Выходи за меня». Я на него смотрю и думаю: «С виду обмылок, ботинки рваные, ни денег, ни квартиры». И осталась с мужем. Дочь родила, чтобы Сергей не сбежал. Мерзавец он, но с дочкой был нежен. И каков результат? Филипп теперь академик с сетью своих клиник, жив-здоров, у него особняк в Подмосковье, квартира в центре Москвы, коттедж в Италии, он давно женат, с бабы своей пылинки сдувает. А у меня что? Дочь уродина, пашу как вол, муж даже кандидатом наук не стал. А такие надежды подавал! А потом умер! Иди отсюда, Вера, мне и без тебя тошно!

Молодая женщина поморщилась.

— Вот, значит, зачем я ей понадобилась. Хотите знать, почему Коля скончался? Все дело в лухосо. Слушайте.

Вера принялась сыпать фразами. Я уже один раз слышала от нее эту историю, поэтому сидела спокойно. А вот по лицу Риммы Олеговны пошли бордовые пятна.

Глава 41

Людей, которые могут себе завести собственный зоопарк, не так уж много, а тех, кто хочет держать в квартире экзотическое животное, еще меньше. Избалованный ребенок из богатой семьи, увидев на фото хорошенькую, но очень редкую обезьянку, бежит к папе с воплем: «Хочу!» Отец звонит Вере с Колей и требует доставить желаемое. Они блестяще справляются с задачей. И через несколько месяцев им приносят в клинику эту животинку с приказом усыпить ее. В жизни зверушка оказалась иной, чем на снимке, она безобразничает, бьет дорогую посуду, портит мебель, не желает служить для капризного дитяти живой игрушкой. Ее надо постоянно лечить, так как, живя в чужом климате, она болеет, да еще покусала кошку — любимицу хозяина, напрудила лужу в спальне. По пальцам можно пересчитать тех, кто знает, как содержать дома экзота и чего от него ждать. Вот поэтому Вера и Коля очень уважали и ценили Игоря Зуйкова, весьма богатого бизнесмена, который устроил в своем подмосковном поместье прекрасный зверинец. Гарик не был подвержен ни одной страсти, которые обуревают сверхобеспеченных мужчин. Он не менял каждый месяц машины, не окружал себя королевами красоты всех мастей, не коллекционировал предметы искусства, не закатывал Лукулловы пиры, не скупал дома по всему миру, не выписывал на свой день рождения первый эшелон звезд мирового бизнеса. Зуйков вел скромный образ жизни, много работал. Правда, был женат третий раз, но это не порок. Игоря волновали только животные и... соревнование с Матвеем Кренкиным, который жил неподалеку от него и тоже имел большой зоопарк. Вера и Коля привозили со всего света зверушек Игорю; кто снабжает Матвея, они точно не знали, но хороших доставщиков единицы, с Кренкиным точно работал кто-то из них.

Едва у Зуйкова появлялся какой-то экзот, он звонил Матвею с предложением полюбоваться на него. И спустя несколько месяцев заклятый друг становился обладателем такой же зверушки. А иногда Игорь беспокоил по телефону Колю криком:

— Мотька купил крутую рогатую белку. Хочу такую.

Воробьев брал под козырек и выполнял приказ. Соревнование Зуйкова и Кренкина давно стало традицией. Взрослые, умные, мегауспешные олигархи мерялись черепахами, обезьянами, хищниками и прочей живностью, как второклассники фантиками от жвачек. Потом в стране наступил очередной финансовый кризис, народ тотально обнищал, эра залихватских корпоративов закончилась, все стали тщательно считать деньги.

У Веры с Колей наступили трудные времена. Редкие животные — не самая необходимая покупка, пара начала стремительно терять заказчиков. В конце концов у них остался один источник дохода — Зуйков. Тот по-прежнему пополнял свой зоопарк и звал ветеринаров к питомцам.

Как-то раз, приехав в зверинец олигарха, Айболиты услышали от владельца:

— Мне нужен лухосо!

— Кто? — изумился Николай.

Вера тоже была удивлена тем, что сказал Зуйков, но, в отличие от Коли, ей стало понятно, откуда ноги растут. Галкина в свое время общалась с Рябовым, слышала от него про тотемное животное викхов и понимала: лухосо в реальности не существует.

— Если не секрет, — улыбнулась Верочка, — кто вам рассказал о лухосо? Он уникален. Думаю, в мире живет всего несколько особей.

Коля изумился речам жены, но промолчал. Игорь объяснил, что ему позвонил Матвей, попросил:

— Покажешь мне лухосо?

Гарик не понял, о чем он, но осторожно поинтересовался:

— А зачем это тебе?

И услышал такую историю.

У Кренкина есть семнадцатилетний сын Родион, любитель компьютера и фэнтези. Родя плохо учится, считает отца идиотом, что, однако, не мешает ему брать у него деньги на свои развлечения. Плавая в сети, Родион наткнулся на сайт фанатов викхов, заинтересовался, прочел все книги Рябова, стал общаться с себе подобными, зазывал постоянно приятелей в рестораны, кормил всех. Матвею надоел сын мажор, и он заявил:

— Хорош баклуши бить. Завтра выходишь на работу, будешь клетки чистить за зарплату.

Разгорелся скандал, во время которого Родион заорал:

— Да у тебя не зверинец, а дерьмо. Настоящий зверинец у Зуйкова. Он вчера лухосо купил.

Матвей, который уже собрался надавать наглому отпрыску пощечин, лишить его денежной помощи, опешил:

— Это кто?

— Ха! — скривился сынуля. — Ты не знаешь? Невероятная редкость! Тотемное животное одного народа. Тебе лухосо никогда не достать. А у Зуйкова он есть. Да только он его никому не показывает.

Кренкин вмиг забыл, что собирался наподдать вконец оборзевшему наследнику. Он кинулся звонить Игорю, передал ему свою беседу с Родионом и заныл:

— Как Родька выяснил, что у тебя лухосо живет, не знаю! Но очень взглянуть на него хочется. Родя показал сайт какого-то экстрасенса, Ярыга ее зовут, там этот лухосо показан во всей красе. Медальон с его изображением людей лечит. Не прошу контакт тех, кто на тебя работает. Ты мне его не дашь. Но животное хоть издали покажи, мы же друзья.

Игорь вмиг сообразил, как можно уесть Кренкина.

— Лухосо у меня живет, познакомлю тебя с новым обитателем. Но у него сейчас карантин. Как только закончится, тут же тебе позвоню.

Окончательно испортив Матвею настроение, Игорь вызвал Веру с Колей и велел им во что бы то ни стало найти лухосо. Вера знала, что этот зверь выдуман. Но у них с Николаем было совсем плохо с деньгами, Зуйков назвал сумму, которую он готов заплатить за редчайшую редкость, и сказал:

— Я после беседы с Мотей нашел сайт, который он упоминал. Там ведьма Ярыга действительно торгует изображением какого-то лухосо. Не верю, что баба народ от болезней избавляет, но раз она про лухосо знает, следовательно, он существует!

— Сделаем, — пообещала Верочка, — не сомневайтесь, мы прекрасно знаем, где он водится.

По дороге домой она объяснила мужу, что лухосо придуман Степаном Михайловичем Рябовым.

Коля выслушал ее и усмехнулся:

— Нам очень нужны деньги, значит, привезем Гарику лухосо. Есть идейка.

Коля покопался на сайте ведьмы Ярыги, выяснил, что она является потомком викхов, наделена даром лечить все болезни и у нее есть медальоны с изображением лухосо, удивительного зверя, который обладает мощной защитной и целительной силой.

Глава 42

Вера и Николай поняли, что Ярыга имеет какое-то отношение к Рябову и что она мошенница. Животного-то этого и в помине нет, оно плод фантазии Рябова.

Николай обложился книгами и нашел-таки примата один в один, как рисунок на медальоне ведьмы. Единственная проблема: эта обезьяна имела не треугольные, а круглые уши. Воробьев решил объяснить Зуйкову, что за долгие столетия зверушка слегка изменилась, и улетел в Латинскую Америку, где якобы водился нужный экземпляр. Вера осталась одна, ее мучило любопытство. Кто такая Ярыга? Какое отношение она имеет к Рябову? Ей в голову пришла мысль: вдруг Анатолий жив? В памяти Галкиной ожили воспоминания... и не все они оказались неприятными. В конце концов она решила съездить к Ярыге, поговорить с ней, и записалась на прием к православной ведьме. Почти мгновенно прилетел ответ: «Завтра в десять». Находись Коля в Москве, он бы удержал подругу от идиотского поступка, но Воробьев покупал эрзац-лухосо.

В назначенный час Вера заявилась к ведьме, наврала про порчу, которая не дает ей счастливо жить, попросила медальон с лухосо и принялась расспрашивать о животном. Но Ярыга ничего не рассказала, она сурово заявила: «Хотите порчу снять? Ее у вас нет» и вытурила Галкину.

Уходя из квартиры, Вера обратила внимание на пальто Ярыги, которое висело у двери. Красивая дорогая вещь. Но у нее имелся маленький дефект: одна из пуговиц была не с четырьмя дырочками, а с двумя. Цвет, размер — все совпадало, а вот количество дырочек — нет. К сожалению, застежки имеют обыкновение отрываться в самый неподходящий момент, например в магазине. Сразу и не заметишь, что случилось, а когда вернешься домой, то уже поздно искать потерю. Хорошо, если вещь массового пошива с обычными пуговицами, их легко купить. А вот если вы приобрели нечто дорогое, замучаешься искать нужное. Ярыге не удалось найти то, что посеяла, она разыскала максимально похожую пуговку. Вот только дырок на ней было не четыре, а две.

На следующий день Вере совершенно неожиданно позвонила мать, она плакала, просила поговорить с ней. Дочь согласилась. Женщины встретились в ресторане. Римма рассказала, как она жалеет о разрыве с Верой, лед в отношениях слегка тронулся.

Николай привез фальшивого лухосо, а тот вскоре заболел. Российские лекарства не помогли. Зуйков велел поставщику срочно лететь на родину экзота и там найти снадобье. Но Коля угодил в больницу, отравился опятами. Потом, вот невезение, съел салат с кунжутным маслом и чуть не умер. А затем он подцепил грипп. Игорь каждый день требовал лекарство для экзота. И в путешествие отправилась Вера, которая привезла снадобье. Животное вроде поправилось. Игорь на радостях пригласил какой-то телеканал, тот сделал программу о зоопарке, где много времени уделил такой редкости, как лухосо.

На следующий день после того, как сюжет показали в эфире, Зуйков вызвал к себе Воробьева и заорал, что ему позвонила женщина, назвалась Риммой Олеговной и объяснила: лухосо не существует, он выдуман писателем Рябовым. Дала ссылку в интернете на его книги. Игорь их посмотрел...

Вера замолчала, потом показала пальцем на свою мать.

— Это она сделала! Она Ярыга! Как я это поняла? Мы с мамахен пришли в ресторан порознь, проговорили час. Она была ну очень любезна, просила прощения. Я ей даже поверила, в конце беседы пообещала, что будем теперь изредка общаться, сказала: «Я готова помириться с тобой». Она заплакала. Актриса, блин! Со слезами рассказывала, что давно смотрит наш сайт, знает, чем мы с Николашей занимаемся, волнуется за нас. Принялась расспрашивать о том, как мы животных привозим. Я, дура, муттер свою пожалела даже. Уходили мы вместе. Она надела пальто... Я глянула: оно один в один как у Ярыги, и пуговица! Две дырочки! В голове как щелкнет! Римма — та ведьма! Про лухосо викхов я Коле рассказывала, а она подслушивала. Вот почему колдунья меня сразу на прием позвала: она хотела понять, знаю ли я, что она Ярыга? А я давай ее про лухосо расспрашивать. И она выгнала меня вон. Римма убедилась: дочь ни фига про ее кривляние в образе ведьмы не знает. Не собиралась она со мной мириться, ненавидит меня сильнее, чем раньше, надеялась, что я под забором в луже живу. А у меня-то! Счастья полные карманы: одета хорошо, серьги бриллиантовые, кредитка золотая, машина новая. Зачем она меня в трактир позвала? Хотела расспросить, какого черта я у нее про лухосо интересовалась, сообразила ли я, что Ярыга мошенница, не устрою ли я бучу в интернете, поняла ли, кто ведьма на самом деле? Очень она меня аккуратненько расспрашивала. ...! ...! А у меня на все ее вопросы-то только один ответ — нет! Не поняла я, дуреха, что с мамахен беседую. И как понять? На ней парик, тени, рожа размалеванная, в комнате полумрак, фимиамом воняет... У меня голова закружилась вмиг. А она хрипела, голос изменить ухитрилась. Эта... меня в ресторане слезами облила, в любви клялась. А сама Зуйкову позвонила и правду про лухосо сообщила, поперек горла гадине моя хорошая жизнь встала. Решила меня в навоз втоптать.

Гарик потребовал, чтобы мы вернули деньги, которые он нам за экзота заплатил! Я знала, что нравлюсь Зуйкову, поэтому сказала честно: у нас их нет. Игорь мне знаки внимания оказывал, он богат, с женой порознь живет. Думала, предложит мне с ним переспать и простит историю с лухосо, поэтому призналась:

— Мы на мели. Коля не умеет дела вести, деньги у него сквозь пальцы текут. Отдать он ничего не сможет. Но я готова возместить вам потерю. Подумайте как.

Он улыбнулся:

— Хорошо, подумаю.

А потом меня избили. Я Игорю сообщение написала: «За что так?» Он ответил: «И не думал тебя обижать, разберусь».

Вера перевела дух.

— Вернулась я домой, глянула на себя в зеркало, все лицо в синяках... И тут мне крышу снесло! Я Римме позвонила по телефону, который она как Ярыга использует, и всю правду ей выложила: знаю, что ведьма чертова на самом деле мать моя родная! Я всем расскажу, чем она занимается. Клиника ее дерьмо! Туда никто не ходит! Деньги тварь зарабатывает, дуря народу голову. Пообещала ей пойти на телевидение, один наш заказчик — владелец канала! Она все потеряет! Все!

Младшая Галкина резко выдохнула.

— И что дальше? Она давай врать: «Доченька, я никому не звонила! Ни о какой ведьме не слышала!» Вилка, давайте вернемся к вашему рассказу про салат «Тайская песня»! Что вам официантка рассказала? А?

Вера бесцеремонно показала на меня пальцем.

— Я слышала ваш рассказ. Да! Я заказала еду, но только закуску с печенью, и уехала домой. А Клара вам что наболтала: Галкина вернулась в очках, без перчаток, взяла «Тайскую песню», выбросила печень! Руки у меня старые, на запястье родимое пятно! Ха! Пусть Римма свои лапы покажет! Это она была. Решила меня в тюрьму посадить за убийство Николая! Испугалась, что я и правда всем про Ярыгу растреплю, лишится она и заработков ведьмы, и клиника ее закроется!

— Нет, — закричала мать, — нет! Сейчас я...

— Римма Олеговна, — сурово сказал Степан, — очень вас прошу! Замрите. И ничего не говорите!

Вера засмеялась.

— Точно. Лучше ей заткнуться. Решила нас с Колей убить, потому что боялась, что правда про их с Галкиной бизнес на свет вылезет. С салатом у нее не получилось. Но Коля все равно умер, его инфаркт хватил! Муж очень боялся, что Зуйков его убьет! Игорь на это способен, не впервой ему людей убивать. Вот сердце у Николая и не выдержало.

— Стоп! — скомандовал Вадим. — Давайте без истерик. Спокойно ответите на мои вопросы. Римме Олеговне и Галине запрещается даже кашлянуть. Если вы, дамы, издадите хоть один звук, я вас вмиг арестую. Ясно?

Старшая Галкина и Воробьева судорожно кивнули.

Капралов сказал:

— Отлично, поехали. Вера, вы с Николаем оказались в трудном финансовом положении из-за кризиса в стране, потеряли почти всех клиентов и поэтому решили продать Зуйкову несуществующего зверя лухосо?

— Согласна, это некрасиво... — завела Вера.

Но Вадим ее перебил.

— Давайте кратко: да или нет?

— Да, — твердо ответила вдова.

— Обезьяна, несмотря на то, что вы привезли лекарство, умерла, — продолжил Капралов, — Зуйков был очень расстроен. И тут ему звякнула Римма Олеговна и сообщила, что такого зверя в природе не существует, он герой фантастических романов. Так?

— Да! — снова согласилась Вера.

Вадим повернулся к молчащим женщинам.

— Сейчас отвечает только Римма, коротко. Вы звонили Зуйкову?

— Да, — всхлипнула старшая Галкина.

— ...! — прошептала дочь.

— Еще одно слово, и вы окажетесь под арестом, — пригрозил Капралов. — Римма Олеговна, почему вы так поступили? В двух фразах.

— Вера прикинулась моей клиенткой. Расспрашивала Ярыгу о лухосо. Сказала: «Мы с мужем занимаемся доставкой экзотов, но я никогда о лухосо не слышала, а наш клиент Зуйков хочет его купить. Где можно такого найти?» Я ей ответила: «Вам в страну викхов не попасть, откажитесь от заказа». Она вдруг спросила: «Вы можете сказать: жив ли Анатолий Рябов?» И я свернула прием, — объяснила Римма, — Вере я не звонила, в кафе ее не приглашала. Не было этого. Рассказала о ее визите Гале, и мы забеспокоились. Вера назвала фамилию — Зуйков. Сейчас она врет, что не говорила. И про вопрос о Рябове Вера тут не сказала, но он был!

Воробьева подняла руку.

— Говорите, — разрешил Вадим.

— Я подумала, что Верка каким-то образом узнала, что Толя жив. И задумала пакость. Но я не знала, что ей пришло в голову. Сказала Римме: «Она врет. Владелец зоопарка не собирается лухосо приобретать. Это просто повод, чтобы тебя про Рябова расспросить». Мы решили найти контакт олигарха. Римма ему позвонила, поставила телефон на громкую связь, спросила: «Господин Зуйков, я слышала, что вы хотите купить лухосо?» Мы были уверены, что он ответит: «Что за бред? Вы кто? Какой лухосо?» — и Римма сразу отсоединится. Но услышали другое: «Да. Откуда вы знаете?» Римма спросила: «Вам его Николай и Вера обещали?» Я стала подруге знаки делать: прекрати. Олигарх изумился: «Верно. Но кто вам сообщил? А! Понятно. Вы доставщики Матвея. Лухосо умер. Очень жаль». И тут Римма заявила: «Такого зверя не существует, вас надули». И рассказала про романы Рябова. Я у нее потом спросила: «Зачем ты это сделала?» Галкина зубами скрипнула: «Не знаю, что мелкая дрянь, моя дочь, задумала, но пусть ей Зуйков наподдаст за обман».

Вадим нахмурился.

— Римма Олеговна, вы ходили в «Букетто»? Покупали там «Тайскую песню»? Выбрасывали куриный салат? Ставили в холодильник Воробьева еду с кунжутным маслом?

— Нет, нет, нет, — зачастила владелица клиники. — Зачем мне это? Как я дверь открою в чужую квартиру?

— Легко, — взвизгнула Вера, — электронной отмычкой. Не ври! Тебя по рукам узнали! По родимому пятну. И салат она принесла, чтобы Коля умер, а обвинили меня! Это месть за то, что мы про лухосо говорили!

— Но... — начала Римма.

— Стоп! — скомандовал Капралов. — Молчать. Говорю я. Да, можно использовать прибор, который легко замок откроет. Вот только есть две небольшие занозы в вашей версии, Вера. Первая. Салат Николай съел до того, как Римма узнала об истории с лухосо. Вы к Римме пошли, когда муж уехал за ним. Получается, что у вашей матери нет мотива. Она же, по вашему мнению, якобы хотела лишить жизни зятя, чтобы за убийство посадили вас, ее дочь, чтобы вы не пошли на телевидение с рассказом о Ярыге-мошеннице. Но когда ваш муж чуть не умер от салата, Римма еще о вашей работе с Зуйковым не знала. Косяк, однако. И второе. Римма, закатайте рукава платья.

— Давно хочу это сделать, — обрадовалась Галкина и выполнила приказ.

— И где невус? — спросил Степан. — Чистая кожа!

Глава 43

У Веры вытянулось лицо.

— Была уродливая отметина, — засмеялась Римма, — я ее стеснялась, всегда прятала, но удалить не могла, не стоит объяснять почему, вы не врачи, не поймете. Скажу так: было невозможно это сделать по медицинским показаниям. Но в прошлом году я поехала в Швейцарию, там в одной клинике появился аппарат, который подобные дефекты сводит без скальпеля. Девчонка не знала, что я эту дрянь уничтожила, она была в курсе: пятно не удаляется. Решила меня подставить. Не приходила я в «Букетто». Не подсовывала Коле салат с кунжутным маслом. Да, мы с Веркой похожи фигурами. Если мне натянуть парик, темные очки, одежду, как у нее, то можно обмануть того, кто с нами шапочно знаком. И голоса не отличишь, мы же мать и дочь. Я ни при чем.

— Верьте ей больше! — заорала Вера. — Ха! Видите, зачем она к вам приперлась? По какой причине меня искать стала? Она боялась, что я всю правду расскажу. Не знала, куда я делась, где спряталась! А потом каким-то образом выяснила, где я нахожусь, приехала с пакетом сока манго. Опять начала плакать...

— Дочка, прости... Да я в той квартире никогда не появлялась! — закричала Римма. — Да, я хотела найти Верку. Да, не желала, чтобы она языком трепала. Решила ей сказать: «Нечего на меня бочку катить в интернете, я тебе адекватно отвечу. Напишу, как ты групповым сексом занималась. В юности Анатолия из окна выкинула. Ты про меня наврешь, а я про тебя. Вот и посмотрим, что получится. Кто кого? Пусть Ярыгин бизнес утонет, но и твой с ним на дно уйдет!»

Степан покачал головой.

— Вера, вы мастер интриги, но наделали много ошибок. Вы купили еду, сели в машину, отогнали ее к торговому центру, надушились модными резкими духами, намазали кисти рук кремом, который актеры используют для того, чтобы состарить кожу, прилепили на запястье наклейку, имитирующую невус, надели очки. И вот вам Римма Олеговна, которая всем по десять рублей на чай дала. Сделали все, чтобы служащие ресторана удивились и вас запомнили. Достигли своей цели. Ну и зачем вам это? Не надо молчать, говорите.

— Они с Николаем в последнее время ругались, — вдруг сказала Алина.

— Заткнись, — рявкнула Вера.

Шкафина не обратила внимания на ее реплику.

— Виола, я вас обманула, когда сказала, что мы редко виделись. На самом деле мы часто встречались. И я Вере очень благодарна была. Она мне ключи от квартиры своей домработницы дала, в салон устроила. Когда я мастером стала, Вера ко мне часто ходить начала. Я бесплатно ее обслуживала. Все клиентки рано или поздно начинают с маникюршей откровенничать. Вера не исключение. Осенью она жаловаться стала: Коля к ней придирается, хамит. Я ей посоветовала: «Пошли его на три веселые буквы. Чего ты с мужиком живешь? Вас ничего не связывает, любви нет, секса тоже». Она ответила: «Я Колю братом считаю, мы раньше хорошо жили. Мне ни любовь, ни секс не нужны. И у него так же. Но сейчас я думаю, что он бабу завел. Есть кое-какие тому свидетельства. Поэтому он и стал раздражительным. Понимает, если ему семью нормальную заводить, то надо со мной разводиться. У нас все на двоих записано: квартира, клиника, счет в банке. Прикинь, все делить придется! А вот если Колька умрет, все станет моим! И бац, Воробьев грибов поел и в больницу уехал.

— Скотина, — заорала Вера, — я с тобой как с единственной близкой подругой делилась! И что? Сколько я для тебя сделала! А ты ...! ...! ...!

Я мгновенно вспомнила, как, стоя не так давно в магазине, услышала от продавщицы: «Если у вас с подругой есть по книге и вы ими обменялись, то у вас у каждой осталось по-прежнему по одной книге, если у вас с подругой есть по тайне и вы ими обменялись, то у вас более нет тайн. И подруги тоже нет».

— Не спорю, — согласилась Алина, — Галкина очень мне помогла. Когда я в панике посреди улицы стояла, не знала, куда деваться, Вера примчалась по первому зову, на квартире меня поселила, на работу устроила. — Она обратилась к Вере: — И я тебя благодарила, как могла, всегда делала маникюр-педикюр бесплатно, выслушивала твои жалобы, сочувствовала в то время, когда тебе было удобно, отказывала тем, кто прилично платит. И что в итоге? Ты меня в рабыню превратила. «Алина, купи мне продукты, список на телефон скинула, привези в подъезд, оставь у консьержки». Перечень я получала, а про деньги ты всегда забывала. Я и в химчистку езжу, и другие поручения бытовые выполняю. Ладно. Я терпела. Понимала: ты мне в тяжелой ситуации помогла, теперь я расплачиваюсь. Но ты меня, свою подругу, превратила в помойку, сбрасывала в меня все дурные мысли. — Алина посмотрела на меня. — Через некоторое время Верка рассказала, что Колька о разводе подумывать стал, ну ничего, она его отравит до того, как он свободным станет. Верка это придумала до истории с покупкой лухосо. Из-за развода все. И виноватой в смерти мужа решила сделать свою мать. Римму посадят надолго, а кому тогда апартаменты, машина, клиника отойдут? Доченьке. Верка мне приказала:

— Достань мне грим, которым руки актерам старят, и наклейку с родимым пятном.

Она мне даже отметину нарисовала. Но я ей отказала, объяснила, что могу бесплатно харчи таскать, но участвовать в убийстве Николая не стану. И уж так я потом себя ругала! Зачем рассказала Верке, что есть крем такой? И наклейки, имитирующие шрамы, родинки. Я хотела на гримера учиться, в кино работать, записалась на курсы. Вот там и обучилась.

Вера улыбнулась.

— Хорошо. Не надо. Я сама справлюсь. Интересно, как твой жених поступит, когда узнает правду про невесту? Что ты не Шафина, а Шкафина. Родила от любовника ребенка, отдала его...

Алина закрыла руками лицо.

— Верка вынудила меня ей помогать. Я хочу любви, детей... Так долго боялась стать счастливой! Наконец встретила своего человека, а Верка могла его отнять. Что делать? Я принесла ей, что она требовала. И влипла! Мне мигом новое задание дали. Виола, вас не удивило, что я незнакомой тетке всю свою жизнь на блюдечке принесла?

— Я решила, что вы испытали сильный стресс и поэтому не владеете собой, — честно ответила я.

— На самом деле меня трясло, — согласилась Алина, — но откровенничала я по приказу Верки. Она-то как планировала! Колька грибы съест, отравится, начнется расследование, Вера скажет, что опята я покупала. А мне надо сказать, что на рынке меня случайно толкнула тетка, в темных очках, куртке с капюшоном, я упала, пакет далеко отлетел, все рассыпалось. Баба извиняться принялась, принесла мне новые грибы. Примет ее никаких я не запомнила, кроме противного родимого пятна на запястье. Веру спросят: у кого из ваших знакомых такое есть? Дальше понятно.

— Лжесвидетельство наказуемо, — вздохнула я, — но у вас ничего не вышло.

— Николая сразу откачали, — кивнула Алина, — Верка тогда фигню с салатом замутила. Ой, не буду рассказывать, что мне делать предстояло, я же ничего не совершила, потому что Николая опять спасли.

Галкина стала думать, что ей еще замутить, и тут история с лухосо закрутилась. Верка сказала:

— Круто! Теперь и Коля, и мамаша попляшут! Знаю, чем маманька и свекровь занимаются. Ну ничего! Получат они по полной. Позвони Николаше с чужого номера и расскажи ему, что грибы и салат — дело рук Риммы. Потом объясню, как дальше работать будем.

Шкафина умолкла.

— И вы в очередной раз выполнили ее приказ, — сказал за нее Вадим.

Алина кивнула.

— Да. Коля потребовал: «Надо встретиться. У вас есть доказательства?» Я трубку бросила, мне Верка не говорила, что на такой вопрос отвечать! А она обрадовалась: «Ага, он поверил!» На следующий день Николай от инфаркта умер.

Степан посмотрел на Галину:

— Вам сообщили о смерти сына?

Воробьева кивнула.

— Как вы поступили?

Женщина вынула из сумки носовой платок и вытерла капельки пота над верхней губой.

— Сын лишил меня мужа. Николай для меня умер давно. Они с Верой могли наш бизнес разрушить. Но мы с Риммой ничего бы предпринимать не стали. И вдруг звонок анонимный из кафе. «Здрассти, сообщаю: Колю убила Верка...»

— Ваше общение с Воробьевой тоже инициировала подруга? — спросил у Шкафиной Степан.

— Нет, — пробормотала та, — я сама решила избавиться от Верки-шантажистки, пусть Галина на нее в полицию нажалуется, там разберутся. И следователю ей звякнуть легче. Воробьева какого-то мужика попросила, он с Верой поболтал. Но не арестовал ее!

— Слава богу, теперь в России на основании анонимки за решетку не сажают, — сказала я, — Галина не хотела поднимать шум, она попросила бывшего любовника запугать невестку, сделать так, чтобы Вера сидела тихо.

— ...! ...! ...! — заорала младшая Галкина. — Чтоб ты сдохла, Шкафина.

— Сама туда ступай, — огрызнулась Алина.

— Да уж! Славная история, — покачал головой Вадим. — Вера пытается посадить мать. Алина хочет отправить за Можай подругу. А Римма с Галиной...

— Не хотели ничего плохого, — закричала владелица клиники, — Галка мне сообщила: «Избавились от гадины. Она ужас, как напугалась, плакала, говорила, что не виновата в смерти Коли. Мой-то бывший, опытный, не раз людей ломал. Живем спокойно теперь, работаем по-прежнему». Как бы не так! Вечером раздался звонок от Верки! Номер скрыт, она объявила: «Решили меня в угол загнать? За идиотку держите? Натравили на меня мужика. Ха! Теперь держитесь! Я из дома-то уехала». И давай говорить, как она нас накажет, разрушит наш бизнес...

Римма передернулась и замолчала.

— Почему же вы снова к бывшему любовнику Галины не обратились? — удивилась я. — Зачем к нам помчались?

— Так он в командировке был, — жалобно протянула Воробьева, — далеко. Я звонила ему, просила, а в ответ услышала: «Один раз я с ней побеседовал, и хорош. Сами дальше разбирайтесь».

— Мы ничего плохого не желали ей сделать, — всхлипнула Римма, — просто хотели, чтобы вы ее нашли, думали нормально поговорить. О Виоле мне много ее отец Ленинид Иванович рассказывал. Он наш постоянный клиент. В офис ваш я не поехала, не хотела, чтобы меня там видели, домой заявилась.

Степан прищурился.

— Вопрос у меня возник. Когда вы к нам пришли, то весьма подробно рассказали о том, какие вопросы Ворчнов задавал Вере про салат, грибы... Понятно, что его проинформировала Галина. Но она-то как про это выяснила?

— Не поняли? — удивилась Римма. — Говорили же про анонимный звонок из кафе. Мы все тогда и узнали, очень подробно девушка все изложила.

— Алина, вы мастер таинственных разговоров и сообщений, — заметила я, — отправили мне из гостиницы с общего телефона адрес, где якобы умирает Вера.

— Галкина так велела, — пояснила Шкафина, — хитро придумала: выпьет сок с растворенным там снотворным и заснет. Вы примчитесь в квартиру, дверь открыта будет, войдете, вызовете «Скорую», пока она ехать будет, я из ящика под диваном вылезу, всю правду про себя, Анатолия, Римму, Галину расскажу... Понятно вмиг станет, кто Веру отравить пытался.

— Глупость ужасная, — не выдержал Степан, — даже обсуждать не хочется все нестыковки. Их полно. Да хоть вопрос: почему вы отправили сообщение Виоле, откуда ее знаете? Вы сразу-то не открылись, лежали тихо, люди ходили по квартире, а вы в ящике затаились.

— Испугалась я. Вера сказала, что Тараканова прикатит одна, а тут вы! — призналась Шкафина. — А она мне велела только с Таракановой «откровенничать». Я думала, что вы меня не заметили, вела себя тихо-тихо. Слышала, как вы сказали: «Сейчас Вилка прилетит, она тут останется». И действительно, Тараканова появилась, вы ее оставили.

— Вас, Алина, невозможно понять, — заметил Вадим, — с одной стороны, вы хотите избавиться от Веры, работаете против нее. С другой — выполняете ее приказы.

Шкафина зарыдала.

— Я попала в ужасное положение. Не знала, как мне быть. Не хотела ничего плохого. Мечтала похоронить прошлое!

— Трупы грехов прежних лет могут ожить и вылезти из могилы, в которую их закопали, — сказал Капралов. — И вопрос возник. А кто та подлая личность, которая написала Антону, что он сын Шкафиной и Анатолия? Что его отец выпал из окна?

— Это не я! — крикнула Алина. — Я не...
Все посмотрели на Веру.

— А вы докажите, что это я! — заорала та.

Эпилог

— Что теперь с ними со всеми будет? — осведомилась я, когда мы со Степой остались вдвоем.

— Не знаю и знать не хочу, — неожиданно сердито отреагировал муж, — на редкость глупая, по-идиотски запутанная история. Полно в ней нелепиц, несостыковок.

— Сплошь и рядом такие дела, почему тебя это из колеи выбило? — удивилась я.

— Не знаю, — честно ответил муж. — Может, из-за невероятной глупости, жадности и подлости действующих лиц? Или из-за этой дурацкой гимназии? Гимназия неблагородных девиц!!!

— В прежние времена существовал Институт благородных девиц, — поправила я, — и чем тебя дети, которые посещают обучающий центр «Ярило», рассердили? Они совсем невиноваты, что родители отдали наследников в школу, где изучают «древневетхий» русский язык, алгебру и прочие науки.

— Ты меня не поняла, — поморщился Степа, — назвал учебное заведение «Гимназией неблагородных девиц», потому что владеют ею крайне неблагородные девицы: Татьяна и Корделия. Все. Больше не желаю беседовать на эту тему, я какой-то разбитый, может, грипп подцепил?

— Ты просто устал, — улыбнулась я, — поехали домой.

— Ты недавно делала новую прическу, — сказал Степан, когда мы сели в машину, — такую, вроде пуделя, которого чем-то стукнули!

— Тебе не понравилось? — спросила я.

— Прекрасная укладка, — слишком весело сказал муж, — но... э... я привык к другой жене.

— Мне самой не очень «пружины» понравились, — призналась я.

— А теперь ты такая красная, — продолжал супруг, — одна бровь на месте, вторая посередине лба. Оригинально. И губы... ну... цвет... такой... креативный!

Я сегодня наложила вариант макияжа-минутки под названием «офисный» и сейчас вынула пудреницу, впервые за весь день оглядела свою мордашку и ойкнула. Степан весьма деликатно описал картину. Если вести речь о живописи, то я просто воплощение портретов кисти Пикассо в период его увлечения кубизмом. Бровь, та, что находится у линии волос, напоминает шрам. Тени правого глаза сгустились на переносице. Губы почему-то интенсивно синие, а щеки имеют цвет моркови, больной ветрянкой, они покрыты пятнами. В первый раз макияж мне накладывала консультант. А сегодня я самостоятельно постаралась. Господи! Я такая весь день ходила, и никто ничего не сказал!

Я выдернула из пакетика салфетку, начала тереть ею лицо и живо перевела разговор на другую тему.

— Слушай, а где Кузьмина? Почему она при разговоре не присутствовала?

— Понятия не имею, она должна была тут быть. Звонил ей, посылал сообщения, но телефон недоступен. Поехали на твоей машине, свою я на парковке оставил. Если Фая до вечера не отзовется, надо будет что-то предпринять. Может, она заболела? Температура высокая? Давай сегодня не будем более о работе говорить. Сядем на диван, закажем пиццу, почувствуем себя обычными людьми, посмотрим кино, а?

— Отличный план, — обрадовалась я, — лично мне хочется «Четыре сезона». А тебе?

Обсуждая меню семейного ужина, мы добрались до дома, поднялись на лифте и увидели около дверей квартиры Фаину.

— Здрассти, вот уж неожиданная встреча! — не удержалась я.

— Помогите, — всхлипнула Кузьмина, — мне жить негде! Я на улице осталась. Пустите временно на постой.

— Что случилось? — спросил Степа.

— Беда, ой беда, — зарыдала Фая, — в двух словах не отвечу!

Муж открыл дверь.

— Заходи, сейчас все расскажешь.

Кузьмина живо шмыгнула внутрь, а я попятилась к лифту.

— Ты куда? — удивился Степан.

— Телефон в машине оставила, — соврала я, — я быстро.

Муж исчез за дверью, а я поспешила на этаж выше и позвонила в дверь.

— О! Кто пришел, — обрадовалась тетя Фира. — Таки почему лицо как у моего дяди Ромы, когда он попался на измене? Жена Сара не верила, что муж на службе до девяти задерживается, и таки выяснила змея израильская, что Рома налево уклоняется. В чем проблема твоего выражения? Нашептывай громко.

Я быстро вошла в квартиру и рассказала о появлении Фаины.

— Тойфель! — покачала головой тетя Фира. — На всякую чужую глупость есть собственная хитрость. К моей семиюродной племяннице повадилась одна такая шлемазл заглядывать. Очень ей чужой муж хорошим показался. Рахиль-то сама Яковом недовольна была, но если кому твоя хромая корова нравится, ты ее вмиг полюбишь заново. Муж знает, сколько тебе лет?

— Да, — удивилась я.

— Плохо, — цокнула языком тетя Фира, — Фаина точно соврет, что ей меньше. Ну ничего, я что-нибудь придумаю. Иди домой. И запомни: какие бы персики на Степана ни заглядывались, ты всегда их намного моложе. Никогда не сообщай ни одному супругу свой возраст.

Мне стало смешно.

— Нечего хихикать! — рассердилась тетя Фира. — Знаешь, как я отвечаю на вопрос: «Фирочка, котик, тебе уже стукнуло сорок?»

— Как? — улыбнулась я, понимая, что соседке «стукнуло сорок», когда я еще не родилась.

— Учись, — отрезала тетя Фира, — я молчу и загадочно улыбаюсь. Для того чтобы выяснить, сколько мне лет, меня надо распилить и посчитать годовые кольца. Но тебе признаюсь, мне тридцать девять. Было. Есть. И будет всегда.

Я вздохнула. Да, женщине трудно войти в четвертый десяток, а выйти из него она и вовсе не способна.

— Девочка, что у нас с краской лица? — продолжала Фира. — Красота страшная. Варум бровь как палец негра? Рот чем намазюкала? Или чернила пила? Вкусно?

— Неудачно макияж наложила, — призналась я.

— О стены вавилонские! — воскликнула Фира. — Не надо на лицо всякое накладывать. Таки зачем?

— Для красоты, — пояснила я, — сами меня этому учили. И принесли увеличитель бюста.

Соседка воздела руки к потолку.

— Таки девочка сильно не поняла! Муж смотрит в вырез кофты и облизывается. Надо ему твое лицо? Ха!

— Хочется выглядеть моложе, — призналась я.

— Ясно, ступай домой, — приказала старушка, — спущусь к вам через полчаса. И уж будь уверена! Интересная дамочка навсегда путь в твой дом забудет. Живо умойся!

— Спасибо, — повеселела я, пошла по лестнице и была остановлена голосом тети Фиры.

— Девушка, знаешь, что такое семейное счастье?

— Коротко и не скажешь, — ответила я.

— Да ладно! — воскликнула бабуля. — Семейное счастье — это когда вам с мужем на двоих триста лет, а он тебе говорит: «Малышка моя!»

Все права защищены. Книга или любая ее часть не может быть скопирована, воспроизведена в электронной или механической форме, в виде фотокопии, записи в память ЭВМ, репродукции или каким-либо иным способом, а также использована в любой информационной системе без получения разрешения от издателя. Копирование, воспроизведение и иное использование книги или ее части без согласия издателя является незаконным и влечет уголовную, административную и гражданскую ответственность.

Литературно-художественное издание

ИРОНИЧЕСКИЙ ДЕТЕКТИВ

Донцова Дарья Аркадьевна

ГИМНАЗИЯ НЕБЛАГОРОДНЫХ ДЕВИЦ

Ответственный редактор *О. Рубис*
Младший редактор *П. Рукавишникова*
Художественный редактор *В. Щербаков*
Технический редактор *Н. Духанина*
Компьютерная верстка *Л. Панина*
Корректор *Д. Горобец*

ООО «Издательство «Э»
123308, Москва, ул. Зорге, д. 1. Тел.: 8 (495) 411-68-86.

Өндіруші: «Э» АҚБ Баспасы, 123308, Мәскеу, Ресей, Зорге көшесі, 1 үй.
Тел.: 8 (495) 411-68-86.
Тауар белгісі: «Э»
Қазақстан Республикасында дистрибьютор және өнім бойынша арыз-талаптарды қабылдаушының
өкілі «РДЦ-Алматы» ЖШС, Алматы қ., Домбровский көш., 3«а», литер Б, офис 1.
Тел.: 8 (727) 251-59-89/90/91/92, факс: 8 (727) 251 58 12 вн. 107.
Өнімнің жарамдылық мерзімі шектелмеген.
Сертификация туралы ақпарат сайтта Өндіруші «Э»

Сведения о подтверждении соответствия издания согласно законодательству РФ
о техническом регулировании можно получить на сайте Издательства «Э»

Өндірген мемлекет: Ресей
Сертификация қарастырылмаған

Подписано в печать 23.01.2018. Формат 80х100 $^1/_{32}$.
Гарнитура «Ньютон». Печать офсетная. Усл. печ. л. 14,81.
Тираж 14 000 экз. Заказ 1098

Отпечатано с готовых файлов заказчика
в АО «Первая Образцовая типография»,
филиал **«УЛЬЯНОВСКИЙ ДОМ ПЕЧАТИ»**
432980, г. Ульяновск, ул. Гончарова, 14

В электронном виде книги издательства вы можете купить на **www.litres.ru**

Оптовая торговля книгами Издательства «Э»:
142700, Московская обл., Ленинский р-н, г. Видное,
Белокаменное ш., д. 1, многоканальный тел.: 411-50-74.

По вопросам приобретения книг Издательства «Э» зарубежными оптовыми покупателями обращаться в отдел зарубежных продаж
International Sales: International wholesale customers should contact Foreign Sales Department for their orders.

**По вопросам заказа книг корпоративным клиентам,
в том числе в специальном оформлении, обращаться по тел.:**
+7 (495) 411-68-59, доб. 2261.

**Оптовая торговля бумажно-беловыми
и канцелярскими товарами для школы и офиса:**
142702, Московская обл., Ленинский р-н, г. Видное-2,
Белокаменное ш., д. 1, а/я 5. Тел./факс: +7 (495) 745-28-87 (многоканальный).

Полный ассортимент книг издательства для оптовых покупателей:
Москва. Адрес: 142701, Московская область, Ленинский р-н,
г. Видное, Белокаменное шоссе, д. 1. Телефон: +7 (495) 411-50-74.
Нижний Новгород. Филиал в Нижнем Новгороде. Адрес: 603094,
г. Нижний Новгород, ул. Карпинского, д. 29, бизнес-парк «Грин Плаза».
Телефон: +7 (831) 216-15-91 (92, 93, 94).
Санкт-Петербург. ООО «СЗКО». Адрес: 192029, г. Санкт-Петербург, пр. Обуховской Обороны,
д. 84, лит. «Е». Телефон: +7 (812) 365-46-03 / 04. **E-mail:** server@szko.ru
Екатеринбург. Филиал в г. Екатеринбурге. Адрес: 620024,
г. Екатеринбург, ул. Новинская, д. 2щ. Телефон: +7 (343) 272-72-01 (02/03/04/05/06/08).
Самара. Филиал в г. Самаре. Адрес: 443052, г. Самара, пр-т Кирова, д. 75/1, лит. «Е».
Телефон: +7(846)207-55-50. **E-mail:** RDC-samara@mail.ru
Ростов-на-Дону. Филиал в г. Ростове-на-Дону. Адрес: 344023,
г. Ростов-на-Дону, ул. Страны Советов, д. 44 А. Телефон: +7(863) 303-62-10.
Центр оптово-розничных продаж Cash&Carry в г. Ростове-на-Дону. Адрес: 344023,
г. Ростов-на-Дону, ул. Страны Советов, д. 44 В. Телефон: (863) 303-62-10. Режим работы: с 9-00 до 19-00.
Новосибирск. Филиал в г. Новосибирске. Адрес: 630015,
г. Новосибирск, Комбинатский пер., д. 3. Телефон: +7(383) 289-91-42.
Хабаровск. Филиал РДЦ Новосибирск в Хабаровске. Адрес: 680000, г. Хабаровск,
пер. Дзержинского, д. 24, литера Б, офис 1. Телефон: +7(4212) 910-120.
Тюмень. Филиал в г. Тюмени. Центр оптово-розничных продаж Cash&Carry в г. Тюмени.
Адрес: 625022, г. Тюмень, ул. Алебашевская, д. 9А (ТЦ Перестройка+).
Телефон: +7 (3452) 21-53-96/ 97/ 98.
Краснодар. Обособленное подразделение в г. Краснодаре
Центр оптово-розничных продаж Cash&Carry в г. Краснодаре
Адрес: 350018, г. Краснодар, ул. Сормовская, д. 7, лит. «Г». Телефон: (861) 234-43-01(02).
Республика Беларусь. Центр оптово-розничных продаж Cash&Carry в г. Минске. Адрес: 220014,
Республика Беларусь, г. Минск, пр-т Жукова, д. 44, пом. 1-17, ТЦ «Outleto».
Телефон: +375 17 251-40-23; +375 44 581-81-92. Режим работы: с 10-00 до 22-00.
Казахстан. РДЦ Алматы. Адрес: 050039, г. Алматы, ул. Домбровского, д. 3 «А».
Телефон: +7 (727) 251-58-12, 251-59-90 (91,92,99).
Украина. ООО «Форс Украина». Адрес: 04073 г. Киев, ул. Вербовая, д. 17а.
Телефон: +38 (044) 290-99-44. **E-mail:** sales@forsukraine.com

**Полный ассортимент продукции Издательства «Э»
можно приобрести в магазинах «Новый книжный» и «Читай-город».**
Телефон единой справочной: 8 (800) 444-8-444. Звонок по России бесплатный.

В Санкт-Петербурге: в магазине «Парк Культуры и Чтения БУКВОЕД», Невский пр-т, д. 46.
Тел.: +7(812)601-0-601, www.bookvoed.ru

Розничная продажа книг с доставкой по всему миру. Тел.: +7 (495) 745-89-14.

ISBN 978-5-04-090792-2

Дарья ДОНЦОВА
Я ОЧЕНЬ ХОЧУ ЖИТЬ
Мой личный опыт

Эта книга о силе. Силе, которая на самом деле есть в каждом человеке, столкнувшемся в своей жизни с онкологическими заболеваниями. Эта книга о человеке, который победил, выстоял, выжил! И – о человеке, которого любит и знает вся страна и который своим примером каждый день доказывает, что рак молочной железы в современном мире – просто одна из болезней, а далеко не приговор.

Дарья Донцова

С момента выхода моей автобиографии прошло три года. И я решила поделиться с читателем тем, что случилось со мной за это время...

В год, когда мне исполнится сто лет, я выпущу еще одну книгу, где расскажу абсолютно все, а пока... Жизнь продолжается, в ней случается всякое, хорошее и плохое, неизменным остается лишь мой девиз: "Что бы ни произошло, никогда не сдавайся!"

www.dontsova.ru

Дарья Донцова

Кулинарная книга лентяйки-3
Праздник по жизни

ПОДАРОК для всех читателей:

раздел «ВЕСЕЛЫЕ ПРАЗДНИКИ»